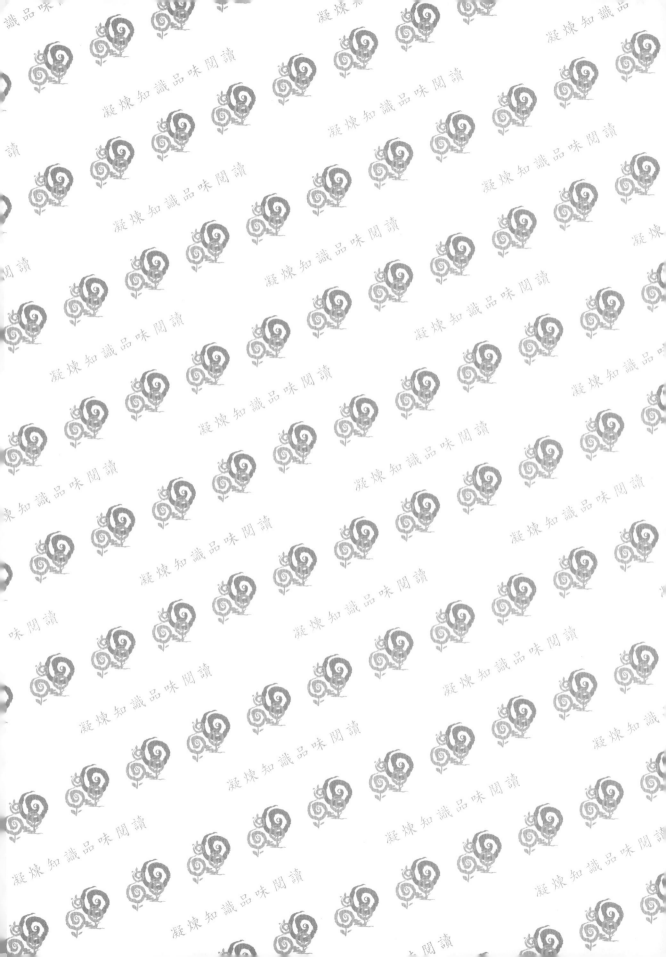

文言文閱讀素養

新看古典小說的故事

(古今對照版)

隨書附贈【古典小說閱讀素養100題】

高詩佳、張至廷——著

推薦序

「微」也可以擁有「大」力量

故事可以說得很長，然而要在較短的篇幅之內，講得動聽，或許更為不易，畢竟從人物性格的塑造，以至於情節結構的變化，壓縮在一個限制性的字數中，反而需要更精準的思慮與呈現，而中國古代的筆記小說，若從現代的眼光來閱讀，便具備這樣的特色，或許可以稱之為古典「微小說」，亦無不當。

若從寫作的角度思考，我們在各級教育的現場，時常憂慮學生無法以口說或文字的方式，通順地表達所思所想，甚至於連最基本，關於敘述一個事件起承轉合的發生歷程，都產生語意纏夾不清、內容雜亂不知所云的情況，若想進一步要求學生發揮自己的創意或想法在寫作當中，更是困難的事情。

在這個強調速度與資訊便捷的時代中，「微」似乎變成了一個當代特色，無論是生活科技上的「奈米」，濃縮專業精華的十八分鐘演講「Ted」，還是「微電影」的拍攝，「微小說（極短篇）」或「微型詩（小詩）」的推展與書寫，都可以看到文化走向效率化的變遷，有識之士也不斷對於這種情況產生憂慮，提出警訊與反省。然而，「微」就一定不好嗎？一篇中國古代的「筆記小說」，往往承載蘊蓄著精鍊的文化力量與人生反省，同時也能夠讓讀者學習到如何以準確流暢，卻不失細膩精緻的方式，表述事件的前因後果，這不就是一種屬於「微」的「大」力量嗎？

而這本由寫作教育專家高詩佳老師，與臺灣當代頗負盛名的微小說作家張至廷老師，傾全力編纂的《文言文閱讀素養：新看古典小說的故事（古今對照版）》，是一

部體例相當特殊的寫作教育用書，除了精選魏晉六朝至清代的重要古典小說篇章加以注釋分析之外，最特別的是每一篇均附有兩位老師所撰寫的「故事新編」，在其中讀者可以看到兩位老師如何翻轉改寫原來的筆記小說，讓古典的文字透過當代的語言，進入一個全新的「慢讀」視野。換言之，學生便可以透過此書的概念，自行練習以「微小說」的方式，開始舊故事的新編，進而訓練能夠自己說一個好故事。兩位老師以「新編」取代「翻譯」，就是為了讓此書引起寫作的興趣，不但提升閱讀古文的能力，同時也能讓讀者享受「翻轉寫作」的樂趣。

本書不僅僅是中國筆記小說的選析，同時也是一本教我們寫作的工具書，當我們可以表述一個好故事的時候，寫作與閱讀就不會成為困難的事，說話也就不再變成人際關係溝通的障礙，要如何在短時間內達到上述進展，我認為，本書將是你學習上最好的選擇之一。

國立新竹教育大學中文系副教授　丁威仁

推薦序

在通幽的古典小說學習生命與智慧

說故事，是人的天性；聽好聽的故事，更是滋養心靈的一大快事。在源遠流長的中國文學裡，原本就藏著許多值得一讀的古典微小說，以它們獨特的方式，記錄且傳承著一代代人們精彩的記憶和想像。

署名曹丕所撰的《列異傳》中，曾經記載著這樣一個故事：魏晉南北朝時，南陽的宗定伯有一次在夜裡行走，遇上了一隻鬼。鬼問他是誰？他假意地回答自己也是鬼，而後一起結伴同行，前往宛市。路途中，兩人輪流背負對方，且一度前後渡河，讓宗定伯差點露出破綻。好在，他用言語矇騙了對方，並且從交談中獲知，鬼最怕的是人的口水。於是，到達宛市後，他用力把鬼摔到地上，同時吐上口水，讓鬼變成了一隻羊，賣掉後獲得一千五百錢。在這個故事裡，人的機智戰勝了鬼；但同時也在諷喻著，人心有時比鬼還要難測。

吳均的《續齊諧記》裡，也有這樣一個故事：陽羨有一位年約十七八歲的許彥，一次背著鵝籠在路上行走，巧遇一位書生抱怨自己腳痛，要求進到鵝籠一同前行。許彥以為他在開玩笑，沒想到書生進去後鵝籠沒有變重，鵝也依然如故。走了沒多久，書生為了答謝許彥，陸續從口中吐出佳餚、美女，而美女又從口中吐出一個美男子，男子又從口中吐出一位婦人，與許彥一同暢飲。不久後，小睡的書生醒來，來將一切吞回口中，只留下銅盤給許彥做紀念。後來許彥當了官，一次宴請客人時才驚訝地發覺，銅盤是一百多年前的古物。這個故事的情節撲朔迷離，吞吐之間也頗見神怪虛構之處，讀完讓人不禁莞爾，卻也深刻體會大千世界的變化無常。

諸如上述這些，匿藏在古代各種不同集子裡的經典微小說，總是精心巧妙而又深刻迷人。這些故事大都充盈著想像與虛構的元素，在虛實相映的世界裡，帶給我們不少人生的智慧，以及值得思索的生命課題。像是〈干將莫邪〉啓發了我們信任與義氣的重要，〈韓憑夫妻〉刻畫愛情的專注與至死不渝，〈白水素女〉以螺女的下凡點出人世間的善有善報。可惜的是，因為語言的隔閡與卷帙的浩瀚，大家在閱讀這些篇章時，總會遭遇到不小的障礙。為了讓喜愛經典的朋友，進入古典微小說的殿閣，善於說故事的高詩佳老師和小說家張至廷老師，特別規劃了《文言文閱讀素養：新看古典小說的故事（古今對照版）》一書。透過五十篇微小說的選取，以及現代小說的改寫方式，讓一篇篇生硬的文言文幻化成好看、有趣的故事。此外，每則故事後頭，都搭配著兩位老師對故事獨特的詮釋，也深具充足的想像力和現代應用的價值。

筆者長年任教於大學，深知培養語文能力與心靈力量的重要性。懂得閱讀與思考的孩子在成長的過程中，總要比別人有更多面對困境的從容與智慧。他們不會過度在意外在的得失，也不武斷地與別人一比高下，而是汲汲於追求生命真正的價值與愉悅。所以，我們也邀請有識的家長，帶著孩子跟隨詩佳老師與至廷老師的步伐，一同走入中國古典微小說的世界。那是中國文學殿堂裡，美麗而又深具魅力的大觀園，也是啓發生命與汲取智慧的文學寶庫。

國立虎尾科技大學通識中心副教授　王文仁

作者序

閱讀「古典微小說」的故事，帶我們走入想像世界

相信很多朋友不會忘記，過去在學習文言文的篇章時，總會遇到語言晦澀、難以理解的問題。這時，如果有人能幫我們把這些難懂的部分，轉化成現代易懂的文字語言，再搭配精彩有趣的詮釋，那麼這些古老篇章的學習，想必就不會這麼困難。

確實，古典文學的學習首先必須克服的就是語言的障礙。如果這一關無法通過，就算文字的描述再怎樣美妙，傳達的微言大義多麼深刻有用，我們就是無法找到可以穿越的入口。為了讓更多朋友，能夠更容易地進入古典文學高深的殿堂，詩佳老師特別規劃了「高詩佳說經典故事」系列，在浩瀚如煙海的經典中為讀者選取最重要的篇章，透過獨特的想像力與創造力，將原本簡易難懂的文言文，改寫成一個又一個好看的故事。

本書選取了從漢魏至清代以來，最精彩的五十篇筆記小說，所謂「筆記小說」，是指古人以隨手記事的方式，記載下來的見聞、故事，通常使用較隨興的敘述，篇幅也常常很短。因為像是筆記記事，所以稱為「筆記小說」，以現代的眼光來看，也可視之為古典的微小說。本書在【故事新編】單元中，由高詩佳老師與小說家張至廷老師，對原作進行小說式的鋪敘和改寫，先輕鬆帶領讀者深入淺出地理解原作，接著再對照【經典原文】和【注釋】，進一步地理解文言文，這才是真正有趣的讀法。我們先透過閱讀改寫過的故事，運用創意思考的技巧，理解每一篇文言文裡的故事和寓意，之後回到字、詞、義的學習，就相當容易了。這樣的引導安排，使整個閱讀的過程充滿趣味，讀者也將與我們一起浸淫在迷人的故事中，開啓生命的格局與智慧。

本書在寫作時，除了顧及原作故事的主旨和精神，更希望能跳脫框架，讓閱讀成為培養獨立思考能力的利器。比方說，在讀者耳熟能詳的〈玄齡悍婦〉裡，一般人僅讀到房玄齡的妻子如何地好妒，這樣負面的意義，卻沒有注意到房妻對愛情的執著其來有自，也忽略了唐太宗、皇后等人的觀點和看法。同樣地，在〈定伯賣鬼〉中，一般理解的是宗定伯如何地機智聰明，能制伏鬼、出賣鬼，值得頌揚，卻忽略了「人比鬼還可怕」才是原作想傳達的主旨。所以，我們在【故事新編】時，特別重視對原作的解讀、人物形象的塑造及故事的精彩度，如此，人性的多面與完整性，在這樣的改寫中就可以獲得保全。

諸如此類，我們在細心閱讀原文尋找問題的過程中，試圖表現古典小說中的各種趣味，過程遇到不少障礙，卻也發掘出不少有趣的想法。為了能夠跟大家分享，於是決定將我們對文言文原作的理解、考察、思索與觀點，化成一則則的短篇故事，用現代小說的筆法取代直白的翻譯，將生硬的文言文「再創作」，讓埋藏其中的人生哲理和智慧一一解密。同時，也讓更多的朋友們，在透過閱讀增強語文能力時，也能一同分享生命的智慧與喜樂。

目錄

1. 定伯賣鬼

（曹丕／列異傳）

經典原文

南陽宗定伯年少時，夜行逢鬼，問曰：「誰？」鬼言：「鬼也。」鬼尋復問之：「卿復誰？」定伯欺[1]之，言：「我亦鬼也。」鬼問：「欲至何所？」答曰：「欲至宛市。」鬼言：「我亦欲至宛市。」

共行數里，鬼言：「步行太亟[2]，可共迭相擔[3]也。」定伯曰：「大善。」鬼便先擔定伯數里。鬼言：「卿[4]大重！將非鬼也？」定伯言：「我新死，故重耳。」定伯因復擔鬼，鬼略無重。如是再三[5]。定伯復言：「我新死，不知鬼悉何所畏忌[6]？」鬼曰：「惟不喜人唾[7]。」於是共行。道遇水，定伯令鬼先渡，聽之了無聲。定伯自渡，漕漼[8]作聲。鬼復言：「何以作聲？」定伯曰：「新死不習渡水耳，勿怪。」

行欲至宛市，定伯便擔鬼著頭上，急持之[9]，鬼大呼，聲咋咋[10]然索下。不復聽之[11]。逕[12]至宛市中，著地化爲一羊[13]，便賣之。恐其變化，乃唾之。得錢千五百，乃去[14]。於時言：「定伯賣鬼，得千五百。」

作者

曹丕，曹操次子，是著名的文論家、詩人。曹魏時，神仙方術、鬼怪靈異盛行，並深爲曹氏父子喜愛。《列異傳》是六朝時期的志怪小說集，作者據唐代《隋書．經籍志》記載爲魏文帝曹丕，但書中記載了正始、甘露年間事，時間都在文帝以後，因此宋人的《舊唐書》、《新唐志》中，都改作爲張華撰，但無佐證。現姑且記爲曹丕所作。《列異傳》多爲鬼神妖怪故事，其中許多情節爲後世志怪小說所採用。

題解

本文選自《列異傳》，敘述人運用智謀制伏了鬼的故事。宗定伯半夜在路上遇見了鬼，不但不害怕，還和鬼結伴同行。在與鬼互相背負著走時，一度差點被鬼識破，但靠著機智矇騙了鬼。透過與鬼的談話，宗定伯得知鬼的弱點，最後更將鬼給出賣了。故事情節雖然荒誕離奇，作者卻敘述得條理井然，蘊含諷刺意義，充滿了趣味性。

注釋

① 欺：說謊，欺騙。
② 亟：慢。
③ 共迭相擔：互相輪流背對方。迭，輪流。擔，背負。
④ 卿：對人的尊稱。
⑤ 如是再三：像這樣好幾次。是，此，這。
⑥ 悉何所畏忌：都害怕忌諱什麼？悉，都。何所，什麼。
⑦ 惟不喜人唾：只是不喜歡被人吐口水。唾：動詞，吐口水。
⑧ 漕漼：音ㄘㄠˊ ㄘㄨㄟˇ，形容渡水時發出的聲音。
⑨ 急持之：緊緊抓著他。持，抓。

⑩ 咋咋：形容鬼叫的聲音。咋，音ㄗㄜˊ，大聲地。
⑪ 不復聽之：定伯不再聽從鬼的要求。聽，聽從，答應。
⑫ 逕：直接。
⑬ 著地化為一羊：鬼被丟在地上，碰到地面就變成一隻羊。著，接觸。
⑭ 乃去：才離開。

評析

宗定伯在晚上獨自外出，不幸遇到了鬼，在恐懼之下，仍然鎮定地與鬼周旋，表現出隨機應變的機智。在與鬼同行的過程中，宗定伯一直在算計鬼，猜測鬼的心思，想出各種話術向鬼套話，旁敲側擊地找出鬼的弱點，他的目的當然是脫離鬼的糾纏，我們可說他有勇有謀，但是從另一個角度來看，宗定伯的心眼可比鬼多得多。宗定伯更厲害的是，他不但成功脫離了鬼，最後還將鬼給「出賣」，賺到不少金錢，故事的結局也顛覆了一般鬼故事的模式。

不同於一般鬼故事強調恐怖情節的寫法，這篇〈定伯賣鬼〉偏重鬥智的過程，寓意深刻，諷刺性十足，讓人對鬼的印象大爲改觀，說明人性的陰暗面，例如心機、算計等等，其實比鬼還要可怕，頗具有警世意味。原文是以「第三人稱」平鋪直敘地說故事，但本書的故事新編，則改變敘述視角，改由宗定伯的「第一人稱」來說故事，更能忠實地呈現「人比鬼可怕」的主題。

子桓[1]，我是宗定伯。讓我跟你說個故事，希望你將它寫成筆記小說。

我年輕時，在某個月黑風高的夜晚獨自行走，遇到了一隻鬼。別懷疑，那眞的是鬼！鬼長得跟人差不多，不難看，身材很高壯，可是走起路來輕飄飄地，像是踩在雲端，感覺很沒精神，我想應該是一隻懶鬼。

我深吸一口氣冷靜下來，想問清楚鬼的來意，於是我問：「你是誰？」鬼安靜了片刻，忽道：「我是鬼。」聲音氣若游絲。我想這是隻餓鬼。

鬼帶點遲疑的聲音問我：「你呢？你又是誰？」原來鬼有點搞不清楚狀況，並不是存心找人麻煩，那我乾脆假裝是同類好了。於是我回答：「我也是鬼。」鬼點頭表示同意。這麼容易就過關，莫非它根本是一隻笨鬼？

鬼問我：「你要去哪裡？」我心想我正要回家，但可不能讓你知道我家的地址。於是回答：「我要去宛市。」鬼說：「我也要去宛市。」原來是黏人鬼。

我們一起走了幾里路，鬼突然開口：「這樣走太累了，不如互相背對方吧！」這個點子倒不錯。我回答：「就這樣吧！」這隻鬼好體貼，是個熱心鬼。

1 子桓：曹丕（西元一八七~二二六），字子桓，三國時魏武帝之子。漢建安十六年為五官中郎將，兼副丞相。父死後，嗣為丞相。建安二十五年代漢即帝位，在位七年。好文學，博聞強識。作有《典論》及詩賦函札百餘篇。卒諡文帝。

鬼先背著我走幾公里，不一會兒，鬼就氣喘吁吁的説：「你眞重，可能不是鬼吧？」「應該是我剛死，所以比較重。」我隨口編個理由搪塞，鬼竟然點頭相信了，難道是個單純的好鬼？

接著輪到我背鬼了，他幾乎沒有什麼重量，果然人與鬼的差別就在這裡。就這樣，我們輪流背對方好幾次，倒是相安無事。

走一陣子，我終於決定大著膽子試探。我問鬼：「我剛死，不知道鬼都怕什麼呢？」鬼説：「也沒別的，只是要當心人類的口水。」眞是個呆鬼！一下子就把弱點告訴我了。我在心裡竊喜。

走著走著，看到了一條平淺的小河。我對鬼説：「你先過去吧。」鬼走了過去，一點聲響也沒有。接著換我走，腳下的水卻發出嘩嘩的水聲。

我心裡覺得糟糕，表面上仍然保持鎮定。果然鬼開口問了：「爲什麼會有聲音？」我連忙回答：「因爲我剛死，不習慣渡水，別見怪。」鬼很滿意這個答案。

宛市就近在眼前了，我手一伸，忽然將鬼打橫了扛起來，然後加緊腳步往宛市狂奔去。鬼緊張地在我頭上大叫：「快放我下來！」我不理他，繼續狂飆，只顧著往市場衝。

到了市場裡面，我將鬼重重地摔在地上，鬼一著地，竟然變成一隻羊。我大聲叫賣：「有鬼大拍賣！只有一隻，要買要快！」我怕鬼變回來，又在他的身上吐了口水。很快就有人出價一千五百兩，我一手拿錢，一手交貨，便頭也不回地離開了。

子桓，你説人比鬼可怕嗎？看來似乎是這樣。

2. 談生

（曹丕／列異傳）

經典原文

談生者，年四十，無婦，常感激①讀《詩經》。夜半，有女子可②年十五六，姿顏服飾，天下無雙，來就生爲夫婦，言：「我與人不同，勿以火照我也。三年之後，方可照。」爲夫妻，生一兒，已二歲；不能忍，夜伺③其寢後，盜④照視之。其腰以上生肉如人，腰下但有枯骨。婦覺，遂言曰：「君負我。我垂⑤生矣，何不能忍一步而竟相照也？」生辭謝，涕泣不可復止。云：「與君雖大義永離，然顧念我兒。若貧不能自存活者，暫隨我去，方遺⑥君物。」生隨之去，入華堂，室宇器物不凡。以一珠袍與之，曰：「可以自給。」裂取生衣裾⑦，留之而去。

後，生持袍詣⑧市，睢陽王家買之，得錢千萬。王識之，曰：「是我女袍，此必發墓⑨。」乃取考⑩之。生具以實對。王猶不信，乃視女塚，塚完如故。發視之，果棺蓋下得衣裾。呼其兒，正類王女。王乃信之。即召談生，復賜遺衣，以爲主婿。表⑪其兒以爲侍中。

作者

曹丕。

題解

本篇選自《列異傳》，寫一段人與鬼「冥婚」的故事，談生因爲抑制不住好奇心，觸犯了鬼妻的禁忌，而使原本能長久相處的夫妻關係宣告結束。

注釋

①感激：感懷，激奮。也就是情緒高昂之時。
②可：方，才，差不多。
③伺：等待。
④盜：偷取，竊取。亦指用不正當的手段謀取。如：「掩耳盜鈴」。這裡是說「偷偷地」。
⑤垂：及，將要。如：「垂危」、「功敗垂成」。
⑥遺：音ㄨㄟˋ，贈送，給予。
⑦裾：衣服的後襟。裾，音ㄐㄩ。
⑧詣：音ㄧˋ。到，前往。
⑨發墓：打開墳墓。
⑩考：通「拷」，拷問，逼問。
⑪表：顯揚之意。

評析

人、鬼原本是兩個世界，人跟鬼的結合並不正常，一段異於正常的關係，相處起來當然也會異於常人。談生夫婦的情形，就是鬼妻不能用火照明，這就是說，夜晚到來，鬼妻是現出原形的，而且這個原形是不可以被看見的，必須要三年的時間才能把這種不正常的生活矯正過來。從故事中的描寫可以看出來，三年，就是鬼妻修鍊成人形所需要的時間。三年間，鬼妻在人世間，可以一部分、一部分地變化成人形。然而，因爲談生忍耐不住好奇之心，毀了鬼妻尚待完成的修鍊，也毀了這一段原來可以長久的夫妻關係，這時後悔也來不及了。人、鬼是異類，所以如此，但人跟人的關係，又何嘗不是這樣？人的想法、個性不會彼此完全相同，要與人維持長久的相處，耐性及不過度地好奇心，應是必要的。

故事新編——張至廷

姓談的這個書生窮了一輩子，都四十歲的大叔了，不單沒有什麼成就，就連老婆也還討不上呢。平日無事就是愛讀《詩經》[1]，一個人陶醉在想像中純樸的古代風華。

一個跟平時一樣寂寞的夜裡，他又搖頭晃腦讀著他最愛的《詩經》，讀著他最愛的一段：「窈窕淑女，君子好逑[2]。」讀得太多次、太專心、太沉迷了，也許都能感動鬼神了吧。

恍惚中，一陣輕風吹熄了豆大的燈燄，談生就著窗户瀉進來的朗朗月光，正要取火燃燈，卻看見矮桌前面立著一位秀麗的少女，容顏絕色，衣著鮮美。太美了，談生一下子怔住了，說不出話來，只能迷戀的看著她。

1 詩經：書名。中國最早的詩歌總集。
2 窈窕淑女，君子好逑：體態美好又有德性的女子，是君子理想中的配偶。出於《詩經》。

少女淺笑，落落大方，與談生聊起了《詩經》。談生幾乎懷疑自己是在夢境，不敢追究少女來歷，怕好夢就此驚醒。他們二人越聊越投機，夜過了大半，少女說起了與談生早有夙緣[3]，願結爲夫妻。

談生這時已經相當迷戀少女，聽說能與少女長相廝守，更不考慮其他，不覺握住了少女的手。

少女輕輕將手抽回，正色說：「雖然你並沒有過問我的來歷，但我想你也知道我並非一般人。你且聽好，眞想跟我一輩子在一起，往後絕對不可以拿火照我，知道嗎？要不然我們就做不成夫妻了。」談生愣愣望著少女，說：「這樣太陽下山了，我豈不是就不能看見妳？」

少女說：「忍著點，過了三年之後就不要緊了。」談生說：「三年之後，夜裡就可以點燈看妳？那……，我會忍。」銀色的輝月下，不再說話的兩個影子就這樣黏成了一個影子。

夫妻兩人恩愛過日子，兩年了，也生下了一個兒子。談生不再在夜裡一個人點著燈火讀《詩經》，家有美妻嬌兒，生活一切都很美好。可是兩年來，談生雖然習慣了入夜不燃燈火，但每到夜裡，他只能抱著妻兒，卻看不到妻兒，總令人覺得有些怪、有些不痛快、有些無奈。說起來，除了夜裡看不到對方，談生與妻子的相

3 夙緣：前世姻緣。

處，任何一方面都覺得妻子是個正常人，沒什麼不對，但是爲什麼夜裡就不能在燈火下生活呢？生活太美滿了，這變成談生心裡惟一一個不能釋懷的疙瘩[4]。

終於，談生忍不住了，一次趁妻子熟睡，悄悄點起燈燭，他要看看妻子在夜裡的美麗身影。

一看之下，不得了！妻子的上半身是他一向熟悉的美人，下半身竟然是枯骨！

這不過是一瞬，談生才看到這樣可怕的景象，妻子也立刻醒了。妻子打滅了燈，生氣說道：「你不是答應過我？怎麼說話不算話？再有一年……，再有一年，我就可以回復成一個活生生的人了。你這樣舉火一照，一切都白費了，你就不能多忍耐一年？」看愛妻這樣氣苦，談生才後悔自己的衝動、魯莽，抱著妻子頻頻道歉：「我再不這樣做了，我就再等一年，還不行嗎？」妻子哭泣不止，說：「太遲了，一切前功盡棄了，我們的緣分也只能到這裡了。你又怎麼能與半身白骨的我廝守一生呢？」談生怯怯的說：「就沒有補救的辦法嗎？我們重來，我再忍三年，成嗎？」妻子不理，掙開了談生，坐正了說：「怎麼辦？我這一走，你一個人能養活孩子嗎？念在夫妻恩愛一場，你隨我來，我有些財物給你，這樣日子總能過下去。」

4 疙瘩：音ㄍㄜ ˙ㄉㄚ。比喻難解的麻煩或心中的鬱結。

六神無主的談生跟著妻子來到了一座豪華的府邸，妻子交給了談生一件鑲滿珍珠的衣服，並割下了談生衣袍的後襟收起，就消失不見。

爲了日子能夠過下去，談生果然出賣了妻子的這件珍珠衣裳，接洽到了一個姓王的富貴人家。沒想到王家老爺竟認出了這衣服是已死的女兒墓中收殮之物，認爲談生必是個盜墓賊，便抓住了逼問。談生只好一五一十把前情說清楚，但這件事太過奇妙，王家老爺並不太相信。爲了弄明白談生所說的是否屬實，只好掘開王家女兒的墓穴，結果一來沒有盜墓的跡象，二來在棺材蓋裡果然找到談生割下的後襟。王家老爺又叫談生帶他的兒子來看，長相也是和王家女兒相像。事情發展到此，王家老爺相信了談生奇特的際遇，也認了這個女婿，還栽培孫子長大入朝爲官。

3. 張奮宅

（曹丕／列異傳）

經典原文

魏郡①張奮者，家巨富。後暴衰，遂賣宅與黎陽②程應。應入居，死病相繼，轉賣與鄴③人何文。文日暮乃持刀上北堂中梁上坐。至二更，忽見一人，長丈餘，高冠④黃衣，升堂⑤呼問：「細腰，舍中何以有生人氣也？」答曰：「無之。」須臾，有一高冠青衣者，次之，又有高冠白衣者，問答並如前。

及將曙⑥，文乃下堂中，如向法⑦呼之。問曰：「黃衣者誰也？」曰：「金也，在堂西壁下。」「青衣者誰也？」曰：「錢也，在堂前井邊五步。」「白衣者誰也？」曰：「銀也，在牆東北角柱下。」「汝誰也？」曰：「我，杵⑧也，在竈⑨下。」及曉⑩，文按次掘之，得金銀各五百金，錢千餘萬。仍⑪取杵焚之，宅遂清安。

作者

曹丕。

題解

本篇選自《列異傳》，敘述張奮宅中的鬧鬼事件。張奮原本巨富，突然家道中落，便把房子賣給程應。程應一家住進去後，相繼有人病死，只好再把房子賣給何文。何文卻在晚上拿刀在梁上等待，結果看到幾個妖精在問答，於是他也跟著照做，等到天亮，挖掘到大量的金銀與銅錢，然後把杵燒掉，住宅就再也沒有妖精作怪了。故事雖短，但情節有趣，表現出主角的機智。

注釋

① 魏郡：漢時在今河北省南部、河南省東北部。
② 黎陽：縣名，西漢時在今河南浚（ㄐㄩㄣˋ）縣東。
③ 鄴：音ㄧㄝˋ，縣名，魏郡治所在，在河南省臨漳縣西。
④ 高冠：戴著高帽子。
⑤ 升堂：登上廳堂。
⑥ 曙：音ㄕㄨˋ，天剛亮，破曉時分。
⑦ 向法：剛才的方法。
⑧ 杵：舂米、擣藥、擣衣或擣實砂土時用的圓木棒，由堅木做成。中間凹細，因而故事中叫「細腰」。
⑨ 竈：音ㄗㄠˋ，同「灶」。以磚土或石塊砌成，用來生火烹飪的設備。
⑩ 曉：天剛亮的時刻。
⑪ 仍：於是，通「乃」。

評析

面對同樣的問題，不同的人會有不同的解決辦法，結果就不同。張奮是宅子的原屋主，家境富裕，後來「突然」家道中落，但是他沒有探究原因，就賣房逃走了。換程應搬進去後，家裡有人相繼生病、死去，他也沒有尋找問題，便將房子賣給何文。張奮、程應也許能力不足，曾試圖找原因，但一無所獲；也許出事的第一反應就是驚嚇、逃跑、找替死鬼，也不會去找原因。有趣的是，他們賣房子都沒有告訴新屋主：這屋子有點古怪。

何文就不一樣了，買下宅院當天，一個人拿刀躲在梁上，想看有什麼事發生，膽子不小。我們可以設想，也許他在買屋以前，就知道房子怪怪的，因而拿刀等鬼出現。何文有這樣的勇氣，應該是有所準備，也許他身懷武藝，所以沒有忌憚。細腰其實相當老實，何文問什麼，它就答什麼，很容易對付。有時人們遇上害怕的事物，直覺就是先逃避，然而許多危險只是在想像中被擴大了。故事讓我們想到，也許正面應對以後，會發覺事情並沒有那麼糟，還可能有意外的驚喜。

故事新編——高詩佳

張奮的家裡世代經商，累積了巨大的財富，去年興匆匆的從王員外那兒買下一座宅院，這棟宅院外觀氣勢恢弘，比聞名遐邇的寧波天一樓毫不遜色。張奮爽快的付了巨款，便帶著家人、奴僕入住，但是不到一個月，卻傳出貨物被土匪劫走，隨即自家的錢莊也失火了。難道這棟房子是瘟神，害我倒楣至此？張奮這麼想，就急著賣房子變現，賣給了程應。

這個程應也是巨富，擁有多筆土地，專靠出租致富，他也一眼就看中了這座宅院，很豪爽的買下來，隨後帶了一家幾十口人浩浩蕩蕩的搬進去。但過不久，奴僕相繼病倒、病死，醫生也查不出病因，程應無奈，只好將他們遣送回家。但是隔離的作法止不住疾病，程應一家老小也開始出現症狀了，於是，他懷疑是宅子的問題，連忙收拾細軟搬走，打算賤價出售這棟豪宅。後來有關這所宅院各種古怪的流言，便不脛而走[1]。

隔壁的鄰居何文也聽說了，他很清楚，那棟宅院落成以後，換主人比換門前的盆栽還快，一連十幾個屋主的下場都不太好，就像鬼在「抓交替」一樣，每個屋主賣房子都不會先把話說清楚，像在找替死鬼。屋主不斷替換，房價卻總不降低，直到這次終於降到何文買得起的程度了。何文看了看自己居住的殘破的老屋，敲敲算盤，於是出個小價。程應恨不得儘快脫手，就賤價將房子賣給了何文。

何文不擔心宅院有什麼古怪嗎？其實他自己就是個怪人。比方說，下過雨以後，一定要踩著積水才肯上街；試過三個月不洗澡，鬍子留到胸膛；常說自己「受過嚴格的武術訓練」等。他自稱認識「從天上下來的人」，那種小矮人的頭大如斗，耳朵又尖又長，四肢纖細，皮膚是灰色的，大家只當他愛說胡話。怪人何文自然不怕什麼古怪。

何文買下宅院的那天，獨自拿了一把大刀，在傍晚時分爬到北堂中間的屋梁上躲好。等了很久，遠遠的，打更的緩慢悠長地敲了三更，忽然間，門口出現一個身高達一丈多，頭戴高帽，身穿黃衣服的人，這個人一進堂屋就大喊：「細腰！」一個細小的聲音答應了，何文探頭看，卻看不見樣子。黃衣人問：「屋裡怎麼有活人的氣味？」何文趕緊將頭縮回來。細腰說：「屋主搬走，沒有活人。」黃衣人就離

1 不脛而走：不用腿也能去，比喻事物不用推廣，也能迅速傳播。脛，音ㄐㄧㄥˋ，小腿。

開了。不一會兒，又來了一個戴高帽，穿青衣服的人問同樣的問題，後來，又一個戴高帽，穿白衣服的人也來問問題，細腰的回答都一樣。

眼看天快要亮了，何文不得不採取行動，就從屋梁一躍而下，他照先前那些人的方法呼喚細腰，那個細小的聲音果然出現，但是看不到形影。何文問細腰：「那個穿黃衣服的人是誰？」細腰回答：「他是黃金，住在堂屋西邊的牆壁下面。」何文忍住笑，心想這個鬼老實得很，又問：「穿青衣服的人是誰？」細腰答：「那是銅錢，住在堂屋前面離井邊五里遠的地方。」何文再問：「穿白衣服的又是誰？」細腰答：「那是白銀，住在牆壁東北角的柱子下面。」何文最後問：「你又是誰？」細腰答：「我是杵[2]，住在灶台[3]底下。」說完，天就亮了，細腰的聲音也消失了。

何文照細腰的話去堂屋內外挖掘，一共得到五百斤黃金、五百斤白銀和銅錢千萬貫[4]，然後在灶台找到一根木杵，用火燒掉。原來那些作祟的都是「錢鬼」，不知道是誰埋在宅院裡的，日久就成了精怪。從此以後，何文變得非常富裕，住宅也清靜安寧了。

2 杵：音ㄔㄨˇ。舂米、擣藥、擣衣或擣實砂土時用的圓木棒。由上細下粗的堅木做成。
3 灶台：以磚土或石塊砌成，用來生火烹飪的設備。灶，音ㄗㄠˋ。
4 貫：量詞。古代計算錢幣的單位。一千錢為一貫。

4. 外國

（張華／博物志）

經典原文

穿胸①國。昔禹②平天下，會諸侯會稽之野，防風氏③後到，殺之。夏德之盛，二龍降庭，禹使范成光御④之，行域外。既周⑤而還，至南海，經防風，防風之神二臣以塗山之戮⑥，見禹使，怒而射之，迅風雷雨，二龍升去。二臣恐，以刃自貫其心而死。禹哀之，乃拔其刃療，以不死之草，是爲穿胸民。

作者

張華（西元二三二年—三〇〇年），字茂先，范陽方城（今河北固安縣）人，是西晉重要的文學家、詩人、政治家。永康元年（西元三〇〇年）因捲入宮廷政變，遭受牽連，被趙王司馬倫殺害。張華的詩現存三十二首，又著有《博物志》，其餘大半亡佚。

題解

《博物志》內容包羅萬有，包括山川地理、歷史人物、草木蟲魚、飛禽走獸、神仙方術等，是一部奇書。本篇所述，是「穿胸國」的由來。「穿胸」，就是胸部貫穿一個洞，前後通透。爲什麼這個國家的人民是這種怪樣子？原來是禹成爲天下共主之後，在會稽山大會諸侯，防風氏因遲到被殺。後來禹的夏王朝天降祥瑞，出現了兩條龍，禹便派遣大臣范成光駕著龍，巡行天下，以宣揚夏王朝得到上天的支持。最後范成光駕著龍經過防風，防風氏的兩個舊臣因爲憤恨禹殺了他們的故主，便開弓射箭，想殺了禹的使臣。忽然兩條龍興起疾雷、狂風、暴雨，並升上高空而去。兩個舊臣大爲驚嚇，認爲自己必死，就用利刃自刺心臟，貫穿胸膛自殺。禹憐憫他們對故主的忠誠，便命人拔出他們身上利刃，並以「不死之草」治療傷處，救活了他們。這兩個胸部留下一個貫穿大洞的人，就是「穿胸國」的始祖。後來清代李汝珍所作《鏡花緣》第二十六回，所提到的「穿胸民」即是據此而來。

注釋

① 穿胸：貫穿胸部。
② 禹：夏代開國之君。相傳因治水有功，得舜讓位，立國為夏。亦稱為「大禹」、「夏禹」。
③ 防風氏：防風氏是大禹時人，又稱「汪芒氏」，傳說曾協助大禹治水。又傳說中是巨人族，有三丈三尺高。
④ 御：駕馭。
⑤ 周：全，全部。
⑥ 戮：刑殺。

評析

根據傳說，禹在會稽（ㄍㄨㄟˋ ㄐㄧ）山大會諸侯，防風氏遲到了三天所以被殺。爲什麼這樣就要被殺？從地理來看，會稽山位於浙江省紹興市南部，而防風氏的封地在封嵎（ㄩˊ）山（今浙江德清縣）。禹大會諸侯，天南地北，多遠的諸侯都乖乖按時到了，離會稽山不遠的防風氏竟敢遲遲不到，大家等了三天才見到他。這在夏朝初開，天下剛剛統一的君主來說，當然是一種嚴重打擊威信的行為，何況大會諸侯就是旨在建立威信！這麼重要的場合，防風氏這樣的舉動，殺之以立威，實在並不奇怪。

既然防風氏如此該死，禹後來為何又那樣憐憫他的舊臣？這可以從兩方面來說：第一，防風氏的事已經過去了，並且也牽連不到臣下，兩個舊臣所表現出來的忠義，正是世間所重視的德行，所以值得憐憫。第二，根據傳說，防風氏曾協助禹治水，當他被殺之時，也有一些諸侯認為防風氏不會無故遲到。防風氏死後，經過一番查考，明白了防風氏當時的確是為了防洪，而延誤了會稽山大會時程。明白了這些之後，禹也會有後悔、補過之心吧。

禹在天下奔忙，治理了大半的水患，天下各地的部族都感謝他，認為他有治理天下的才德，紛紛有舉他為天下共主之意。禹不愧是個為天下而忘己身的人，幾番思考之下，承擔了這個重大責任。他又想：治水有治水的方法，要依著水性來馴服水；治人也應該有治人的方法，要掌握人的性質來治理人民。人民最願服從的，就是威與德了，我一生治水，造福天下，德是有了，但是威呢？

於是禹為了立威，通告天下，將會盟天下各路諸侯於會稽山。大半的部族首領都知道，大會諸侯是宣告以禹為中心的時代將要來臨，若是不到或遲到，等於不服禹的領導，必與天下為敵，因此都不敢怠慢，提早出發，準時到達。

各部族首領都到了，會盟也準時開始，惟有離會盟之處不遠的防風氏沒到。這當然是極嚴重的事，與防風氏相熟的幾個首領都這樣說：「必是有什麼重要的事絆住了。」但更多與防風氏不熟的部族卻說：「能有什麼事比會盟重要？天下好不容易在禹的治下，聯成了一個整體，到頭來卻是缺防風氏這一塊，這個嶄新的王朝一開始尊嚴就沒了。」禹聽了這些議論，當然非常不快。

三天後，防風氏帶著他的族人轟隆隆來了。爲什麼說轟隆隆？因爲防風一族都是巨人，身高足有三丈多，一群防風人跑來，遠遠就聽得到轟隆隆響。禹立刻下令各族合圍，防風氏一到，便被綁了起來。審問之下，防風氏說是爲了治水事宜，一時趕不來。幾個一向與防風族爲敵，與這些巨人打仗又總是吃虧的部族首領都表示：「天下各地跟著禹治水的部族很多，治水是長年累月不停的工作，卻誰也沒耽誤會盟，可見防風氏這是藉口。」大家鼓譟，禹爲了立威，只得判他「不臣[1]之罪」，斬了。

但要斬掉這個三丈多高的巨人可不太容易，於是禹說先將防風氏監禁，要先築個高塔，再斬。夜深人靜之時，禹獨自一人來到監禁之處看防風氏，摒退了守衛後，防風氏說了：「老大，你眞要殺我嗎？」禹說：「我不想殺你，但我非殺你不可。」防風氏說：「老大說要殺我，我就死好了。但是我跟著老大治水多年，一向

1 不臣：人臣不守臣道。

把老大看成是親大哥，我要知道爲什麼。」禹含淚拍拍防風氏的臂（防風氏坐地上，禹還是只能搆到他的臂），說：「是爲了天下人。你腦袋不靈光，說太多你也不懂。我只要你知道，我非殺你不可，但我心裡是眞的捨不得。」防風氏瞪著禹，說：「好吧，我相信老大要我死，一定有道理，小弟我死就是了。但我要跟我的隨從話別，老大可以答應吧？」

防風氏的兩個近臣聽了防風氏跟禹的交談經過之後，都說：「禹這個人就是冷血，自己的父親鯀[2]被殺了，他不思父仇，還接下亡父的任務。現在對著跟他多年的老大你又是這樣，將來我們是一定要報仇的。」防風氏歎著說：「別這樣說，我的老大禹是大仁大義的人，想想他爲天下做了多大的好事！他要我死，雖然我不懂，但我一定是該死的。這些不說了，我這輩子也就只到明天了，找你們來話別，其實我也沒什麼好說的，你們就好好過日子吧。」

防風氏一死，防風族人也只能在會盟結束之後，含恨離去。

該當夏王朝興盛，會盟之後過了一段日子，朝廷飛來了兩條龍，禹知道是天降下祥瑞，就派大臣范成光駕著龍，巡行天下，以宣揚夏王朝國威。經過防風，最後與防風氏話別的兩個近臣，氣忿的背著弓箭到山上去，打算射殺禹的使臣范成光。兩條龍一見利箭射來，立刻興起狂風暴雨、疾雷閃電，有如天在怒吼。兩個近臣自

2 鯀：音ㄍㄨㄣˇ。人名。夏禹的父親，堯封於崇伯，因治水無功，被舜殺於羽山。

知刺殺無望，這下犯了重罪，又惹天怒，絕望之下，一起拔出隨身配刀，自刺心臟，穿胸而過。

禹當時也巡行在附近，遠遠看見天現異象，又有龍飛，知道必有事端。兩天後禹趕來了，見二臣還沒死，就直歎氣，用靈藥把他們救活了，也不治他們的罪。

禹走了之後，兩臣看著自己傷口癒合後，胸部留下的一個貫透後背的洞，一時不知道該繼續報仇，還是再度自殺。一個開口了：「禹是我們老大的老大，看來我們是拿他沒辦法的吧？」另一個就說：「看來我們還是聽老大的話，好好過日子吧。」後來他們的子孫胸口都有一個穿透的洞，於是稱爲「穿胸國」。

5. 嵇康

（荀氏／靈鬼志）

經典原文

嵇中散①神情高邁，任心遊憩；嘗行西南遊，去洛數十里，有亭②名華陽，投宿。夜了無人，獨在亭中。

此亭由來殺人，宿者多凶；中散心神蕭散③，了無懼意。至一更④中操琴，先作諸弄⑤，雅聲逸奏，空中稱善；中散撫琴而呼之：「君是何人？」荅⑥云：「身是故人，幽沒於此數千年矣；聞君彈琴，音曲清和，昔所好，故來聽耳。身不幸非理就終，形體殘毀，不宜接見君子；然愛君之琴，要當相見，君勿怪惡之。君可更作數曲。」

中散復爲撫琴，擊節⑦曰：「夜已久，何不來也？形骸之間，復何足計！」乃手挈⑧其頭曰：「聞君奏琴，不覺心開神悟，怳若蹔⑨生。」遂與共論音聲之趣，辭甚清辯。謂中散曰：「君試以琴見與。」中散以琴授之，既彈眾曲，亦不出常：惟〈廣陵散〉聲調絕倫。中散纔從受之，半夕悉得；於是先所受引殊不及⑩。與中散誓，不得教人，又不得言其姓。天明語⑪中散：「相與雖一遇於今夕，可以還同千載；於此長絕，能不悵然！」

作者

荀氏，晉朝人，生平不詳。

題解

本篇選自《靈鬼志》，書有三卷，所記皆神怪異聞、佛教靈驗之事。其書已亡佚，僅散見於《法苑珠林》、《太平御覽》、《太平廣記》等書。本篇描述一段嵇康的軼事。嵇康是著名的文學家，也是史上重要的思想家、音樂家，擅彈奏古琴。〈廣陵散〉則是嵇康生平最爲人稱道的曲子，爲古曲，少有人能奏。嵇康死前，憂此曲失傳，歎說：「〈廣陵散〉從此絕矣。」本篇所述，說嵇康所奏的〈廣陵散〉得自於一個已死「數千年」的鬼。這種事當然難以徵信，只能說是一種文人的浪漫了。

注釋

①嵇中散：嵇康（西元二二三年前後－二六三年前後），字叔夜，三國魏人，因曾官至曹魏中散大夫，故又稱「嵇中散」。是文學家、思想家與音樂家，又為「竹林七賢」之一，與阮籍齊名。

②亭：古代建在路旁的公家房舍，以便旅客投宿休息。

③蕭散：閒散，離散冷清。

④一更：戌時，晚上七點至九點。又稱起更、初更，為夜晚五更開始打更之時。

⑤弄：樂曲。如：〈江南弄〉、〈梅花三弄〉。

⑥荅：同「答」。

⑦擊節：打拍子。又用於表示得意或讚賞之意。

⑧挈：音ㄑㄧㄝˋ。提，舉。

⑨蹔：音ㄓㄢˋ。同「暫」。

⑩引殊不及：是說前面所學的，都不如〈廣陵散〉特殊。

⑪語：音ㄩˋ，作動詞。告訴。

評析

嵇康是個擅長彈琴的文人，在華陽亭中出現的，則是一個擅彈琴的鬼。擅彈琴的一人一鬼就在亭中相談甚歡，不但談論琴學、琴藝，也各自演奏以娛對方，鬼還傳授天下名曲〈廣陵散〉給嵇康，然後盡歡而散。這樣看起來，鬼一點都不可怕，且還很可親，和傳說中華陽亭「由來殺人，宿者多凶」的印象一點都不同。這到底是傳言失實？還是鬼對嵇康的態度不同？

從鬼自己說的「非理就終，形體殘毀」，和鬼出現時「手挈其頭」的形象來看，一般人一見之下，當然會受到極度驚嚇。這樣，「由來殺人」，人就嚇死了，或許眞的是傳言失之於誇張；但「宿者多凶」，造成心理驚駭，則是沒錯的。嵇康見鬼的遭遇，他所看到鬼的恐怖樣貌，和別人看到的應該沒有什麼不同，然而嵇康卻是一個道家自然主義觀的達者，認爲一切形象既然存在自然界裡，就都沒有什麼奇怪，不足以畏懼，因此說「形骸之間，復何足計」。所以，本故事可以說是表現老莊道家精神的一篇精彩寓言。

故事新編——張至廷

嵇康一向是個硬骨頭，不信邪，人家跟他説華陽亭這個公家的屋舍鬧鬼很久了，現在已經破敗、蕭條，只剩一個老頭兒看著，路上旅行的人都不去投宿，寧可多走些路，住到別的地方。嵇康不聽，只是笑笑說：「那看守的老頭兒總是人吧？他住得，我也住得。」

沒料到華陽亭接待的老人也勸嵇康不要住在此地：「實跟您說了吧，這屋子頗有怪異，夜裡我也不敢留下。老朽我雖在此管事，其實家住半里地外，白天在亭裡東掃掃、西擦擦，一個人做不了多少事，東邊幾天打掃完了，西邊又髒了⋯⋯。」老頭兒太囉嗦了，嵇康直接打斷他的話：「您儘管回家，晚上我一個人不要緊，可以住就行了。」老頭兒勸不走嵇康，也不能不給他住，只得歎口氣走了。

夜裡，嵇康抱著古琴走到小園中盤腿坐在石上，心想，獨自一人更好，彈琴不怕擾到別人。彈了幾首小曲子，忽然有人叫好。

嵇康泰然問道：「是人是鬼？既然也雅好琴音，何不出來相見？」那聲音回答：「是鬼，死了很久的鬼。」

「是鬼無妨，不必躲起。」

「你不怕鬼？」

嵇康笑了：「總有一天我也會變成鬼，我怕什麼？」鬼說：「我不好看，這華陽亭所以沒人來住，就是因爲我出現了，嚇死了好幾個人。」嵇康又說：「人死了形貌殘破，如枯木腐土，也沒什麼稀奇。」鬼也笑了：「你這人眞有意思，牛一樣的性子，說不通。也好，我會出來，不過你琴彈得這樣好，我一出來你就嚇死了也太可惜，你先再奏幾曲吧，我會出來的。」嵇康想想，一連奏了幾首曲子，又說道：「出來吧，如果我嚇死了，就跟你一樣是鬼，也不用再怕鬼了。」

於是鬼手中提著自己的頭出現了，嵇康拍手笑道：「果然是個奇怪模樣。」鬼一見嚇不倒嵇康，竟有些不好意思，就把頭安回脖子上，看著就如常人無異，改容向嵇康一揖，說：「先生氣度不凡，不是常人，怪不得琴聲無哀聲，有和樂之音。」嵇康撫著稀疏的鬍子，說：「聲音本身是沒有哀樂的，人有哀樂，所以聽琴認爲琴聲有哀有樂。」鬼說琴聲有哀有樂，嵇康辯說琴聲本身並無情緒，哀樂是人自己生出來的心情，心有哀，聽琴聲便覺得哀；心快樂，聽琴聲便覺得快樂。一人一鬼這樣辯駁了一夜，還輪流彈著琴，以說明自己的論點。這一夜討論音樂理論的經歷，成爲後來嵇康所寫名篇〈聲無哀樂論〉的材料。

天快亮了，一人一鬼還是相持不下，鬼說：「我來彈一首〈廣陵散〉吧，此曲描寫戰國時期刺客聶政搏殺韓相俠累的故事，充滿殺伐之聲，你儘管心無殺伐吧，來聽聽看這琴音可有殺伐之聲？」最後日出了，鬼走了，他們還是誰也不服誰，不過嵇康這個音樂天才倒是趁機學得了〈廣陵散〉這首妙絕天下的精彩樂曲。

鬼走了沒多久，看守華陽亭的老頭帶著一位提著藥箱的大夫來啦。嵇康覺得奇怪，老頭兒便不好意思的解釋：「我是想，您要是嚇死了便罷，我就報官。要是僥倖還有一口氣，得請大夫趕緊施救，總是不耽擱找大夫的時間才好，我就……。」辯駁一夜，心情還未完全平復的嵇康，一下子被老頭兒逗笑了。

6. 干將莫邪

（干寶／搜神記）

經典原文

楚干將、莫邪[1]爲楚王作劍，三年乃[2]成。王怒，欲殺之。劍有雌雄，其妻重身[3]，當産[4]。夫語妻曰：「吾爲王作劍，三年乃成。王怒，往必殺我。汝若生子是男，大，告之曰：『出户望南山，松生石上，劍在其背。』」於是即將雌劍往見[5]楚王。王大怒，使相[6]之。劍有二：一雄一雌，雌來雄不來。王怒，即殺之。

莫邪子名赤，比[7]後壯，乃問其母曰：「吾父所在[8]？」母曰：「汝父爲楚王作劍，三年乃成，王怒殺之。去時囑我：『語汝子，出户望南山，松生石上，劍在其背。』」於是子出户南望，但覩[9]堂前松柱下，石底之上，即以斧破其背，得劍。日夜思欲報[10]楚王。

王夢見一兒，眉間廣尺[11]，言欲報仇。王即購[12]之千金。兒聞之，亡去[13]，入山行歌[14]。客[15]有逢者，謂：「子年少，何哭之甚悲耶？」曰：「吾干將、莫邪子也，楚王殺吾父，吾欲報之。」客曰：「聞王購子頭千金，將子頭與劍來，爲子報之。」兒曰：「幸甚[16]。」即自刎[17]，兩手捧頭及劍奉之，立僵[18]。

客曰：「不負[19]子也。」於是屍乃仆[20]。

客持頭往見楚王，王大喜。客曰：「此乃勇士頭也，當於湯鑊[21]煮之。」王如[22]其言，煮頭三日三夕不爛。頭踔[23]出湯中，躓目[24]大怒。客曰：「此兒頭不爛，願王自往臨[25]視之，是必爛也。」王即臨之。客以劍擬[26]王，王頭隨墮湯中；客亦自擬己頭，頭復墮湯中。三首俱爛，不可識別。乃分其湯肉葬之，故通名三王墓。今在汝南北宜春縣界。

作者

干寶，字令升，新蔡（今屬河南）人，生年不詳，卒於西元三三六年。累世為官，祖父干統、父干瑩，皆仕吳。干寶在東晉元帝時任史官，修國史，著《晉紀》，現已亡佚。博通經典，尤其精於《易經》，但大部分著作皆已佚失。又著《搜神記》，為志怪玄奇之書，原有三十卷，現在僅存二十卷。

題解

本文選自《搜神記》。講父親遇害的少年復仇的故事。干將、莫邪是古代傳說造劍的名匠。干將，春秋時吳國人與其妻莫邪，奉命為楚王鑄成兩把寶劍，一曰干將，一曰莫邪（也作鏌鋣）。干將把雌劍獻給了楚王，卻將雄劍傳給兒子，因而被楚王所殺，其子「眉間尺」長成後，透過一名劍客的協助，終於為父報仇。故事讚頌了劍工高超的技藝、復仇的悲歌，也反映了統治者的殘暴。

注釋

①干將、莫邪：夫妻二人，為楚國的冶鑄工人。
②乃：才。
③重身：身中有身，懷孕。
④當產：就要生孩子了。
⑤往見：前往面見。
⑥相：查看，檢查。
⑦比：等到。有一說「赤比」連稱是名字。
⑧所在：在什麼地方。
⑨覩：同「睹」，看見。音ㄉㄨˇ。
⑩報：向……報仇。
⑪眉間廣尺：雙眉之間有一尺寬的距離。
⑫購：懸賞。
⑬亡去：逃離。
⑭行歌：哭唱。
⑮客：俠客。
⑯幸甚：太好了。表示毫不遲疑，充分信任。
⑰自刎：自殺。刎，音ㄨㄣˇ。
⑱立僵：直立不動。
⑲負：辜負，對不起。
⑳仆：音ㄆㄨ，倒下。
㉑湯鑊：湯鍋。鑊，音ㄏㄨㄛˋ。
㉒如：按照，依照。
㉓踔：音ㄓㄨㄛˊ，跳躍，指在滾水中騰躍。
㉔躓目：睜大眼睛。躓，音ㄓˋ。
㉕臨：靠近。
㉖擬：形容劍鋒利無比，比畫一下，大王的頭就掉下來了。

評析

故事裡，情義、善惡的結局，到現在仍深受人們的推崇，其中有幾個地方，可以仔細思考一下。首先，干將被殺以前留下來的謎語，內容說生女兒就放棄復仇，但生兒子就告訴他眞相，爲什麼兒子可以復仇，女兒就不行呢？這是因爲干將認爲，復仇之事應當託付給聰明又有勇武之力的孩子，身爲父親，不忍嬌弱的女兒受苦，因此不告訴未來的女兒，寧可不要復仇。

其次，劍客看見赤傷心哭泣，在得知整個事件的來龍去脈後，立刻表示願意幫忙，而赤也願意將性命交給初次見面的劍客，這是爲什麼呢？因爲這麼寫，可以反映兩人眞摯的知己之情，所謂「肝膽相照」，也能強化兩人「俠」的壯烈形象。俠士善於識人，自然不必花太多時間，就知道對方是否值得信任。第三，楚王爲什麼輕易中了劍客的計？其實在故事一開始，作者就將楚王的性格塑造得極爲貪暴，劍客是看透了楚王的本性，知道他貪愛阿諛奉承之詞，所以特意搬出「霸王之氣可以使人頭爛」的說法，讓楚王得意忘形，而掉入他的陷阱，性格的確造就了命運。

故事新編——高詩佳

懷孕的莫邪[1]撫著隆起的肚子，除了知道丈夫已死之外，其餘茫無頭緒。莫邪與丈夫干將[2]都是楚國有名的鑄劍師，夫婦爲楚王鑄劍，三年後才完成雄雌兩把寶劍。因爲拖延過久，楚王相當不滿，萌生殺意，只等時機到了就要殺害夫婦倆。

當時莫邪即將生產，干將進宮前低頭不捨的對妻子說：「楚王貪暴，這趟恐怕凶多吉少！我決定將雄劍留給未出生的孩子，如果生的是男孩，等他長大後就告訴他：『出門望南山，松樹生長在石頭上，劍放在樹的背後。』如果是女兒，那就罷了！」莫邪很傷心，但爲了保全孩子，只好答應了。於是，干將拿著雌劍進宮去見

1 莫邪：干將的妻子。根據神話傳說，她為了幫助丈夫鑄劍而犧牲性命。邪，音ㄧㄝˊ。
2 干將：春秋吳國人，相傳善鑄劍。後多借指利劍。

楚王。

果然不出所料，楚王相當生氣，責備干將辦事不力，將他打入大牢，又派出懂得鑑定的人來看劍。鑑定師說：「大王，劍本是兩柄，一雄一雌，現在只有雌劍來。」楚王更加震怒，就把干將處死了。莫邪得知丈夫的死訊後，也只能忍住悲痛，獨自將孩子生下來，取名爲赤比。

過了好幾年，赤比終於長成了健壯的少年，他的眉間距離寬大，而得了「眉間尺」的外號。有一天，赤比忍不住開口問母親：「父親到底在哪裡？」莫邪身爲慈母，即使丈夫的仇還沒報，卻也不願意一手拉拔大的孩子去送死，便低頭不肯明說。

赤比跪著求道：「母親，爲人不知生父，又怎麼算是人呢？」禁不住懇求，莫邪才含淚說出干將的遺言。赤比聽了，大爲震驚，想到父母親遭遇的不幸，憤怒的捏住拳頭，決心報仇。他反覆琢磨遺言，走出家門往南方看，沒看見山，卻看到松樹下有一塊大的磨劍石，就拿斧頭將它砍開，果然在後方得到雄劍。此後，他日思夜想的都是謀刺楚王，莫邪再怎麼阻止，也難以改變赤比的心。

這天夜半，楚王在寢宮裡翻來覆去睡不好，這時，一個長相奇特的少年出現在他的床頭，他的眉間廣闊，大約一尺寬，手中拿著利劍，對楚王凶惡的說要報仇。楚王驚醒，大汗涔涔[3]，第二天就懸賞千金說要買少年的頭，國內外加倍戒嚴。赤

3 大汗涔涔：形容人汗流不止的樣子。涔，音ㄘㄣˊ。

比聽到消息立刻逃走，徬徨無助的一個人在山裡行走，想到傷心處，就唱起悲哀的歌來。有位身穿黃衫的劍客經過，好奇的問他：「喂，年輕人，年紀輕輕的，怎麼哭得這樣傷心？」赤比就將事情說給他聽。

劍客聽完，相當憤怒，對赤比說道：「我與楚王也有深仇大恨，願爲你報血海深仇！但是你必須把你的頭和劍都交給我。」交出項上人頭，這不是要赤比死嗎？但是赤比看著劍客誠摯的表情，相知之心油然而生，竟毫不猶豫的舉劍自刎，頭顱滾落在地上，身體仍然站得挺直。劍客撫著赤比的頭與劍，堅定的說：「朋友，我絕不辜負你！」屍身彷彿有靈，聽了這話，才放心的倒下。

於是，劍客提著赤比的頭去拜見楚王。楚王想到心頭之患終於除掉了，不禁喜形於色。劍客趁機提議道：「這是勇士的頭，大王應該用湯鍋來煮。」楚王就命人拿了一個大鐵鍋，就在大殿上煮起頭來。然而過了三天三夜，頭都煮不爛，還跳出來，張開眼睛怒目瞪視。楚王感到驚嚇，只能裝作鎮定的樣子，臉色鐵青。

劍客看了楚王的臉色，又說：「人頭煮不爛，想必是怨氣太重了！請大王親自站在鍋子旁邊，以您的帝王霸氣這麼一鎮，頭非爛不可！」這番話令楚王相當得意，就走近鍋子。這時，劍客迅速抽出雄劍，手起刀落，斬下楚王的頭，頭立刻滾落湯裡。左右護衛相當驚駭，紛紛衝上前去要捉拿劍客，劍客卻立即舉劍砍掉自己的頭，頭也掉進湯裡，他要以死報答赤比對他的信任。

很快的，三顆頭都煮爛了，從此再也分不出誰是誰。宮中的人只好把湯汁倒掉，將煮爛的肉葬在一起，稱作「三王墓」。

7. 韓憑夫婦

（干寶／搜神記）

經典原文

宋康王舍人①韓憑，娶妻何氏，美，康王奪之。憑怨，王囚之，論爲城旦②。

妻密遺憑書，繆其辭③曰：「其雨淫淫④，河大水深，日出當心⑤。」既而⑥王得其書，以示左右⑦，左右莫解其意。臣蘇賀對曰：「其雨淫淫，言愁且思也；河大水深，言不得往來也；日出當心，心有死志也。」俄而⑧，憑乃自殺。

其妻乃陰腐其衣⑨，王與之登臺，妻遂自投臺⑩，左右攬⑪之，衣不中手⑫而死，遺書於帶⑬，曰：「王利其生，妾利其死；願以屍骨賜憑合葬！」

王怒，弗聽，使里人⑭埋之，塚相望也。王曰：「爾夫婦相愛不已，若能使塚合，則吾弗阻也。」宿昔之間，便有大梓木，生於二塚之端，旬日而大盈抱⑮，屈體相就⑯，根交於下，枝錯⑰於上。又有鴛鴦，雌雄各一，恆棲樹上，晨夕不去，交頸悲鳴，音聲感人。宋人哀之，遂號其木曰相思樹——「相思」之名，起於此也。南人謂此禽即韓憑夫婦之精魂。今睢陽⑱有韓憑城，其歌謠至今猶存。

作者

干寶。

題解

本文選自《搜神記》，敘述韓憑夫婦堅貞不渝的愛情。韓憑是宋康王家中的門客，妻子何氏很美，招致康王的覬覦。康王強奪何氏，強迫韓憑守城門，韓憑在絕望中自殺。何氏知道丈夫死訊，決心殉情，偷偷將身上的衣服腐蝕，然後跳樓自盡，衣服爛了，所有人都沒辦法拉住她。韓憑夫婦死後，墳墓旁的大樹合抱在一起，成爲相思樹。故事讚揚了何氏不畏強暴的勇氣，也揭露了貴族強奪人妻的罪行，反映強權欺壓弱勢的社會黑暗面。

注釋

①宋康王舍人：宋康王，名偃，戰國末年宋國國君，耽溺酒色，在位四十七年。舍人，官職名。戰國至漢初，王公大臣左右皆有舍人，類似門客。

②城旦：一種苦刑，受刑者白天防備敵寇，夜晚築城。

③繆其辭：使語言的含義隱晦曲折，不使人看出真意。繆，古同「繚」，繚繞。

④淫淫：久雨不止的樣子，比喻愁思深長。

⑤日出當心：對著太陽發誓，表示決心自殺。當，正照著。

⑥既而：時間連詞，用在全句或下半句的句頭，表示上文所發生的情況或動作後不久。

⑦左右：稱跟從的侍者為「左右」。

⑧俄而：不久。

⑨陰腐其衣：暗地使自己的衣服腐蝕。陰，暗中。
⑩投臺：從高臺跳下自殺。
⑪攬：拉。
⑫不中手：禁不住手拉。因已經陰腐其衣的緣故。
⑬帶：衣帶。

⑭里人：與韓憑夫婦同里之人。
⑮盈抱：雙臂摟不住。盈，超過。
⑯屈體相就：樹的枝幹彎曲相靠攏。就，靠近。
⑰錯：交錯。
⑱睢陽：宋國都，今河南省商丘市。

評析

故事中的三個主要人物，對愛情都相當執著。韓憑被強迫看守城門，不久就自殺了，原文沒有交代他的心境，但試想，韓憑若是肯將妻子送給康王，說不定就能飛黃騰達，不過對愛情的執著以及對未來的絕望，使他做了自盡的決定。同樣地，何氏若肯追隨康王，自然能過著榮華富貴的日子，但她執著於韓憑，韓憑一死，何氏也只有殉情了。康王對何氏的執著，則是極端自私殘忍的，爲了占有何氏，任意犧牲他人的生命，這並不能稱之爲愛，充其量只能說是「貪」。

金人元好問的〈雁邱詞〉云：「問世間，情爲何物？直教生死相許。」認爲情到了深處，「生者可以死，死者可以生」，生死相許是最極致的深情，意思就是除了死亡，沒有任何力量可以把眞心相愛的男女分開。就如故事中的韓憑夫婦，當愛侶已逝，另一個人怎能獨活？何氏用行動回答了什麼是永恆的眞愛，就是建立在「誠信」之上，信守對愛人的承諾，一生只愛對方一個。

經典故事——高詩佳

「紅豆生南國，春來發幾枝。願君多採擷，此物最相思。……」詩人佇立在溫

暖柔和的月色下，沉思默想，原來是感歎人世混濁，有情人難遇。他心想：「人世間，是否眞的有至情至性之人？」

藍色的月光緩慢推移，映照到韓憑的家，這時有些寒意。宋康王的門客韓憑最近娶了如花似玉的夫人何氏，夫妻倆美滿的婚姻羨煞眾人。何氏無法掩蓋她的美麗，很快的，出色的容貌就傳遍城內，也傳到好色的康王耳中。康王仗恃自己位高權重，竟逼著韓憑獻出妻子。韓憑當然不肯，於是康王就派人將何氏強奪作姨太太，將韓憑囚禁起來，命他看守城門，派人監視看管。

何氏被軟禁在康王府中，心情苦悶，她私下託一個小丫頭送信給丈夫，上面寫著：「其雨淫淫[1]，河大水深，日出當心。」不幸所託非人，這封信被康王得到了。康王拿給左右臣子看，卻沒有人看得懂。大臣蘇賀靈機一動，上前稟告：「其雨淫淫，是憂愁與思念很深的意思；河大水深，指遭到阻隔，不能往來；日出當心，應該是有殉死之心。大王應當多注意夫人的安全。」蘇賀因此得到賞賜。

在看守城門的時候，韓憑受盡了嘲弄侮辱，他想到自己無法和康王對抗，又等不到妻子的音信，今生已經沒有希望再見到妻子，在思念與絕望的心情下，過不久就自盡了。而何氏被康王強娶之後，原本想要等待機會與丈夫見面，現在聽說丈夫死了，便失去活下來的理由，她哭不出來了，絕望使她求死的意志更加堅定，於是

1 淫淫：流動的樣子。

偷偷用藥物腐蝕自己的衣服。

這天，何氏隨康王登台巡視，站在高處往下看，感覺有點暈眩，大風吹得她微微發抖。何氏在心裡默唸：「夫君，我這就來找你了！」便從高台跳下。侍衛們連忙伸手相救，但是他們的手碰到何氏的衣服，衣服就化爲五顏六色的碎片，隨風飛去。何氏終究墜地而死。

侍衛們在何氏的衣袋裡找到遺書，呈給康王，上面寫：「大王要我活著，我卻只求速死，但願大王有憐憫之心，讓妾的屍骨和韓憑合葬。」康王十分惱怒，覺得很沒面子，就命人把這對夫婦分開埋了，故意讓兩墳遙遙相望，要他們做鬼也不得相見。康王撂下一句話：「你們夫妻如此相愛，如果可以使兩座墳相合，我就不阻攔你們了！」說完，憤怒的打道回府。

沒想到一夜過後，兩座墳上忽然各自生出一棵梓木，第十天就長到兩手合抱的粗細，兩樹的樹枝彎曲伸向彼此，連樹根也相互糾結在一起，枝葉彼此交錯。有一對鴛鴦棲息樹上，似乎就是韓憑夫婦的化身，日夜都不離去，交頸悲傷的鳴叫，聲音感人。

宋國人聽說這件事，都爲韓憑夫婦哀傷，就稱這兩棵樹爲相思樹，「相思」一詞就由此而來了。也只有這樣至情至性的人，才能以生命譜寫出如此動人的愛情故事。

8. 秦巨伯

（干寶／搜神記）

經典原文

瑯琊①秦巨伯，年六十，嘗夜行飲酒，道經蓬山廟，忽見其兩孫迎之，扶持百餘步，便捉伯頸著地，罵：「老奴，汝某日捶②我，我今當殺汝。」伯思惟某時信③捶此孫。伯乃佯④死，乃置⑤伯去。

伯歸家，欲治兩孫。兩孫驚惋，叩頭言：「爲子孫寧可有此？恐是鬼魅，乞更試之。」伯意悟。數日，乃詐醉，行此廟間，復見兩孫來扶持伯。伯乃急持，鬼動作不得。達家，乃是兩人也。伯著火炙之，腹背俱焦坼⑥，出著庭中，夜皆亡⑦去，伯恨不得殺之。

後月餘，又佯酒醉夜行，懷刃以去，家不知也。極夜不還，其孫恐又爲此鬼所困，乃俱往迎伯，伯竟刺殺之。

作者

干寶。

題解

本篇選自《搜神記》，此書是晉代干寶採集奇事異聞，記錄神仙鬼怪的著作，是魏晉時期，志怪小說的代表作。〈秦巨伯〉寫老人遭鬼戲弄，鬼扮成了老人的孫子，引起老人的誤會，其後老人欲向鬼報仇，卻因爲這樣的「誤會」誤殺了自己孫兒。全篇篇幅雖然很短，但緊扣住鬼所製造的這個誤會，巧妙地演出了一段精彩的人鬼相鬥故事。

注釋

① 瑯琊：音 ㄌㄤˊ ㄧㄝˊ。古郡名，今山東省膠南縣。
② 捶：用杖敲打。如：「捶背」、「捶胸頓足」。
③ 信：誠實，這裡是「真的」之意。
④ 佯：音 ㄧㄤˊ。假裝，偽裝。
⑤ 置：釋放，赦免。
⑥ 坼：音 ㄔㄜˋ。裂開。如：「天崩地坼」。
⑦ 亡：逃跑。

評析

秦巨伯深深陷入「鬼扮其孫」的陷阱中，最終誤殺了自己的兩個孫子，這其中最關鍵的一點，就是先入爲主的「成見」。在故事的進展當中，秦巨伯也曾以自己的聰明，抓到了非常狡猾的鬼怪，可惜最後還是因爲自作聰明、自以爲是的判斷，不但不能殺鬼報仇，還殺了自己孫兒。

初次在山道上遇到兩鬼扮成孫子，秦巨伯沒有發覺，而被鬼所騙，這是人之常情。但回家之後與孫子對質，已知孫子的外貌是可以爲鬼所裝扮。換句話說，經過此事，秦巨伯已經知道，看起來是孫子的樣子，也可能不是孫子，只是鬼扮的。但秦巨伯拿著刀子，自己就跑出去找鬼報仇，一心只認爲孫子在家，所以在外面看見的「孫子」一定就是鬼。因爲這種成見，遇事不仔細辨析、確認，才會糊里糊塗殺了自己孫子。眼見不一定為眞，秦巨伯並沒有眞正記住教訓。

敞開衣襟，趁著夜裡的涼風，不時舉起酒葫蘆灌一口酒，這個逍遙的老人秦巨伯走在山道上，正散步著要回家。心想，過了山神廟，就可以看見山腳下村莊的燈火了，心想：「夜深了，別要孫兒們等門等太久，沒法兒去睡。」正要加快腳步下山，村裡的燈火還沒看見，前面的道上卻轉出了兩個跳跳蹦蹦、小小的身影。

秦巨伯高興了，一眼就看出是依戀自己的兩個小孫兒，口中自語著：「來接我啦？兩個小東西不枉我平日疼愛。」就站定等著他們。

兩個小孩兒歡天喜地，一左一右扶著秦巨伯往山下走。秦巨伯微覺奇怪，又想：「兩個小傢伙愛纏著我鬧是沒錯，可是我又不是數日未回，怎麼今天他們對我格外親熱？」正想著，冷不防兩個孫子按著秦巨伯後頸，合力猛往下壓，竟把秦巨伯緊緊按趴在地上。秦巨伯還反應不過來，左邊的孫子已經罵上了：「老傢伙！上個月端午前一日，你拿著竹帚打得我好慘，沒忘記吧？今天我非揍死你不可！」

秦巨伯一想，確有此事沒錯，但孫子竟敢這麼對爺爺！這不是忤逆嗎？不但驚嚇，一時更不知該如何反應才好，像條死蛇軟軟靜趴在地上不動。右邊的孫子伸腳踢了踢秦巨伯，冷哼：「咦，這老傢伙不是嚇死了吧？怎麼沒動靜？」秦巨伯想想也好，頸子被制，難以還手，不如順著這兩個惡煞孫子的話，將計就計裝死吧，免得白討一頓打，吃了眼前虧。耳聽著兩個孫子說：「怎麼這樣一下子就嚇死啦？倒是便宜了他一身老皮肉，省了一頓好打。」脖頸子一鬆，秦巨伯偏過頭一看，兩個孫子已經跑不見了。

秦巨伯驚魂稍定，剛才冒出的一身冷汗被山風一吹，也乾了。起身往山下家裡走，氣一下全冒上來了，一心只想著回家請出「家法」[1]，就此將兩個不孝犯上的孫子打個皮開肉綻才好。一時之間，充滿氣憤，完全沒想到孫子的舉動也太過反常，明顯的可疑。

果然，回家一叫起孫子，秦巨伯拿起棍棒咆哮欲打。兩個孫子看爺爺氣壞了，只是哭著叩頭賠罪，哭問爺爺何事如此氣壞身子？那秦巨伯原本疼愛孫子，也因兩個孫子一向乖巧孝順，舉起的棒子不由得就頓住，打不下手。把前事一說，爺孫們討論半天，都猜是秦巨伯被鬼怪戲弄了。一個孫子說了：「我們當孫子的怎麼敢打爺爺呢？現在四下無人都不敢，又怎麼會在山道上就敢呢？可見爺爺看到的必是鬼、妖之類幻化的啊！」秦巨伯想想，覺得有道理。

過了幾天，心有不甘的秦巨伯準備了繩子、套索等物藏在身上，打算抓鬼去。裝著喝醉，又走在山道上，果然在山神廟附近，兩隻鬼又扮著兩個孫子的形貌出現。秦巨伯假意讓他們攙扶，急用套索將他們困住，得意的將這兩隻鬼綑回家

1 家法：俗稱責打家人的刑具。

啦！

兩隻鬼被綁在庭院中用火烤，烤得吱吱鬼叫，再也扮不成秦巨伯孫子的形像啦。現出黑漆漆的原形，看不太出來像什麼，加上胸腹、背腰被火燒得焦黑、焦臭，簡直像兩截會蠕動的黑炭。

鬼會不會被弄到「死」？誰也不知道，秦巨伯原想弄死這兩隻鬼，但過了一夜，秦巨伯一家早上睡醒，才發覺兩隻鬼不知怎麼，在天亮前都逃走了。秦巨伯氣得跳腳，但也不知道還能怎麼辦。

又過了一個多月，懷恨在心的秦巨伯終於還是忍不住，夜裡悄悄在懷裡藏著利刃，偷偷出門，提著酒葫蘆又走在山道上裝醉，想依樣畫葫蘆再抓一次鬼。鬧了半夜，秦巨伯終於等著了兩隻鬼，心裡冷笑：「兩個傻鬼，還敢裝我孫子？爺爺我今天要你們兩個死個痛快！」秦巨伯一臉親切笑容，迎著滿臉憂心的兩個孫子，忽然雙手入懷，抽出預藏的兩把鋒利匕首，一刀一個，同時刺入兩個孫子心坎兒，比平日宰豬殺雞還俐落些。看著兩個孫子痛苦、驚詫的面容，秦巨伯笑得更得意了。

當然，他很快就會發現，鬼並沒有出現，這回出現的並不是鬼。

9. 盧充

（干寶／搜神記）

經典原文

盧充者，范陽人。家西三十里，有崔少府①墓。充年二十，先冬至一日，出宅西獵戲。見一獐，舉弓而射，中之。獐倒，復起，充因逐之，不覺遠。忽見道北一里許，高門瓦屋，四周有如府舍，不復見獐。

門中一鈴下唱客前，充曰：「此何府也？」答曰：「少府府也。」充曰：「我衣惡，那得見少府？」即有一人提一襆②新衣，曰：「府君以此遺郎。」充便著訖，進見少府，展姓名。酒炙數行，謂充曰：「尊府君不以僕門鄙陋，近得書，爲君索小女婚，故相迎耳。」便以書示充。充，父亡時雖小，然已識父手跡，即欷歔無復辭免。便敕內：「盧郎已來，可令女郎妝嚴③。」且語充云：「君可就東廊，及至黃昏。」

內白：「女郎妝嚴已畢。」充既至東廊，女已下車，立席頭，卻共拜。時爲三日，給食三日畢，崔謂充曰：「君可歸矣。女有娠④相，若生男，當以相還，無相疑。生女，當留自養。」敕外嚴車送客。

充便辭出。崔送至中門⑤，執手涕零。出門，見一犢車⑥，駕青衣，又見本所著衣及弓箭，故在門外。尋傳教將一人提襆衣與充，相問曰：「姻援始爾，別甚悵恨。今復致衣一襲，被褥自副。」

充上車，去如電逝，須臾至家。家人相見，悲喜推問，知崔是亡人，而入其墓，追以懊惋。

別後四年，三月三日，充臨水戲，忽見水旁有二犢車，乍沉乍浮，既而近岸，同坐皆見，而充往開車後戶，見崔氏女與三歲男共載。充見之，忻⑦然欲捉其手，女舉手指後車曰：「府君見人。」即見少府。充往問訊，女抱兒還充，又與金鋺⑧，並贈詩曰：「煌煌靈芝質，光麗何猗猗！華豔當時顯，嘉異表神奇。含英未及秀，中夏罹霜萎。榮耀長幽滅，世路永無施。不悟陰陽運，哲人忽來儀。會淺離別速，皆由靈與只。何以贈余親，金鋺可頤兒。恩愛從此別，斷腸傷肝脾。」充取兒、鋺及詩，忽然不見二車處。

充將兒還，四坐謂是鬼魅，僉⑨遙唾之，形如故。問兒：「誰是汝父？」兒逕就充懷。眾初怪惡，傳省其詩，慨然歎死生之玄通也。

充後乘車入市，賣鋺，高舉其價，不欲速售，冀有識。欻⑩有一老婢識此，還白大家⑪曰：「市中見一人，乘車，賣崔氏女郎棺中鋺。」大家，即崔氏親姨母也，遣兒視之，果如其婢言。

上車，敘姓名，語充曰：「昔我姨嫁少府，生女，未出而亡。家親痛之，贈一金鋺，著棺中。可說得鋺本末。」充以事對，此兒亦爲之悲咽。齎還白母，母即令詣充家，迎兒視之，諸親悉集。兒有崔氏之狀，又復似充貌。兒、鋺俱驗。姨母曰：「我外甥三月末間產。父曰春，暖溫也。願休強也。」即字溫休。溫休者，蓋幽婚也，其兆先彰矣。兒遂成令器，歷郡守二千石，子孫冠蓋⑫相承。至今其後植，字子幹，有名天下。

作者

干寶。

題解

本篇選錄自《搜神記》，敘述一段人鬼通婚的故事，先寫盧充與崔氏的姻緣是由上一代決定，再寫小夫妻的婚姻生活只有短短三天，後來崔氏爲了送回盧充的兒子，夫妻倆又見了一次面。三天，加上又見一面，這就是盧充夫婦相處的全部時間了。但盧充後來仍然攔兒打聽崔氏的消息，可見他們的愛情是長久的，不是偶合的。然而，夫妻雖然一直愛戀著對方，畢竟人鬼陰陽兩途，盧充只找到崔氏的親人，仍無法再得夫妻團聚。

注釋

① 少府：職官名。秦漢九卿之一，掌山海池澤之稅，以供養天子。後漢改掌宮中服御等物，梁與後魏稱為「少府卿」，隋置為「少府監」，至明始廢。

② 襆：音ㄆㄨˊ，行李，包袱。

③ 嚴：肅穆，端莊。妝嚴，即指「盛妝」之意。

④ 娠：音ㄕㄣ，懷孕；懷胎。

⑤ 中門：內院、外院間的門，或正中的大門。

⑥ 犢車：牛車。犢，音ㄉㄨˊ。

⑦ 忻：音ㄒㄧㄣ，喜悅。

⑧ 鋺：⑴秤鋺。⑵鋤頭曲鐵。⑶同「碗」。盛飲食的

器具。⑷同「剜」。此處應該指「碗」為宜。
⑨僉：音ㄑㄧㄢ，眾人、大家的代稱。
⑩欻：音ㄏㄨ，忽然，突然。
⑪大家：「家」在此處讀ㄍㄨ。大家，是對女子的尊稱，如漢曹世叔之妻班昭稱為「曹大家」。
⑫冠蓋：官吏的官帽服飾和車乘的頂蓋，後用以稱達官貴人。

評析

從故事一開始對盧充的描述，在寒冷的冬日，興到就獨自一人出門打獵；到了崔少府府邸，雖然不認識崔少府，仍欣然應其邀約，入府邸與主人結交；又入門前接受陌生的崔少府贈衣；以上種種，都可以看出盧充是個不拘小節、灑脫的年輕人，只要是眞心所感，並不在意世俗的成見。所以與崔氏女成親，並不因其爲鬼，而有所嫌棄或避忌。

然而，本篇故事著重的部分並不在於男女的相戀及愛情生活，而是短暫婚姻過後，男女生死兩隔還互相追尋的恩愛恩義。尤其後半部盧充「賣鋺」，更表現出了對崔氏消息的渴望與始終如一的愛戀。另外，人鬼通婚生下來的溫休，不但沒有鬼魅的妖邪之氣，且後來成了大器，澤及子孫，其情其氣正大而不邪僻。這似乎也傳達了眞愛沒有生死陰陽的界限，不因幽冥異界，而損及其在人間的珍貴。

盧充二十歲了，雖讀了些書，卻不積極上進，不愛在士大夫[1]的圈子裡鑽營，常常獨自一人出門遊獵。幸好家道不差，還可以支持他這般隨興所至的浪漫。

打獵最好的季節在夏、秋，夏天萬物繁茂，秋天百獸豐肥；而春天生機開始萌動，打獵太不仁愛；冬天則動物冬眠，也不適合行獵。可是盧充就是一個率性而爲的年輕人，快要冬至了，還抓了弓刀踏雪出門。

往西行去，一路玩賞枯枝敗草，有二、三十里地了。忽然見到一頭獐子，盧充認爲自己既是出來打獵，見了野獸，似乎也不好意思閒著不動手，何況這頭獐子故意靠近，擺明是在挑釁[2]。盧充張弓射倒了獐子，卻射牠不死，獐子倒地後爬起，居然沒事，往北邊慢慢跑去，還頻頻回頭看著盧充，盧充心想：「這樣玩我？再不把你射到爬不起身，我不就輸了？」

盧充奮起腳力一路追殺這頭獐子，不過跑了一里多，不但追丟了獐子，還追迷了路。盧充愛遊玩，家裡周圍幾十里地內可說是無處不熟悉，只是這下矗立[3]在眼前的大宅邸卻是從沒見過，而且古舊，絕非新近落成。

1 士大夫：舊稱作官的人。
2 挑釁：故意惹事。釁，音ㄒㄧㄣˋ。
3 矗立：高聳直立。矗，音ㄔㄨˋ。

正打量著，宅門就開了，僕役垂首恭敬的說：「貴客光臨，家主人敬邀貴人堂上奉茶說話。」盧充問明白了是崔少府府邸，撫著自己一身獵裝，心裡才想著這樣的衣裝怎麼見得當官的大人？門裡又出來一個僕役，捧上一個裝著衣服的包袱，盧充待要婉轉拒絕，想想總是體面要緊，獵袍這樣的粗服在府邸中宴飲總不自在，也就釋然了。欣然換了衣冠，恢復讀書人的模樣，盧充從容地進了少府府邸，與主人行禮如儀，置酒高談。

應酬已過，崔少府取出一個匣子，從匣裡拿出一信，說：「令尊看得起我們崔家，最近寫了信給我，為你求了小女這門親，因此今天相邀以告。」盧充接過信紙一看，果然是父親筆跡，驀然孺慕之情升起，眼角溢淚。但這不合理，父親在盧充兒時便已亡故，何能「最近來信」給崔少府呢？然而，盧充並不覺得信件、筆跡是假造而來，想起了今日遇到的種種蹊蹺[4]，逗引自己追跑的獐子不說，府邸的一切為了接待自己若有預謀，盧充又想起了他所熟悉的這附近，明明只有崔少府墓，哪裡有崔少府府邸呢？再加上父親的手澤[5]，盧充心裡也有點知道怎麼回事了。

既然是父親的主張，盧充覺得自己已經成人而無法孝父，至少父親的冥願他應該完成，略盡孝思。

4 蹊蹺：音ㄒㄧ ㄑㄧㄠ。怪異而違背常理。

5 手澤：先人留下的筆跡。

當下盧充與崔小姐便成親，與新婚妻子在少府府邸度過了恩愛異常的三日夜。過後，少府告訴盧充：「佳婿大喜！你盧家媳婦已然有孕，佳婿應該回家了，你夫婦倆是不同世界的人，不能長久廝守，佳婿是聰明人，心裡應該有數。這一胎孩兒，若是生男，必會送還你盧家，以繼香火；若生女兒，就在我這外祖父家養大吧！」盧充茫然了，與崔小姐成親恩愛三日，成親是克盡孝思，恩愛卻是自己與崔小姐見面之後的相感相惜之情啊。但幽冥之事究竟如何？盧生也不知道，只得先任憑崔家安排再說。

從此之後，盧充再尋至崔少府墓，也只能見到荒塚，其他什麼也沒有。

悠悠忽忽過了四年，無可奈何的盧充又過起了隨興遊玩的日子，正是三月三日，在水邊祈福禳[6]災的日子，灑脫成性的盧充不與一干文人行儀式、和詩文、飲酒作樂，反而自己一人貪涼在不遠處玩水。忽然水邊出現了兩輛牛車，大家看著奇怪，先觀望著，只有大膽率性的盧充幾步靠近，便揭起一輛牛車篷後蓋，只見日思夜想的崔小姐正對他淒然笑著，身邊還有一個三歲左右的小男孩。盧充喜得要衝進牛車裡，牛車卻應步前進，仍把盧充拋在車篷外。崔小姐手指另一輛牛車說是崔少府，但盧充像沒聽見。崔小姐把小男孩抱給盧生，又遞給盧生一頁詩稿、一個金碗，說：「既然不能相守，流連徒然自苦，我的心意，我要對你說的話，都藏在給

6 禳：音ㄖㄤˊ。祈求解除災禍、疾病的祭祀。

你的短短詩篇裡了，金碗則是給我們孩兒的留念。就此離別了，夫君！」說完，兩輛牛車也就消失，盧充連話都來不及說。

盧充失去愛妻，第一次是茫然離開，第二次是根本無法挽留。爲了再見崔小姐，盧充把金碗拿到市集標售，還故意開了個離譜的高價，希望引起話題，引出尋找崔小姐的線索。果然，崔小姐還活在世間的姨母找來相認了，她認出了那金碗正是崔小姐墓中之物。

但終其一生，盧充竟不能與崔小姐再見一面，飲恨而逝。惟一不恨的，是他們這段極短暫而淒美的愛情所生下來的孩子，長大成了寬厚大器的大人物，淒苦的眞情，釀出了另一種美好。

10. 董永妻

（干寶／搜神記）

經典原文

漢，董永，千乘①人。少偏孤②，與父居，肆力田畝，鹿車載自隨。父亡，無以葬，乃自賣爲奴，以供喪事。主人知其賢，與錢一萬，遣之。

永行三年喪畢，欲還主人，供其奴職。道逢一婦人曰：「願爲子妻。」遂與之俱。主人謂永曰：「以錢與君矣。」永曰：「蒙君之惠，父喪收藏，永雖小人，必欲服勤致力，以報厚德。」主曰：「婦人何能？」永曰：「能織。」主曰：「必爾者，但令君婦爲我織縑③百匹④。」於是永妻爲主人家織，十日而畢。女出門，謂永曰：「我，天之織女也。緣⑤君至孝，天帝令我助君償債耳。」語畢，凌空而去，不知所在。

作者

干寶。

題解

本篇選自《搜神記》，董永是個努力而本分的好青年，因爲父死家貧，無力舉喪，便賣身葬

父。從此，敘述的結構依序由自助、人助，而後天助，一層層展開，是典型的「得道多助」、「自助人助」、「自助天助」等善有善報的傳統寓言故事型態。

注釋

①千乘：漢代設置千乘郡，故城在今山東省高青縣。
②孤：幼年喪父或無父母。
③縑：音，ㄐㄧㄢ。細緻的絲絹。
④匹：量詞，計算布帛類紡織品的單位。
⑤緣：介詞，意為因為、由於。

評析

董永是個誠實本分的好人，不願占人便宜，地主當初給了他錢財辦理父親喪事，根本沒有要董永還債的意思，這等於送錢給董永，董永沒有還債的義務。但董永認爲不能白白接受人家錢財，有恩報恩，就是自己應盡的義務，不管有沒有跟人約定。這樣的情操，不但人們樂於相助，也才感動了天帝，派織女下凡幫助他。

而仙女董永妻雖名爲董永之妻，可是全篇故事看來，與董永之間並無一點夫妻恩愛之情。她之成爲董永之妻，不過是因爲天帝憐憫董永，仙女承天帝命令下凡幫助董永這個孝子而已。不但爲夫妻的時日短暫，任務一達成，就馬上離去，並沒有一絲留戀。再從董永的角度來看，在道路上遇陌生女子搭訕之下，竟也可以直接納女子爲妻，若不是對此女子一見鍾情，就不可能這樣。然而，董永妻飛升回天界的態度如此決絕，讀者不難想見董永失落之情。故整篇故事只正面表現道義、責任的「德」，而不發揮柔軟、幽微的「情」。

耕田是一件整天在太陽下出力甩汗的辛苦事，但只要田裡的農作物長得順利，日落時扛著鋤頭賦歸就會是每日期待的樂事。家近的，不妨散步，踏著斜陽一路哼唱回家。家遠些的則駕著車，一樣哼唱一路，待車輪輾上了初升的月光，就走入家中剛剛燃上的燈光。

董永家算是貧農，上述優美的農家情調，董永家享受得並不算多。他們自家沒有田，租了田也沒耕牛，犁田時，董永在前負著犁拖行，老父在後頭扶著犁，控制方向，董永就是牛。這樣耕田當然備極勞苦，可是也不能不耕。耕牛既備不起，日落趕車回家駕的，當然不是牛車，而是鹿車。鹿拉不動大車，車上載了農具，老爹趕著鹿車，不單小車沒多餘位置，實在這頭瘦鹿的負擔也差不多只能這樣了，董永只好跟在鹿車後面小跑。

日子雖然過得很辛苦，董永與老父相依爲命，並無半句怨言，只恨自己無力供老父清閒度日。有一天，老父毫無徵兆就死了，也不知道是老死還是累死，也有可能是長年飢乏的身體漸漸失去了生機，終至熄滅。

董永家裡是搜不出一個錢的，日常三餐除了農作，就是挖野菜、野薯，董永父子都多少年沒拿過錢銀買物了！然而，收殮老父並不是種到地裡就能算是完成，很多事是無法自己來的。又無田可賣，鹿車呢？就是一頭老瘦將死的老鹿與幾片破木柴，換不了錢。苦惱的董永兩眼一再巡視著自己狹小破敗的家窩，看不出有什麼東西可以換錢，看來看去，他終於發現始終沒看到的，就是自己。

自己還年輕，還有一把力氣可賣，就賣身爲奴吧，賣了身總可以葬父。

董永要賣身葬父的消息一傳開，人人歎息，一干窮農友雖有心幫襯，也是無力。但農友的歎息還是有些用處，大家談著董永家的慘況，不免多所讚歎董永的孝思與平日的純樸，終於驚動了出租田地給小農的地主老爺。地主老爺感於董永的孝行，便給董永一萬錢，用以葬父及生活。

一萬錢對董永來說當然是巨款，董永爲亡父修了一座簡樸但像樣的墳，並按照禮制，在墓旁自己搭了一座蘆草爲頂的小篷子，以盡人子之禮，守墓三年。

喪期過後，董永想著當初葬父既說了是賣身，雖沒與地主約好工作償還金錢的日期，但是豈可事情一過便自己將此事算了，如沒事般？於是董永打算去地主家做工還錢。走在路上荒僻之處，忽來了一年輕女子搭訕：「我是個無家可歸的女子，在世上孑然一身[1]，無所依憑。妾身頗有相人之術[2]，看郎君必是誠樸君子，願嫁給郎君，成爲夫婦。郎君不會拋棄妾身一個獨身女子坐困荒野吧？」董永愕然答道：「我也只是個孑然一身的窮人啊，這次因賣身葬父，正要往主人家爲奴還債，不是個能成家的寬裕人，妳一個好女子跟著我，怎麼可以？」女子回答：「小女子

1 孑然一身：孤單一個人。孑，音ㄐㄧㄝˊ。

2 相人之術：觀察人的體貌以判斷吉凶禍福的方法。相，音ㄒㄧㄤˋ。

織工頗佳，與郎君同心勞作，必定可以早早償付主人債款。」

想這董永生來貧苦，每日種田，除了老父與幾個老農，幾乎從未跟人交談過，對世故當然極不通曉，竟無法拒絕女子提議。何況，年少而慕艾，這女子仙女一般姿容，董永豈能毫不動心？

到了地主家，地主聽明白了董永來意，自己當初資助董永，是爲董永孝誠所感，本不要他還錢。但看董永辭色堅定，知他若不報恩必不能心安，可是想了想，又覺得有些爲難，家中太賤的事務固然不願委屈這個令人敬重的好青年操作，帳務、文牘[3]等較爲斯文之事，又不能託給這個生手。思量中，隨口便問董永：「你媳婦呢？能操持家務嗎？」董永說：「最會織布了。」這話觸發了地主，布帛在當時也是貨幣的一種，能當錢財使用，就說：「這樣吧，你夫婦倆安心在織房爲我織成一百匹細絹吧，這也足夠抵債款了。」

董永不會織布，也幫不上什麼忙，看著妻子沒日沒夜織布，剛結成的一對夫婦也沒有任何一刻能敘夫妻之情。董永想：「一切還是等償了地主債務再說吧。」可是卻什麼也沒得說，董永妻以神仙般的速度，十天就織出了一百匹細絹布。夫妻倆離開了地主，才出地主家門不遠，董永正想跟自己新娶的媳婦說兩句親熱話，董永妻倒先開口了：「我得走了，老實跟夫君說了吧，我家在天界，我是天界的織女，

3 文牘：俗稱擔任文書工作的人。牘，音ㄉㄨˊ。

這回只因天帝感於夫君誠懇孝順，命我來此相助夫君還債，早得自由之身，現在事情辦完了，我也要回天界了，望夫君無以我爲念。」直接飛上天走了。

失戀的董永愣在道旁站了一整個上午、下午，直到往日鹿車輾過的月光灑在他身上，他想通了，只覺十日以來恍如[4]一夢，自嘲：「不管怎麼說，我得感謝，媳婦兒畢竟對我只有恩情，要是眞把這嬌滴滴的恩人帶回我那窄小的破窩裡，像話嗎？」

4 恍如：好像。恍，音ㄏㄨㄤˇ。

11. 王道平

（干寶／搜神記）

經典原文

秦始皇①時，有王道平，長安人也，少時與同村人唐叔偕女，小名父喻，容色俱美，誓爲夫婦。尋②王道平被差征伐，落墮南國，九年不歸。父母見女長成，即聘③與劉祥爲妻。女與道平，言誓甚重，不肯改事。父母逼迫，不免出嫁劉祥。

經三年，忽忽④不樂，常思道平，忿怨之深，悒悒⑤而死。死經三年，平還家，乃詰⑥鄰人：「此女安在？」鄰人云：「此女意在於君，被父母凌逼，嫁與劉祥，今已死矣。」平問：「墓在何處？」鄰人引往墓所，平悲號哽咽，三呼女名，繞墓悲苦，不能自止。平乃祝⑦曰：「我與汝立誓天地，保其終身，豈料官有牽纏，致令乖隔⑧，使汝父母與劉祥，既不契⑨於初心，生死永訣。然汝有靈聖，使我見汝生平之面。若無神靈，從茲而別。」言訖，又復哀泣逡巡⑩。

其女魂自墓出，問平：「何處而來？良久契闊⑪。與君誓爲夫婦，以結終身，父母強逼，乃出聘劉祥，已經三年，日夕憶君，結恨致死，乖隔幽途。然念君宿念不忘，再求相慰，妾身未損，可以再生，還爲夫婦。且速開塚，破棺，出我，即活。」平審⑫言，乃啓墓門，捫⑬看，其女果活。乃結束⑭隨平還家。

其夫劉祥聞之，驚怪，申訴於州縣。檢律斷⑮之，無條，乃錄狀奏王。王斷歸道平爲妻。壽一百三十歲。實謂精誠貫於天地，而獲感應如此。

作者

干寶。

題解

本篇選自《搜神記》，寫一段男女堅貞的愛情，先寫女方，等待王道平九年，被父母逼嫁他人三年，又死後葬了三年，整整十五年過後，終於等到王道平出現。再寫男方，王道平出現，對唐氏的種種深情表現。第三部分則寫男、女有情人終成眷屬，並克服前夫障礙，得到世人承認。呈現了眞情跨越了生死陰陽的阻隔，與終能度過現實橫逆的意旨。

注釋

①秦始皇：帝號，秦王政二十六年（西元前二二一年）統一天下，建立我國歷史上第一個大一統的帝國，而把古時的皇與帝合稱為「皇帝」，自稱「始皇帝」，廢諡法，以世計。廢封建，行郡縣，以集權中央；統一度量衡與文字；開闢馳道，修築長城，以鞏固國防；為消除反側與箝制思想，沒收民間兵器，偶語詩書者棄市，又有焚書坑儒之事。五度巡行天下，北逐匈奴，南征百越。於始皇三十七

年（西元前二一〇年），死於巡遊途中。
②尋：不久，隨即。
③聘：訂婚，或女兒出嫁。
④忽忽：失意的樣子。
⑤悒悒：音ㄧˋ ㄧˋ。憂愁鬱悶的樣子。
⑥詰：音ㄐㄧㄝˊ。詢問。
⑦祝：祈禱，祈求。
⑧乖隔：分離。
⑨契：投合，切合。
⑩逡巡：逡，音ㄑㄩㄣ。逡巡，徘徊不前，此處指王道平不忍離開。
⑪契闊：分離，相隔。
⑫審：推究，分析。
⑬捫：音ㄇㄣˊ。撫，摸。
⑭結束：穿戴裝扮。
⑮斷：決定，判定。

評析

唐氏女與王道平在故事裡，分別展現了對對方及對愛情的忠貞、深摯。唐氏女在王道平離開的十五年中，前九年是生著等待道平，最後的三年卻是死了在墓中等待道平，生也等，死也等，當然就是生死相許。而中間被迫嫁人的三年，已與道平之情絕望，故失去生機，就此來看，可說就是爲道平而活。再看王道平回來，直接承受兩重打擊，就是唐氏嫁人與死亡，則唐氏即使仍活在世上，也無法與道平在一起，何況唐氏已死，都埋葬三年了！但道平仍在她的墓前哀哭不去，兩個都是痴情人。重點是因爲道平不去，情愛流露得又痴又深又長久，已死的她，魂才得出墳。

故事所要表現愛情堅貞、深厚的意旨，到此已經展露無餘了，即使不再加上後面的圓滿結局，也已經感人至深。所以，結尾活至一百三十歲的夫妻愛情生活，似乎也可以視爲故事編寫者對人間貞情的一種祝福與禮讚。

秦始皇那年代，統一了東周戰國紛擾[1]的諸侯國，成了一個幅員遼闊的大國。六國雖平，秦朝對外族仍時有用兵，由於統一大國的邊疆變得更長、更遠，隸屬軍籍的士卒不可能充裕，就會徵調民丁[2]征伐。長安城附近一個村裡的年輕人，名叫王道平，就被派往遙遠的南方服役。服役多久呢？很難說，要看邊疆之事如何發展。有沒有可能一去就沒有歸期呢？很難說，骨骸散落在沙場上被撿去當鼓槌的鄉親，也並不是沒有。想到這些不可知、不可控制的前途，與王道平私自訂了終身之約的女孩唐父喻，當然要拉著道平的袖子哭個不停。道平說：「我一定會回來，就是死在南方了，魂魄也會回來見妳。」

女孩也說：「是生是死，你總要回來。我就是先死了，也不識南方路途，何處去找你？是生是死，我總是在家鄉等你就是了。」

王道平這一去就沒了消息，古時傳訊不易，道平遠在南方，要恰巧認識欲往長安走的老鄉親託信回家的機會太少了，道平多年來一次也沒能「恰巧」過。時間與風塵能把少年磨練成漢子，時間與等待卻只是把少女推向青春邊緣，父喻的爹娘先時還任她等等看，也許戰事順利，道平幾年內可以回家。但眼看著道平離開將近九

1 紛擾：混亂的樣子。擾，音ㄖㄤˇ。
2 丁：成年男子。如：「壯丁」、「男丁」、「單丁」。

年了，前兩年打聽邊地戰況，也並沒有清楚的消息。父喻的爹娘早就死心，一心想把這個已成爲老姑娘的女兒另外找個人嫁掉，就說：「從來老鄉們被徵召打仗的，能活著回來的就不多。他啊，說不定大腿骨都被當鼓槌了，就算不死，邊疆的戰事一向連年不休，妳還等他成了個老頭子回來不成？」

就這樣，父喻被父母強嫁給了一個叫劉祥的男人。父喻雖不願順從，也曾想以死明志，但想到道平，便自念：「他，魂魄也沒回來找我，想是還在人世吧？若我就此一死，生不能見他，只餘等他死後再相隨了。這樣終是不甘，不若我且嫁與劉祥，暫時留住這條命，生時見他最後一面再死，陰府裡等他便了。」

父喻懷著滿腹的不甘心嫁了，更是終日鬱鬱，連她自己也沒想到，思念加上沒有愛情而不睦的婚姻，只讓她過了既是短短，而又漫長的三年，即致鬱結而死。

男的遠在天涯，生死不知，女的已然墳頭長草，這對苦命情侶的一段情，誰說不是結束了呢？大家當然都這樣想，但這對情侶自己呢？惟一不這樣認爲的，也就只是他們自己了吧。

父喻死後三年，王道平回來了。鄉人想著：「那麼，粗大的骨頭是沒留在戰場上敲鼓了，只可惜另一付瘦小的枯骨早就爛在泥土中了。」

在父喻墳前哀哭的王道平當然知道事已無可挽回，但他就是不斷在挽回，只在墓前叫喚父喻，訴說心曲，這樣日裡待到夜裡，鄉人幾番都勸他不回。他一次一次告訴墳墓：「妳自己說的，是生是死妳會等我。」磨到了拂曉[3]，父喻的靈魂眞的從墓裡出來了。終於再見面的愛侶，瞬間只覺得悠長的十五年忽如彈指，君未變，我未改。父喻說了：「也許是我太想在人世間再與你相見，我雖死，身體卻只是深深睡眠，現在好不容易魂魄被你一聲聲喚醒，身體可還沒醒呢。郎，你快破墳喚醒我吧，我想我可以復活！」

結局是這樣，未死生還，已死不死，這對始終不變心的愛侶最終得到了圓滿。只不過，對別人來說就不見得圓滿了，與劉祥相比，鄉親們雖然大半覺得父喻和道平才是眞正兩心相許的一對，但劉祥與父喻畢竟是合法的夫妻啊。只是話說回來，人死了陽世就註銷了，又活回來能當成同一個人、同一條命嗎？比如判人一個死刑，犯人確實也執行死刑死了，死了三年，卻又活過來了，犯人既已償命，還該再償命否？因爲沒有這樣的例子，官府也不敢說劉祥能不能堅持父喻一定得再當他妻子。既然連官府都沒辦法作主，秦始皇的時代最終當然也要秦始皇作主。

而秦始皇這回並沒做出殺風景的判決。

3 拂曉：天將亮時。

12. 吳興田夫

（干寶／搜神記）

經典原文

晉時，吳興一人有二男，田中作時，嘗見父來罵詈①趕打之。童以告母，母問其父。父大驚，知是鬼魅，便令兒斫②之。鬼便寂不復往。父憂，恐兒爲鬼所困，便自往看。兒謂是鬼，便殺而埋之。鬼便遂歸，作其父形，且語其家：「二兒已殺妖矣。」兒暮歸，共相慶賀，積年③不覺。

後有一法師過其家，語二兒云：「君尊侯④有大邪氣。」兒以白⑤父，父大怒。兒出以語師，令速去。師遂作聲入，父即成大老狸，入床下，遂擒殺之。

向⑥所殺者，乃眞父也。改殯治服。一兒遂自殺，一兒忿懊，亦死。

作者

干寶。

題解

本篇選自《搜神記》，寫鬼魅妖異幻化成一對兄弟的父親形象，長時間誘騙兄弟倆，毀去了一個家。情節分成三個階段：首先是狐妖扮父形，以假亂眞，導致兄弟殺了其父。再來是以假代眞，狐妖即用父親的形貌頂替了父親的位置。最後，能看透妖邪的法師出現，才眞相大白，眞假分明。至此，故事中身歷其境的所有主要人物，包括父子三人及作祟的狐妖，全死光了。情節非常奇特，世間有如佛教典籍《金剛經》所說的「如夢幻泡影，如露亦如電」，一切的本質都是「空」。

注釋

① 詈：音ㄌㄧˋ。責罵。
② 斫：音ㄓㄨㄛˊ。擊，襲擊，以刀斧砍削。
③ 積年：多年。
④ 尊侯：猶言令尊。
⑤ 白：告訴。
⑥ 向：昔日，從前。

評析

如題解所述，毀家的三個階段，如此巧妙而嚴密地進展，似乎可能出於預謀，但文章中並未明說，所以狐妖製造出這樣的人倫家庭慘禍，也可能只是見縫插針，順勢而爲。不管是不是預謀，狐妖本有害人之心是很明白的，但是害人是爲了什麼？狐妖與人原無仇怨，而害人，就是爲了想要進入人的家庭，以人的身分過人的生活，所以狐妖害死了父親，順利以父親身分進入這個家庭之後，就不再繼續害人了。因此，故事中說「共相慶賀」完，而能「積年不覺」，可知狐妖所扮演的父親身分不但毫無破綻，於父親的份位也可能是很稱職的。

但也由於耽溺於人的生活，最終誤了自己一命，也使自己侵占來的圓滿家庭完全毀壞。先從狐妖一開始的狡猾多智來看，狐妖身分被拆穿之後，父親要兩兄弟將之砍殺，但狐妖立刻知機躲起，「鬼便寂不復往」。這裡可以看出狐妖是可以輕易知道人的計畫、行動，並不動聲色逃跑、藏匿的，但狐妖在以「父親」的身分過了幾年之後，遇法師來揭穿身分，又何以不知要逃？何以不知事已敗露，不可挽回？不逃，不是不知逃、沒有能力逃，而是捨不得逃，捨不得人類舒服的生活，自陷於死。

故事新編——張至廷

我小的時候，常常和幾個玩伴一塊兒在村裡村外到處淘氣，惟一一處只敢在外邊探看，不敢進去遊玩的，就是陰森破敗的徐家瓦房。而我們這一群過動的小孩兒，要說能有一刻安靜，也只有傍晚時，圍坐著聽編竹籃子范老爹說故事的時刻了。

「徐小大跟徐小二是很孝順的，就你們這般淘氣混鬧的年齡，兄弟兩個已經整日下田啦。都說這徐老爹腿腳不好……。」話沒完，牛弟爭著插嘴：「腿腳不好？不能走嗎？瘸[1]的唷？」

范老爹等他岔話夠了，才慢吞吞說：「不瘸，拄根枴杖慢慢走，一次能走三里

1 瘸：音ㄑㄩㄝˊ。跛腳、行動不便的樣子。

地呢。就是腿腳使不上力，在田裡工作太累、太慢，是個什麼事都慢條斯理的人。徐家小大、小二可比牛弟還健壯些，便不讓老父到田裡，把徐老爹趕回家去，徐老爹看兄弟倆可靠，也是樂得清閒。可奇怪得很，那一日早上，兄弟倆剛把徐老爹請回家，下午徐老爹又來了。這是從沒發生過的事，一向好聲好氣的徐老爹舉起了竹杖，一邊敲打兄弟倆，一邊罵著兄弟倆偷懶，沒好好做田裡活兒。罵了有一刻，氣沖沖走了。」范老爹叭咑叭咑吸了幾口菸，又繼續說。

「徐老爹走了之後，小大、小二對望一眼，愣得說不出話啦。倒不是怕打，皮粗肉厚的也敲不壞，就是兄弟倆沒看過他爹發脾氣，還發這麼大脾氣。收了農具，他們兩人商量了半天，也完全不得要領。天都黑了，回家也遲了，他母親熱了夜飯給兄弟倆吃，說是他爹精神不濟，早早吃了飯到裡面房間休息了。兄弟倆才把日間老爹的事兒說了出來。他母親卻說，怪了，老頭子整日在家呀，沒說要出門哪。」牛弟又插口：「徐老爹騙人，像我爹一樣。我娘說，被狐狸精迷住的都這樣。」

范老爹唔了一聲，說：「被狐狸迷住的倒不是徐老爹，徐老爹聽了老伴說的怪事，就把兄弟倆叫進房間，說兄弟倆恐怕是被鬼迷了，說這鬼物害人極是厲害，要兄弟倆再見到時，務必殺了這鬼。誰知那小大、小二都說，鬼看起來就跟爹一樣，下不了手啊。這下徐老爹可真的發脾氣了，罵他們怎麼可以把鬼物當是爹，認鬼做父，抄起了竹杖揍了兄弟倆幾下，那力道可比日間鬼打的輕太多了。」范老爹說著，揮著菸桿兒輕輕擊了牛弟幾下，大家都笑了。

范老爹又說：「第二天，徐老爹不放心孩兒，遠遠跟著兄弟倆往田裡走，一來想看看那鬼，二來萬一兄弟倆下不了手，他也好出面作主，命令他們動手。沒料到那鬼並沒出現，也許是知道了徐老爹與兄弟倆的計謀，也可能躲在暗處正看著他父子三人呢。走到了田裡，兄弟倆四處張望，回頭遠遠看見老爹的身影，一個抓起鋤頭，一個抽出鐮刀，壯著膽吼聲連連衝上前去，聽不到徐老爹溫溫吞吞的說話，竟就把徐老爹砸死、割死啦。」一群小孩兒聽到這裡嚇得叫起來，范老爹等這些小孩兒安靜之後，又說：「徐老爹被殺之後，那鬼怪就出現了，還是幻化成徐老爹的模樣，稱讚兄弟倆殺得好，從此頂替了徐老爹，回到徐家繼續假扮兄弟倆的爹去了。幾年下來，家裡家外沒人覺得有什麼不對，如果沒有意外，這也是一個父慈子孝的和樂家庭了。」這時，天慢慢暗下來了，各家小孩的家裡都快出來叫吃晚飯啦。牛弟有些急，催促著：「老爹老爹，後來呢？別慢吞吞講啊。」

范老爹笑笑說：「幾年後，來了個法力高強的和尚，除去了這個鬼，原來也不是什麼鬼，就是一隻大青狐狸。兄弟倆才知道當初殺的是自己的爹，於是徐小大自殺，徐小二羞憤而死，好好一個家就這樣毀掉了、破敗了。好了，牛弟，回家吃飯吧。你們這些小傢伙也散了吧，等等一家家都來叫人了。」

這就是徐家瓦房的故事，說眞的，我跟幾個玩伴兒都遠遠看過幾隻狐狸在徐家瓦房那破屋子竄進竄出呢！

13. 李寄

（干寶／搜神記）

經典原文

東越閩中，有庸嶺，高數十里，其西北隙①中，有大蛇，長七八丈大十餘圍②，土俗常懼。東治都尉及屬城長吏③，多有死者。祭以牛羊，故不得福，或與人夢，或下諭④巫祝⑤，欲得啖童女年十二三者。都尉令長並共患之，然氣厲不息，共請求人家生婢子⑥，兼有罪家女養之，至八月朝，祭送蛇穴口，蛇出吞齧⑦之。累年如此，已用九女。

爾時預復募索，未得其女。將樂縣李誕家有六女，無男，其小女名寄，應募欲行。父母不聽⑧。寄曰：「父母無相⑨，惟生六女，無有一男。雖有如無。女無緹縈濟父母之功，既不能供養，徒費衣食，生無所益，不如早死；賣寄之身，可得少錢，以供父母，豈不善耶！」父母慈憐，終不聽去。寄自潛行，不可禁止。

寄乃告請好劍及咋蛇犬，至八月朝，便詣⑩廟中坐，懷劍，將⑪犬，先將數石米餈⑫，用蜜麨⑬灌之，以置穴口，蛇便出。頭大如囷⑭，目如二尺鏡，聞餈香氣，先啖食之。寄便放犬，犬就齧咋，寄從後研得數創，瘡痛急，蛇因踴出，至庭而死。

寄入視穴，得其九女髑髏⑮，悉⑯舉出，咤⑰言曰：「汝曹⑱怯弱，爲蛇所食，甚可哀愍。」於是寄女緩步而歸。越王聞之，聘寄女爲后，指其父爲將樂令，母及姊皆有賞賜。自是東治無復妖邪之物。其歌謠至今存焉。

作者

干寶。

題解

本篇選自《搜神記》，寫智勇雙全的奇女子李寄的故事。南方的閩越是溫暖多山之地，蟲蛇等多生於其間，深山大澤中時有奇異或巨大的生物出沒。庸嶺的西北之處就有巨蛇，不但居民懼怕，連官吏也對巨蛇毫無辦法，甚至要犧牲童女獻祭，以求平安。可是，童女也不容易徵求，誰家會甘願把女兒送入蛇口呢？少女李寄卻自願出來承擔，表面上是要將自己獻給巨蛇吃了，以平息災害，實際上卻是準備裝備，心裡想好了殺蛇的計畫，並勇敢沉著執行了爲民除害的義舉。全篇最爲人讚歎之處，就是李寄殺死蛇之後，找出以往被蛇吃掉的女童骸骨，歎說不能避開蛇口的災禍，實在是因爲怯懦啊。這也是這篇寓言中，最重要的意旨了。

注釋

① 隙：裂縫，孔穴。

② 圍：量詞：⑴計算兩隻手的拇指和食指合圍的圓周

長度的單位。如：「這個杯子約有三圍大小。」(2)計算兩隻胳膊合抱長度的單位。如：「二十圍粗的神木。」

③長吏：職官名，漢代官員享有六百石以上的爵祿稱為「長吏」。

④諭：上對下的命令告語。

⑤巫祝：以歌舞娛神、能通鬼神的人。

⑥家生婢子：奴僕之女仍服役為婢者。

⑦齧：音ㄋㄧㄝˋ。啃，咬。

⑧聽：順從，服從。

⑨相：輔佐，幫助。

⑩詣：音ㄧˋ。到，前往。

⑪將：拿，持。這裡是「帶領著」犬的意思。

⑫餈：音ㄘˊ，糕餅。

⑬麨：音ㄔㄠˇ，一種將米、麥炒熟後磨粉製成的乾糧。

⑭囷：音ㄐㄩㄣ，圓形的穀倉。

⑮髑髏：音ㄉㄨˊ ㄌㄡˊ，死人的頭骨。

⑯悉：全部，竭盡。

⑰咤：音ㄓㄚˋ，痛惜。

⑱汝曹：曹，是群眾、同伴。汝曹，猶言「你們這些人」。

評析

李寄不但有勇氣，有謀略，有決斷，更有爲民除害的仁人之心，居民們，甚至是官府都沒辦法除去的巨蛇大害，她一個人就從容解決了。最後，李寄沉痛地指出那些被害的女童，所以不能躲過蛇口而死，就是因爲「怯懦」。這條巨蛇成爲災害已經很久了，且在李寄之前已經犧牲了九個少女，眞正怯懦的，就只是這九個少女嗎？李寄殺蛇，官府也只提供一把劍和一隻善鬥的狗，連個助手也不指派，這當然是因爲官府對李寄沒有信心，事實上，官府根本就怕定了蛇，對自己也沒信心，不認爲可以反抗。因此，李寄所說的「怯懦」，明著是說九個少女，暗地裡，則是感歎居民、官府以及世人都不夠有勇氣，是怯懦的。

故事中，李寄提及漢朝緹縈救父的典故，說自己也只是仿效孝女緹縈，犧牲自己以全親人。但這是表面情形，一來，緹縈自我犧牲，只爲救自己的父親，沒有其他目的、想法。李寄卻不只是這樣，她不只想拯救自己的親人，更具備開闊的仁心，想爲民除害。二來，緹縈救父只是消極地用自己代替父親承受罪罰，能否成功，主動權全在皇帝。李寄不同，既積極主動，又大膽細心、善用謀略，爲一方官民除去了多年的大害。不論是存心或行爲，李寄都比緹縈還了不起。

故事新編——張至廷

李寄像個野丫頭，不愛待在家，不像她的姊妹總是幫幫家務，或做些針線活兒。但父母知道李寄只是好動，一樣是個孝順的乖女兒，也不太管她。李寄總是腰間插著刀、斧，跑到山裡一逛就是一整天，主要是砍柴下山賣，貼補家用，也常常獵得一些野兔、禽鳥等回家。所以李寄不像其他女孩那樣柔弱，她的身材窈窕、健康、輕靈，充滿活力。偶爾遇上村裡少年吵架、衝突，這時李寄從不想著自己只是個女孩子，往往跳進男生群裡幫著有理的一方打架，雖不一定打贏，倒也還沒被打倒、打敗過。有時李寄的姊妹被村裡的無賴調戲、欺負，李寄出面把人家揍了一頓討回公道，姊妹就會說她：「妳簡直像個男孩子啊。」李寄總說：「女孩子也不見得就比較弱小啊。」

村裡私塾的岑夫子就曾說李寄：「這是個奇女子，有英雄氣。」這話當然大家聽過就算了，本來嘛，一個女孩兒家能成爲什麼英雄？可是這番閒話說過不久之後，李寄竟然眞的成了個爲民除害的英雄啦。

事情是從一張告示開始，李寄砍了柴下山，正遇村口聚起了幾個村人，指著縣裡官府派人來貼上的告示，不得要領的談著。幾個村人要嘛不認識字，要嘛只認得幾個字，還會認錯，也談不出什麼來。李寄跑去問了岑夫子，才知是件大事。

村人都知道庸嶺西北方出了蛇神，一條巨蟒，十多年來，出沒吞吃人畜無數，無法可制。近年來，官府總是每年八月出錢購買一個少女獻祭給蛇神，希望蛇神能因此少害人畜。李寄問岑夫子：「少女獻祭給蛇神，蛇神就不再出來害人啦？」岑夫子冷笑道：「怎麼可能？一群膽小的官員，不過是自欺欺人罷了。」李寄覺得奇怪：「既然是一條害人的大蛇，何不想辦法殺了？」岑夫子只回了兩個字：「危險……。」

正所謂初生之犢不畏虎[1]，李寄自小就是容不得不平之事的個性，跟岑夫子相談之下，心裡已經把巨蛇當成仇敵啦。心中又想著家裡窮，父母養著自己六個姊妹，老了生活也沒多大指望，自己砍柴又賺不了什麼錢，不如把自己賣給官府去獻祭給那蛇妖，得著賞金，也能稍解父母之困。

想是這樣想，說是這樣說，李寄的父母怎麼肯無端把李寄送入蛇口呢？李寄也知道跟父母講不通，又不會寫字留書，竟沒交代一聲就跑了。李寄自己跑去官府把

1 初生之犢不畏虎：剛出生的小牛不懼怕老虎。比喻閱歷不深的年輕人敢說敢做，無所畏懼。犢，音ㄉㄨˊ。

自己賣了，求官老爺在事過之後再把賞金送給父母，免得父母先知道了來礙事。又求官府給找一把好劍，說是入山要防身用的，免得不到蛇窩就被其他獸類所傷。官府的師爺曾是岑夫子的同學，也聽岑夫子說過李寄這個奇女子，今日親自見到，果然有些不凡。師爺也猜到了李寄不是眞的想把自己當成祭品獻給巨蛇，也不點破，給了李寄一把好劍之外，還送她一頭善鬥的猛犬。

李寄常在山野裡生活，捕蛇不是什麼陌生的事，當然懂得蛇性。到了蛇窩，先用香米糕引出巨蛇，一邊讓靈活凶猛的狗正面襲擊、牽制巨蛇，自己則右手抽出利劍，左手拿著劈柴的利斧，早一步藏身在蛇後面，猛刺猛砍。又仗著靈活的身形及平常打獵、打架的經驗，一人一狗和巨蛇纏鬥了許久，先已受傷的蛇最後終於不支而死。

李寄挖出了先前獻祭的九個少女骨骸，第一次流下了眼淚，說：「妳們就是膽小，女孩子也不見得就應該比較弱小啊。」

從前幫自己姊妹出氣，打倒了欺負人的不良少年，李寄總是心裡覺得非常痛快，但這回不是這樣，李寄依然覺得心情沉重。

14. 女化蠶

（干寶／搜神記）

經典原文

舊說：太古之時，有大人遠征，家無餘人，惟有一女。牡馬①一匹，女親養之。窮居幽處，思念其父，乃戲②馬曰：「爾能爲我迎得父還，吾將嫁汝。」馬既承此言，乃絕韁③而去，逕④至父所。

父見馬，驚喜，因取而乘之。馬望所自來，悲鳴不已。父曰：「此馬無事如此，我家得無有故⑤乎！」亟⑥乘以歸。

爲畜生有非常之情，故厚加芻養⑦。馬不肯食，每見女出入，輒⑧喜怒奮擊，如此非一。父怪之，密以問女，女具以告父：「必爲是故。」父曰：「勿言，恐辱家門，且莫出入。」於是伏弩射殺之，暴⑨皮於庭。

父行，女以鄰女於皮所戲，以足蹙⑩之曰：「汝是畜生，而欲取人爲婦耶！招此屠剝，如何自苦！」言未及竟，馬皮蹷⑪然而起，卷女以行。鄰女忙怕，不敢救之，走告其父。父還求索⑫，已出失之。

後經數日，得於大樹枝間，女及馬皮，盡化爲蠶，而績⑬於樹上。其蠒⑭綸理⑮厚大，異於常蠶。鄰婦取而養之，其收數倍。因名其樹曰「桑」。桑者，喪也。由斯百姓競種之，今世所養是也。

作者

干寶。

題解

本篇選自《搜神記》，寫一段動物與人離奇的愛欲糾纏。女子因爲想念父親，一時無聊而戲弄家裡養的馬匹，還說要嫁牠。對女子而言，這只是一句不可能實現的戲言，所以敢說到「嫁牠」這麼誇張的話。但馬卻認眞了，馬又因爲女子不守信而憤恨，父女二人卻都認爲馬想娶人爲妻是有辱家人之事。馬鬥不過人，就被殺了，但馬的恨意卻沒有因爲死亡而消失，最後馬死後留下的皮革就把女子捲走，化爲了蠶與蠶繭。

古代某些神話的內容，是在解釋某種事物或某種現象的形成。由於古人缺乏足夠的科學知識，對事物產生的眞正原因常常難以追究，於是對事物的解釋難免多所流於想像，且在故事的傳播過程中，又加入了更多浪漫的情節，本篇故事就是如此。

注釋

① 牡馬：牡，音ㄇㄨˇ，牡是雄性的鳥獸。牡馬，就是公馬。

② 戲：開玩笑，嘲弄。

③ 絕韁：絕，斷，隔開。絕韁，就是脫開控馬的韁繩。

④ 逕：直接。

⑤ 故：事故。

⑥ 亟：緊急，急切。

⑦ 芻養：芻，是餵養牲畜的草料。芻養，就是飼養。
⑧ 輒：音ㄓㄜˊ。每，總是。
⑨ 暴：音ㄆㄨˋ，曬。
⑩ 蹵：音ㄘㄨˋ，蹋。
⑪ 蹷：音ㄐㄩㄝˊ，同「蹶」，有舉起、翹起之意。
⑫ 索：探求，搜尋。
⑬ 績：本是將麻或其他纖維搓成細線之意，這裡是說纏於樹上。
⑭ 蠒：音ㄐㄧㄢˇ。同「繭」。
⑮ 綸理：綸，音ㄌㄨㄣˊ。指絲的纏繞。綸，絲線，絲帶。

評析

這篇故事的主要角色有三個：父、女、馬，三者都有可批評之處。馬與父最初沒有什麼特殊的關係，但因爲馬自己跑去載父親回家，父親便認爲這匹馬有靈有情，而好好餵養牠。然而，因爲知道了馬竟然想要自己的女兒嫁牠，覺得這是一種侮辱，對馬的心情就直接從愛護轉變爲憤恨了，全不顧舊情，無情地殺了牠。而縱使這是爲了保護女兒，手段如此絕情，也是恩將仇報。

女子則自始至終驕傲、不守信義。女子對馬所說的話，沒有認眞過，而且都只是戲弄。馬爲她帶回了父親，她也並不對馬有任何感激之情；馬被父親殺了，她不但沒有一點點歉意，還繼續嘲笑馬自不量力想娶人爲妻。女子對自己的言行完全沒有反省能力，不但恩將仇報，還對自己害死的馬踢擊嘲弄，落井下石。

馬最不該的，就是不知本分，沒有認清自己的處境，但這也只是用「人」的道德、智慧標準來說。如果我們不願視人與馬爲平等，又如何能要求馬的行爲遵照人類的標準呢？除此之外，馬因爲女子許諾成婚，而要求女子兌現承諾，這是一點都沒有錯的。人不講信用，害得要求守信的馬慘死，這不是一齣悲劇嗎？

女孩的爸爸出外打仗、建立功業去了，家裡只剩自己一人。女孩會煮飯、洗衣，生活雖然不成問題，就是好寂寞。

尤其是夜裡獨自一個人睡覺，女孩就想起爸爸暖暖的聲音，小時候坐在床邊哄她睡，還有爸爸大大的、有些粗糙的手，總是唱歌撫拍著她的背，而這些年爸爸總是長年在外。

女孩太寂寞了，爸爸又總不回家，女孩不要自己一個人睡覺。於是女孩跑到了馬舍裡，蜷伏在趴睡著的馬旁邊，靠著馬睡。馬一向喜歡女孩，彎過脖子輕輕的用鼻子摩著女孩的髮。女孩閉上眼睛，彷彿爸爸又抱著她，大手摩著她的頭。

天亮了，女孩在稻草堆裡坐了起來，覺得輕輕軟軟好舒服。揉揉眼，完全清醒了，看著身邊的馬，還是思念爸爸，站了起來要走，馬也起來了，又用鼻子一直摩著女孩的頭、身體，像是叫她不要走。

女孩有些煩躁就說：「你喜歡我在你身邊嗎？你去把我的爸爸找回來，我就在你的身邊陪你，就是嫁給你也可以。」說著，還抱著馬脖子親了牠幾下，然後頭也不回走出馬舍。

馬跟著走出來，深深看著女孩，片刻便撒開四蹄，頭都不回地跑走了。

過了十幾天，馬果然馱著爸爸回來了，爸爸跳下馬來，抱起女孩轉圈。父女眼裡只有對方，沒有馬；馬的眼裡卻只有女孩，沒有其他。爸爸說：「馬兒找來了，我還以爲家裡出事了，原來只是我的女兒想我啊。」女孩氣鼓了臉說：「只是？我想爸爸嘛！這只是一件小事嗎？」爸爸笑了，親親女孩臉頰，直說：「不是小事，是最重要的事了！」女孩也親了親爸爸，父女兩人相擁著進屋，從頭到尾沒看過馬兒一眼。

爸爸認爲馬兒是一匹靈馬，能找到自己，馱自己回家，就想著要好好餵養牠。但從回家之後，這匹原來很柔順的馬卻像瘋了一樣，不但不乖乖待在馬舍，餵東西不吃，還一直踩著蹄子，看到自己就怒目，看見女兒就嘶鳴不已。女孩知道馬生氣了，女孩自己也生氣了，難道馬兒眞的想要自己嫁給牠？牠不知道自己只是一匹馬嗎？女孩把馬出發找爸爸前的事說了，這下爸爸也生氣了，難道這馬眞想當自己的女婿？

二人一馬都很生氣，最後還是爸爸殺掉了馬，還把馬皮剝下掛在庭院裡晾乾。父女兩人這幾天吃飯都少不了馬肉烹煮的菜餚，父女兩個人氣消了，生活恢復了快樂平靜。

過了兩個月，功名心重的爸爸又出門打仗去了。女孩非常不高興，她覺得自己越來越離不開爸爸的懷抱了，她討厭夜裡自己一個人睡覺。但如今不但爸爸出門，就是夜裡想到馬兒身旁取一點溫暖，馬兒也不在了啊。於是女孩不但生爸爸的氣，還生馬兒的氣。

某天早上，女孩與隔壁女孩都在庭院中晾衣服，隔壁女孩指著馬皮笑著說：「這馬皮剝得眞是完整，像活的呢。迎著風，還氣鼓鼓的像是要衝上前呢。」連日心情鬱悶的女孩一聽就冷笑：「牠呀，我看牠死了也還不安分，還想娶妳當媳婦呢！」走近馬皮，忿忿地踢牠一腳。但這腳一踢，就放不下來了。

馬皮把女孩從腳上一捲，全身捲成了個春捲一樣，隨風飄呀飄，就飄遠了。鄰人找了他們幾天，就是找不到。

爸爸趕回家和鄰人又到處找他們好久，女孩、馬皮都找不到。後來村外發現一棵樹上有特大的蠶，蠶繭也特別厚實，村人們開始種這種樹、養這種蠶，蠶絲生產量大增。他們都說這就是馬皮所變成的繭，要永遠厚厚的包覆住女孩。

只有女孩的爸爸不信，還在尋找他的女兒，每天夜裡一個人入眠，沒有了女孩在家，就把自己身體蜷成一團，像一個空心的繭。

15. 東海孝婦

（干寶／搜神記）

經典原文

漢時，東海孝婦養姑[1]甚謹，姑曰：「婦養我勤苦，我已老，何惜餘年，久累年少。」遂自縊[2]死。其女告官云：「婦殺我母。」官收，繫之，拷掠毒治。孝婦不堪苦楚，自誣服之。

時于公為獄吏，曰：「此婦養姑十餘年，以孝聞徹[3]，必不殺也。」太守不聽。于公爭不得理，抱其獄詞哭於府而去。自後郡中枯旱，三年不雨。後太守至，于公曰：「孝婦不當死，前太守枉殺之，咎[4]當在此。」太守即時身祭孝婦冢，因表[5]其墓，天立雨，歲大熟[6]。

長老傳云：「孝婦名周青，青將死，車載十丈竹竿，以懸五旛[7]，立誓於眾曰：『青若有罪，願殺，血當順下；青若枉死，血當逆流。』既行刑已，其血青黃緣旛竹而上，極標[8]，又緣旛而下云。」

作者

干寶。

題解

本篇選自《搜神記》，寫一個婦人的冤案。老婦人自殺之後，一向孝順婆婆的媳婦反被老婦人的女兒控告謀殺。經過官府的嚴刑拷打，婦人受不住苦，便認了這樁不是自己做的案子。案子一經認罪，即成逆倫重案，判了死罪。故事中寫行刑而血液竟往上流，推測應爲斬首，或腰斬等刑。由於婦人是被冤而死，非常不甘心，除了死時顯示了血往上流淌的異象之外，東海地方開始了一場大旱災，三年不下雨，聽說這就是婦人的冤氣所造成，新任的太守只好去婦人的墓前，昭雪婦人的冤屈。就這一點來看，除了是天道終能彰顯，但婦人的冤屈還是要靠自己死才能伸張，這完全表現了古代生爲婦人的無助與悲哀的一面。

元朝關漢卿的雜劇代表作《竇娥冤》（全稱《感天動地竇娥冤》），竇娥冤屈，六月飛霜（下雪），即取材自這個「東海孝婦」的故事。

注釋

①姑：這裡是婦女對丈夫母親（婆婆）的稱呼。
②縊：音 ㄧˋ。用繩索勒緊脖子而死亡。
③徹：貫通，通透。指遠近皆知。
④咎：過錯。
⑤表：顯揚，獎勵。
⑥熟：農作物長成，豐收。
⑦旛：音 ㄈㄢ。狹長而下垂的旗幟。
⑧極標：極，指究極。標，在這裡指旗子。極標，就是血染盡旗幟之意。

評析

故事中雖未明說，但從老婦人自己勒脖子而死的前後，及官司經過來看，可以推知婦人的丈夫早已不在世十餘年以上。老婦人死後，老婦人的女兒告官說是婦人謀殺她的母親。爲什麼起了這種疑心？或者，女兒明知不是，故意陷害婦人？故事中也沒有交代，只好由讀者自行加以判斷。至於于公所說，婦人對婆婆十多年來非常孝順，不可能謀殺婆婆，官府完全不聽，只是一味地拷打婦人，要婦人認罪，這種官吏只求結案，不管是不是造成冤屈的官僚心態，倒是很容易了解，從古到今，這類的情形是都時有發生的。婦人就這樣死在小姑的告發與官府的刑求兩者所製造出來的冤罪下了。

還有一點值得觀察，婦人冤屈，固然含著極端憤恨而死，死時血液逆著旗桿往上流，這只是在表明自己的冤情；而造成三年大旱，判她死罪的太守已經卸任走了，後任的太守來到她的墳墓前，昭告了她所受的冤枉，冤情一旦大白，雨即下來，從這兩個情況看起來，都可以知道，婦人念念所恨，不能釋懷的，仍就只是自己的清白，而不是要對冤屈她的人、折磨她的人報復。

故事新編——張至廷

「自從我嫁了以後，三年以來，回娘家看我的母親已有四、五次了。母親一次比一次消瘦，病一年比一年重，常常整天躺在床上起不來。我的嫂嫂是如何對待我的母親呢？哥哥都死十幾年了，家裡剩下嫂嫂這個外面來的人，眞的能好好對待我的母親嗎？前些年我未嫁還在家，我想是嫂嫂顧忌我，對母親的照顧還可說是無微不至，可是怎麼我出嫁了之後，母親就生病了呢？病還越來越重，一定是家裡沒人看著了，嫂嫂露出狐狸尾巴了吧！眞不知道這幾年母親過的是什麼苦日子呢！可是母親見了我也不訴苦，越來越差的身體，還直誇嫂嫂孝順、細心，母親一定是嚇到不敢說什麼了。大人，我的母親絕對不可能自殺，前兩個月我還回去看她呢，她怎麼可能丟下我？除了嫂嫂狠心殺了母親，沒有別的可能了。」這是小姑在衙門堂上的證詞。

「婆婆病了幾年，早無生趣，婆婆說自己常年病著，活著只是拖累我，才拿繩子自己勒脖子吊死的呀。民婦句句實言，大人明鑑。」

一旁提犯婦上堂的獄吏于三也說：「稟大人，小人我于三與這婦人死去的丈夫原本相熟，與她婆婆也拜見過幾次，她們一家的狀況我是知道的。鄰人也都清楚這婦人侍奉婆婆至孝，如此勤苦，十多年如一日，豈有忽然就殺了婆婆之理？」

堂上太守惱恨于三頂撞、質問的口氣，便冷笑說：「我也不說她這十多年是假的，我只說這犯婦苦了十多年，煩了，耐不住了，行嗎？于三，臨老入花叢、晚節不保的人多得是，砸了貞節牌坊[1]的人也不是沒有，不是嗎？」太守又冷笑了幾聲，說：「再說，不經嚴刑拷打，刁民刁婦也不會老實招供。」婦人開始發抖，也不知是害怕還是氣得發抖，于三卻嚇得臉色發白，說不出話了。

拷打之後，婦人被判了死罪，交付法場斬首。那一刀斬下之前，婦人向天哭喊：「若我理當該死，濺出的鮮血也順理向下流；若我被處死是無理，濺出的鮮血

1 貞節牌坊：古代為表揚節婦終生守寡而建立的牌樓。坊，音ㄈㄤ。

也應該逆著事理往上流去。」結果濺出的鮮血竟然眞的順著旗桿往上流，然後沿著長長的旗面又滴流而下。圍觀的民眾覺得奇異，都說：「往上流呢，可見是冤屈。」另外幾個跟官府有交情的富家子弟們卻說：「什麼往上流？那是噴上去的，沒看又往下滴了嗎？」

這案子過後，郡中再也不下雨了，地都乾裂了，大家都說：「雨水都往上流了，卻不滴下來了。」換了一任太守來，于三又去建言，說大旱應該是冤案屈死婦人所致，若得昭雪，或許可以解除旱災。新太守翻閱了舊案卷，知道這個案子果然判得草率，但到底是不是冤案，由於沒眞的經過調查、詳細問案，也很難說，對于三的話只是半信半疑。可是大旱不能解決也的確非常傷腦筋，新太守就心想不妨一試，於是帶著于三，通告了鄉親齊到婦人墓前，新太守當眾宣告了婦人的冤枉，聲明案子未經充分審理，屈枉了婦人。

宣告完畢，又帶領鄉人默默祝禱，大家也不知道會不會眞有效驗。許久，大家等累了，開始覺得不會有奇蹟，解旱應當要另尋他法了。

這時婦人的小姑出來了，跪在婦人墳前，哭說：「平心靜氣了這些年，我也想通了，當初我懷疑嫂嫂也許眞的是錯了。可是妳要恨就恨我吧，判妳死的太守也走了，這些事又關新太守及鄉鄰們什麼事呢？何必連累他們？連累他們就能證明妳的清白嗎？我們當初是沒講道理，但嫂嫂妳現在也不講道理了嗎？」說完，雨就嘩啦啦下來了。

16. 白水素女

（陶潛／搜神後記）

經典原文

晉安，官人謝端，少喪父母，無有親屬，爲鄰人所養。至年十七八，恭謹自守，不履[1]非法。始出居，未有妻，鄰人共愍念之，規[2]爲娶婦，未得。

端夜臥早起，躬耕力作，不舍晝夜。後於邑下得一大螺，如三升壺。以爲異物，取以歸，貯甕中。畜[3]之十數日，端每早至野還，見其戶中有飯飲湯火，如有爲人者。端謂鄰人爲之惠也。數日如是，便往謝鄰人。鄰人曰：「吾初不爲是，何見謝也！」端又以鄰人不喻其意，然數爾如此，後更實問。鄰人笑曰：「卿已自取婦，密著室中炊爨[4]，而言吾爲之炊耶？」端默然心疑，不知其故。

後以雞鳴而出，平早潛歸，於籬外竊視其家中。見一少女，從甕中出，至竈下燃火。端便入門，逕至甕所視螺，但見殼，乃至竈下問之曰：「新婦從何所來，而相爲炊？」女大惶惑，欲還甕中，不能得去，答曰：「我天漢中白水素女也。天帝哀卿少孤[5]，恭慎自守，故使我權爲守舍炊烹。十年之中，使卿居富得婦，自當還去。而卿無故竊相窺掩。吾形已見，不宜復留，當相委[6]

去。雖然，爾後自當少差，勤於田作，漁採治生。留此殼去，以貯米穀，常可不乏。」端請留，終不肯。時天忽風雨，翕然⑦而去。

端為立神座，時節祭祀，居常饒足，不致大富耳。於是鄉人以女妻之。後仕至令長云。

今道中素女祠是也。

作者

陶潛（西元三六五年—四二七年），字元亮、淵明，晉潯陽柴桑人，曾祖是大司馬陶侃，祖父陶茂爲武昌太守。潛少年時即博學於文，在鄉里有名聲。以親老家貧，任職州祭酒，因爲不喜吏人生活，很快就辭職。後來又被徵召爲主簿，拒不就任，情願種田爲生。其後又爲鎮軍、建威參軍、彭澤令。但還是因爲不願巴結長官，不適應官場應酬，歎曰：「吾不能爲五斗米折腰，拳拳事鄉里小兒邪。」在義熙二年（西元四〇六年），又辭官，賦〈歸去來辭〉。不久，朝廷徵召著作郎，陶潛終是不願赴任。不事生產，喜飲酒賦詩，宋元嘉四年（西元四二七年）卒，年六十三，世號「靖節先生」。

題解

本篇選自《搜神後記》又名《續搜神記》，是《搜神記》的續書。書的題名是東晉陶潛所撰。但書中又有元嘉十四年（四三七年）、十六年（四三九年）事，故此書疑爲後人僞託陶潛之名所作，或是後人另有增補。本篇故事說孤兒謝端因爲誠樸自立，而獲天助，中間一段螺居素女，頗爲神異，但謝端好奇，窺破素女行藏，而致素女離去，所遺的螺殼貯米，米就不會缺乏，謝端足以溫飽。而謝端也懂得感恩，因而爲素女立祠祭祀。

注釋

①履：實行。不履非法，即指不做不法之事。
②規：謀畫，謀求。
③畜：保留，收藏。
④爨：音ㄘㄨㄢˋ，以火燒煮食物。
⑤孤：幼年喪父或無父母。
⑥委：捨棄。
⑦翕然：忽然。翕，音ㄒㄧˋ。

評析

這篇筆記小說寫來平實無奇，除了素女居於大螺，被天帝派下來幫助謝端，是神異之事以外，是典型自助天助、善有善報的寓言故事。然而，整篇情節大體上雖然簡單，其中還是有一些細節值得討論。

首先是螺中素女的行爲，素女因爲謝端無父母妻子，獨自一個人生活，便每天趁謝端不在時爲他煮飯，結果是謝端想弄清楚每天自己出現的飯菜，而見到素女，素女也因被謝端見到，不得不離去。從常理來看，自己家裡每天都有一個看不見的人爲自己煮好飯菜，這本來就是一件太奇怪、非追究個明白不可的怪事。因此，素女這種行爲被謝端揭穿，只是遲早的事，而且也不可能拖太久。這樣看來，也許可以說素女最主要的目的，很可能只是爲了贈送謝端神奇的螺而已。況且，素女既說天帝命她服務十年，這如果不是一個假託之詞，素女如何敢當時就棄職而走？所以，重要的是那個螺。

螺很神奇，放進米，米就不會空，就像傳說中的聚寶盆一樣，而故事中謝端始終沒有非份之想，放進金銀錢財等物，所以「不致大富」。這就是說，素女並沒有幫錯人，謝端果然是個本分老實的善良人。

故事新編——張至廷

謝端這個年輕人越來越有出息，討人喜愛，鄰人尤老爹早幾年就想把女兒尤大姐嫁給他。但那時謝端還太窮，尤老爹終是捨不得女兒吃苦，有心想要資助謝端，使他改善經濟狀況，能早日自立，娶了尤大姐。偏偏謝端有骨氣，笑笑的跟尤老爹說想靠自己力氣吃飯，尤老爹也只有苦笑。

前三、四年，謝端在自家田地邊角，自己利用農閒時修了一座粗陋的素女廟，村人都覺得奇怪，尤老爹特去問了謝端，卻問不出什麼。大家都說謝端這傻小子越來越傻了，尤老爹也慢慢收起了招他爲女婿的念頭，只有尤大姐待謝端仍像從前一樣，還跟她爹說：「別管他做了什麼傻事，他是個誠懇勤樸的人，這總沒有錯。」

果然幾年下來，謝端的運氣一直不錯，付出的努力都有成果，不但生計漸漸富裕了，家道也變得殷實，這時村裡想招謝端爲女婿的人也多了。於是謝端娶了尤大姐，這個自小相知已深的鄰居。

婚後不久，謝端跟尤大姐說，想花些銀兩買些好一點的建料，把素女廟在原地重修一新。尤大姐雖覺得奇怪，也只是順從丈夫。

廟修得差不多了，請人新刻的素女神像也送到了，只等明日吉時便可以安上神座。在這夜裡，謝端卻讓尤大姐幫著，把一口大木箱抬到廟裡，在土壇準備安放神座、神像的地上，刨了個好幾尺深的坑。謝端把木箱揭開，搬出了一個好大田螺，足有三尺大。謝端將田螺埋好，拉著尤大姐坐在土壇邊說：「大家都不知道我爲什麼蓋這座素女廟，我也不說，這當然有原因。現在我們是同心的夫妻，事事我都不會瞞妳。」

謝端握起尤大姐的手，說出這樣一番話：「早年，我沒了父母，又是一個窮小子，這些妳自小也都知道。有一日，我在田裡撿到了一個大田螺，就是剛剛埋下的那個螺殼，當時那田螺還是活的，我覺得有趣，就拿回家養在一個大水缸裡。後來連著兩天，我早上下田，近午回屋裡想喝喝水，啃啃剩飯、蘿蔔乾，進門卻看到桌上已煮好了熱騰騰的午餐。那時我還想，是不是丈母娘尤大娘好心來幫我的呢？或者是妳？」尤大姐插嘴：「如果爹娘准許，我會的。」謝端摩了摩尤大姐的手，接著說：「於是我去問岳父，他說這怎麼可能？還笑我傻了，笑我是不是偷娶媳婦了。後來，早上我裝著出門卻躲起來察看，我心裡還是懷疑是妳。」尤大姐瞪大了眼說：「果然是奇事，那是誰？」謝端說：「沒想到在灶下煮飯的是一個千金小姐呢。我那時嚇了一跳，不知不覺就走出來，那千金小姐看到我就歎了一口氣，說她的名號叫『白水素女』，就是我撿到的這個田螺。因爲天帝憐我孤苦，特派她來幫我煮飯洗衣十年，讓我專心種田生產，漸漸日子就會好過了。可惜我看到了她，天機已經洩露，她只好走了，只留下這個田螺，說是讓我放米，從此不會缺米。」

尤大姐聽愣了，說：「你試過吧？眞的有用？」謝端說：「眞的呀，只放進一把米，第二天就是滿螺殼的米呢！」尤大姐更覺得奇怪了，問說：「這麼神奇好用的螺，怎麼要埋起來呢？你在田螺裡放過金銀沒有？」

謝端正色說：「怎麼可以放金銀呢？人貴知足，這些年我也都沒朝田螺裡放米啊，何況我努力了這麼多年，也有些田產了，我們怎麼還用得上這個螺呢？蓋素女廟的意思除了感謝上蒼及白水素女的一番憐憫，主要就是既然自己勤勞就能好好過日子，這螺就用不上了，我想還回這個螺，卻不知道還回哪裡呀，就埋素女神像座下好了，這田螺留在人間，讓世人想不勞而獲，恐怕不是好事呢。」

尤大姐想了想，也贊同了丈夫的做法，心裡更尊敬丈夫了。多年以後，謝端年老壽終正寢，再過半年，尤大姐也臨終將死，跟兒子說起了田螺的祕密，尤大姐是擔心兒子萬一有一天窮困了，還可以不致餓死。

兒子在尤大姐死後第二天即去開挖田螺，可惜素女座下挖開兩丈深，挖出來的除了土，還是土，並沒有什麼田螺。

會不會眞的被上天收回去了？

17. 白布褲鬼

（陶潛／搜神後記）

經典原文

樂安劉池苟，家在夏口，忽有一鬼來住劉家。初因暗，彷彿見形如人，著白布褲。自爾後，數日一來，不復隱形，便不去，喜偷食。不以爲患，然且難之，初不敢呵①罵。

吉翼子者，強梁②不信鬼，至劉家，謂主人曰：「卿家鬼何在？喚來，今爲卿罵之。」即聞屋梁作聲。時大有客，共仰視，便紛紜③擲一物下，正著翼子面。視之，乃主人家婦女褻衣④，惡猶著焉。眾共大笑爲樂。吉大慚，洗面而去。

有人語劉：「此鬼偷食，乃食盡，必有形之物，可以毒藥中⑤之。」劉即於他家⑥煮野葛⑦，取二升汁，密齎⑧還家。向夜，舉家作粥糜，食餘一甌，因瀉葛汁著中，置於几上，以盆覆之。人定後，聞鬼從外來，發盆啖糜。既訖，便擲破甌走去。須臾間，在屋頭吐，嗔怒非常，便棒打窗户。劉先已防備，與鬥，亦不敢入。至四更⑨，然後遂絕。

作者

陶潛。

題解

本篇選自《搜神後記》，寫一段家宅鬧鬼、人鬼爭鬥的故事。劉池苟家來了 個鬼，這鬼並不算恐怖，既不故意嚇人，也不害人，只是喜歡偷吃東西，不找人麻煩。有一天， 群人來劉池苟家做客，其中一個叫吉翼子的，不信世上有鬼，便當眾宣稱，有鬼就叫來，他要教訓鬼。沒想到反被鬼給戲弄，用女人內衣丟他的臉。客人中又有人建議，這個鬼既然能吃東西，那麼應該也可以誘它吃毒物，讓它中毒。後來鬼果然中計，吃了野葛汁而嘔吐。鬼生氣了，鬧起來，劉池苟就從屋外打鬼，鬼也在屋內向外與劉池苟相打，到了四更天才結束這場鬧劇。

與一般鬼故事不同的，本篇記述從頭到尾，人鬼相鬥，既沒有人死，也沒有人生病，甚至也沒有人真正受到驚嚇，完全跳脫鬼能以陰冥之力害人的觀念。

注釋

①呵：怒聲責罵。
②強梁：剛強橫暴。
③紛紜：盛多而雜亂。
④褻衣：貼身的內衣，或言髒衣服。褻，音ㄒㄧㄝˋ。
⑤中：音ㄓㄨㄥˋ，遭受，感染。
⑥他家：別人家。
⑦野葛：植物名，鉤吻的別名。胡蔓藤科胡蔓藤屬，常綠繞纏灌木。產於我國雲南、廣東、福建，印度亦有生產。平滑無毛，樹皮栓質。葉對生，卵形或卵狀披針形。花淡黃色，萼呈卵形，花冠為漏斗狀，內面有斑點。蒴果膨大，內含種子。根及葉含劇毒，可治神經痛、氣喘、百日咳。亦稱為「胡蔓

藤」、「胡蔓草」、「相思草」、「野葛」。

⑧齎：音ㄐㄧ，拿，持。

⑨四更：指凌晨一點到三點。

評析

故事中的這個鬼，讀來一點都不恐怖，除了穿白布褲略有一點鬼的形象外，其他所有的行爲，簡直看不出是個鬼。

首先是偷食，鬼能像活人一樣吃東西嗎？這個鬼就是可以。鬼吃東西需要用偷的嗎？一般不是嚇走人或要人供養就好？但這個鬼就像小偷。而躲避在屋樑上，丟下女人內衣，這也是身手好一點的小偷就可以辦到。再來就是，鬼吃了可以毒人的野葛汁，竟然也會像人一樣中毒，也會像人一樣嘔吐。毒藥能使人中毒，難道鬼吃了也能中毒？人跟鬼到底有什麼差別？接著，鬼生氣了，「棒打窗戶」，鬼也要拿武器？拿棒子？而且還跟人打架，跟劉池苟打架打到四更天。如果鬼的一切行動，都跟人這麼相像，人又爲何會怕鬼？

種種的行爲分析起來，到劉池苟家偷吃東西的，是鬼嗎？或者根本就是人？有沒有可能這篇趣味的小故事，是在諷刺不自努力、好吃懶做的人，就如偷食的野鬼一般？

又純就文章的人物設計來看，作者既把鬼寫得跟人如此相同，實在是有理由相信，鬼就是人，是人「疑心生暗鬼」。因此，下一欄故事新編，也以這個旨趣來發揮。

故事新編——張至廷

劉池苟幾個結拜兄弟又來劉家吃飯喝酒。早些年這幾個人還年輕，不務正

業，常結夥蒙面在野外攔路搶劫單身客人，或到人家農舍偷雞摸狗闖空門，大案子是不做的，固然沒有能耐也不夠膽。後來一次搶錯人了，幾個人圍起一個頭髮斑白的小老頭，一出手，兩個兄弟就被扭斷手。幾個一看苗頭不對，一哄而散，就么弟白老五被扭住，要扭回衙門，後來才知道，小老頭竟然是縣城裡退休的捕頭。經過此事，幾個人都膽寒了，不敢再結夥做壞事，整天只害怕白老五招供，供出自己，都躲到外鄉去了。

僥倖的是，打聽出來的消息，白老五並沒招出幾個兄弟，反而在押回縣城的路上就負傷逃了。白老五被畫成了圖像，張貼在城門、各關隘要道，成了一隻露不得面的過街老鼠[1]，從此不見蹤跡。

幾個兄弟回鄉雖不敢再度爲惡，正經事又不肯刻苦經營，都混得不太好，惟有膽子最小的老三劉池苟，雖說不上是洗心革面，倒是一點邪事也不願幹了，不賭、不酒，認眞做做小生意，不但成了家，還積了一點錢。幾個兄弟就常來劉家吃吃飯、打打牙祭、佔佔便宜。這天，幾個兄弟見劉池苟神色憂愁不說話，不像平時小里小氣的一直勸他們少喝酒，說傷身；勸他們少吃點，折福壽。追問之下，劉池苟說了：「最近我家鬧鬼，這鬼啊，穿著一條白褲子，倒有三分像愛打扮的老五。這

1 過街老鼠：（歇後語）人人喊打。老鼠是人人討厭的動物，所以看到老鼠便想消滅牠，比喻為惡之人必遭眾人唾棄。

鬼不害人，就是常來偷食。」吳老大笑說：「你這是怕鬼，還是捨不得食物啊？」

陳老二湊趣：「老兄弟了還不知道嗎？老三心疼食物總比怕鬼還多些吧！哈哈。」

吉老四不落人後，也搶著說：「哪有什麼鬼？偷吃東西這麼不講究體面。有鬼？叫來，說我吉四爺要教訓他！想當初咱們像野馬似的白老五服過誰？就我吉四爺能罵得他低頭。」這時，橫梁上傳來輕聲冷笑，梁上黑糊糊的看不見什麼，忽然甩下一團白白的東西罩吉老四臉上，一看，是件酸臭的女人內衣。一向愛自誇膽大的吉老四打了個哆嗦[2]，看樣子也不敢跟鬼鬥，推說肚子不舒服走了。

老大、老二心裡也暗自發毛，但不好意思示弱，撐住了。兩個人一商量，有計了，拉過劉池苟，三個人頭靠近，吳老大低聲說：「老三，照你說，這鬼能吃東西是吧？弄些毒給他嘗嘗算了。」說著，從懷裡掏出個紙包塞給劉池苟，又說：「好藥我也弄不到手，這是野葛晒乾磨成的粉，原要下給龐員外的牧童吃的。爲了老兄弟，龐員外的牛，哥哥我就暫時放過，夠義氣吧？等你家宅清淨了，咱們兄弟再來打擾。」吳老大說完，和陳老二也一起溜了。

劉池苟想想覺得也對，自己平時飯都捨不得多吃兩口，老大、老二、老四幾個還常來吃飯、討便宜，這就已經夠心痛的了。本來好在老五逃了，少了一個人來敲竹槓，但現在又多了個鬼來吃我的，萬一連老五也不怕死跑回來，我這不是越虧越

2 打哆嗦：身體顫抖。哆嗦，音ㄉㄨㄛ ㄙㄨㄛ。

大了嗎？

第二天夜裡，鬼吃了加野葛粉的粥，果然吐了一地，氣起來把碗給砸了。這下膽小的劉池苟也氣壞了，拿起竹掃帚堵住廚房門就打，鬼也抄起長長的桿麵棍還擊。鬼倒不說話，劉池苟卻一直罵道：「吃了東西還不算，還摔了我的碗，一個碗三文錢呢，你摔了兩個，整整六文錢呢！」原來劉池苟的勇氣來自於心疼六文錢的碗。

那鬼雖算不得多麼勇悍，劉池苟本也瘦弱，加上一鼓作氣的氣慢慢消了，打了一整晚的架都累了。四更天時，劉池苟一口氣沒喘過來，被鬼給衝出廚房門，跑了。

鬼走出鎮上在樹林裡喘息，拉掉臉上面具，原來是逃犯白老五。靠在樹幹上，白老五恨恨低語：「最膽小、最好欺負的劉三哥膽子竟也大起來啦，往後我到哪兒吃飯才好？」

18. 楊生義狗

（陶潛／搜神後記）

經典原文

晉太和①中，廣陵人楊生，養一狗，甚愛憐之，行止與俱②。後生飲酒醉，行大澤草中，眠不能動。時方冬月燎原③，風勢極盛。狗乃周章④號喚，生醉不覺。前有一坑水，狗便走往水中，還以身灑生左右草上。如此數次，周旋⑤跬步⑥，草皆沾濕，火至免焚。生醒，方見之。

爾後生因暗行，墮於枯井中，狗呻吟徹曉。有人經過，怪此狗向井號，往視，見生。生曰：「君可出我，當有厚報。」人曰：「以此狗見與，便當相出。」生曰：「此狗曾活我已死，不得相與。餘即無惜。」人曰：「若爾，便不相出。」狗因下頭目井。生知其意，乃語路人云：「以狗相與。」人即出之，繫之而去。卻後⑦五日，狗夜走歸。

作者

陶潛。

題解

本篇選自《搜神後記》，寫義犬救主，人跟狗的情感深重，竟至默契十足，能合作無間，共同以詐騙手法向人求救的奇妙事蹟。楊生養了一隻狗，這隻狗是靈犬，非常聰明，能救助楊生於危險中。一次，楊生酒醉，在草原當中睡著了，冬月裡草木乾燥，燒了起來，楊生醉倒，狗叫了半天也不醒。狗沒辦法，見一水坑，便一次次跳下水坑以身沾水，弄濕楊生身邊的草，楊生因此沒被燒死。又一次，楊生走夜路，因視線不明，掉到一座枯井中，狗救不得楊生，便不斷嗥叫，引起了路人注意。路人過來看清了狀況，覺得這狗忠心，很是喜愛，便跟楊生談交易，願救楊生，代價是狗須送給他。楊生捨不得狗，原本不願答應，但狗竟會向楊生使眼色。楊生心裡有數，知道狗心中已有打算，也就答應了路人。路人救出楊生，帶了狗走，五天後，狗卻自己跑回楊生身邊。

義犬的機智聰明，與對主人的忠誠，應是這篇故事的主旨。

注釋

① 太和：太和（西元三六六年—三七一年），一作泰和，是東晉皇帝晉廢帝司馬奕的年號，共計六年。
② 俱：皆，同，一起。
③ 燎原：火燒原野。
④ 周章：倉惶驚恐的樣子。
⑤ 周旋：盤旋，環繞。
⑥ 跬步：半步。跬，音ㄎㄨㄟˇ，走路時一腳向前踏下稱為「跬」，另一腳再向前踏稱為「步」。
⑦ 卻後：自此以後。

評析

這是一則很妙的故事，楊生跟狗的情感，二者的互不離棄、互相忠誠，的確是難能可貴，很令人動容。文章前半部很單純，完全表現出了義犬的聰明與忠心。但重點在後半部，楊生落井，路人因狗叫而來救，這二人一狗，在這樣一個簡單的事件裡，卻是勾心鬥角。路人是俗人，爲人做一點事，就要求取代價。先是楊生不答應，僵持著，狗在這一瞬間，竟然想到解套的辦法：欺騙。楊生看狗使眼色，竟也懂得狗在玩弄心機，順勢配合狗的計謀，合夥詐騙了路人。

這當中，我們會感動於楊生與狗之間的情義，但這種情義、忠誠，卻要以詐騙救助自己的人來完成，未免也太弔詭。若是承認路人是救助自己的恩人，這一人一狗的行爲，就是恩將仇報了。即使認爲與路人不是什麼恩義的關係，只是一筆彼此說定的交易，這一人一狗的心思、行爲，還是都構成合謀詐欺，無信無義。

更詭異的是，以信義來要求、評斷楊生，當然毫無問題。但是，我們會以「信用」來要求一隻狗嗎？我們會以「信用」來評價一隻狗嗎？我們也會認爲一隻狗應該是要「守信」的嗎？這眞是個有趣的問題。

故事新編——張至廷

楊生是個敗家子，家產敗光了之後，行爲就更不堪，騙騙小錢、詐詐賭，總不走正路。有時詐騙被拆穿了，鄉人念在他故逝的父親楊老先生是有德望的君子，也不願太爲難他，頂多就是揍他一頓了事。

這種糊塗日子過久了，楊生不但娶親成家無望，連像樣的朋友也不太能有，楊生最親厚、不離不棄的知己就是一條狗了。狗兒名叫「柳兒」，眞正是楊生的知己，知道楊生愛錢、愛財寶，常不知從哪兒叼來一些制錢、碎銀、手鐲、簪子等給楊生。因此，楊生益發寶愛柳兒。

這一晚，楊生在鎮外破敗的三官廟賭攤上玩，正好沒有可欺的外鄉人，幾個相熟的賭友看他看得很緊，防他又使小手段。楊生知道施展不開了，甚感無趣，就收手到處閒逛，這一逛，就相中肥羊了。難得鎮上首富家的康二少爺也來這種下九流的賭攤玩，新鮮！想來康二少金玉台子上待膩了，換換口味，跟班也不帶，一個人來這破窯子圖圖新鮮。

楊生正經事欠學，歪腦子卻靈光，一見康二少，眼睛一眨就是一計。轉身出了廟門，找到了官道旁一座枯井，到半里外的田舍偷偷背了好大一捆乾草來丟進枯井裡。準備就緒了，便對柳兒得意一笑，吩咐：「待會兒我要你叫，你就扯開嗓門叫啊。」便躲在官道旁等人來。一個時辰後，楊生看清了十幾丈外提燈籠走的正是康二少，便低聲要柳兒叫，自己則一下縱入枯井。

康二少果然被柳兒叫聲引來，康二少本不識楊生，楊生更裝作不識康二少，求道：「好心的路人，路頭暗，我摔這井裡一個時辰啦，好不容易您路過，快救我吧，絕不讓您白出力。」救人是沒什麼，叫人或是向附近農家借一把繩子都不是難事，但康二少被「不讓您白出力」一句話給逗出了趣味，心想，憑我康家財勢，還有什麼能打動我？便饒有興味問道：「救你不難，你給我什麼？」楊生豈不知道康二少財勢大，性子傲？就故意說：「五兩銀子。夠多吧！能買一頭小羊呢。」康二少不屑的笑道：「嗤，我要一頭小羊做什麼？老實告訴你吧，就是五百兩銀子，我也毫不瞧在眼裡。看你還有什麼能打動我。」楊生假裝苦著聲音說：「別說五百兩了，就是把我賣到肉攤上也刮不出十兩銀子的肉來啊！您連五百兩銀子都不放在眼裡，除非……除非……。唉，我也拿不出什麼，您行行好救我吧。」康二少眞是個省油的燈，立刻上當，追問：「除非什麼？你說。」楊生欲擒故縱，說：「我沒說什麼，眞的沒說什麼……。」康二少不悅了：「告訴你吧，我是鎭上康二少，要眞有什麼寶貝，別說救你這種小事了，還賞你一大筆錢。要是嘴硬不說，我還是救你上來，但是縣令是我姨爹，大概會有什麼貴事請你去當貴客吧。哈哈！」

楊生裝得百般無奈說了，說柳兒是錢也買不到的靈犬，是他多少錢也不賣的好狗。康二少不信：「狗再聰明也不過是聽得懂命令吧？」楊生說：「柳兒不同，不說會算數、會認一些字，還救過我好多回呢。遠的不說了，就說去年冬天，我醉倒在鎭北的十里灘裡，不知怎麼，灘上的枯草起火了。我醉倒了也不知，柳兒拖不動我，竟咬掉我一大塊衣襬，一次次到塘裡沾水，把我身旁的草都澆濕了，我才逃過一劫。」康二少玩樂享受的事精明，鄉野的事可就不太清楚了，沒聽出楊生吹牛的破綻。野地裡火一燎原，拿桶子裝水也澆不熄的，還能把草沾濕就沒事兒？但康二少也並不信任楊生，且事太神奇，實在可疑，就說：「這麼神？說大話也不怕閃了舌頭！狗救不救你我也看不到，你說這狗會算數？」倒眞的會，楊生喊狗：「柳兒聽好，我早上餵你兩個饅頭，下午又餵你三個饅頭，你吃了多少饅頭？」柳兒是眞的聰明，準準叫了五聲，不含糊。

康二少嘿嘿笑了幾聲，說了：「就這樣辦吧，你把狗給我，我到附近農舍叫人拿繩子拉你上來。」楊生急說：「哎呀，我可沒答應送給你柳兒啊。」康二少大笑：「別説啦，你眞想到我姨爹那裡作客？」

五天後，柳兒咬著一根玉如意回楊生家裡，楊生一見大驚：「啊，你這笨狗，咬銀子回來就好啦，銀子丟了，他們有錢人家根本懶得理會。這下你給咬個價值連城的玉如意回來，不是害慘我嗎？」

其實也沒多慘，康家追回了家傳的玉如意，知道了楊生是已故楊老先生的公子，也不願再加追究，只重重賞了他幾個巴掌了事。

19. 烏衣人

（陶潛／搜神後記）

經典原文

吳末，臨海人入山射獵，爲舍住。夜中，有一人，長一丈，著黃衣、白帶，逕①來謂射人曰：「我有仇，克②明日當戰。君可見助，當厚相報。」射人曰：「自可助君耳，何用謝爲？」答曰：「明日食時，君可出溪邊。敵從北來，我南往應。白帶者我，黃帶者彼。」射人許之。

明出，果聞岸北有聲，狀如風雨，草木四靡③。視南亦爾。惟見二大蛇，長十餘丈，於溪中相遇，便相盤繞。白蛇勢弱。射人因引弩④射之，黃蛇即死。

日將暮，復見昨人來，辭謝云：「住此一年獵，明年以去，愼勿復來，來必爲禍。」射人曰：「善。」遂停一年獵，所獲甚多，驟⑤至巨富。

數年後，忽憶先所獲多，乃忘前言，復更往獵。見先白帶人告曰：「我語君勿復更來，不能見用。仇子已大，今必報君，非我所知。」射人聞之，甚怖，便欲走。乃見三烏衣人，皆長八尺，俱張口向之，射人即死。

作者

陶潛。

題解

本篇選自《搜神後記》，記一個人與蛇妖殺戮、復仇的故事。有人入山打獵，白蛇化爲人，爲將要到來的戰鬥，找這個獵人當幫手，並許諾豐厚的報酬。獵人也沒多問，直接就答應白蛇。第二天決鬥，獵人一看，原來是一黃一白兩條大蛇對決。本來白蛇是較弱的，輸面比較大，但既有獵人爲幫手，獵人拿出機弩就射黃蛇。黃蛇雖然強大，也不敵機弩威力，很快就被射死。白蛇許給獵人的報酬，就是在山裡行獵一年，可以大有收穫，但警告他一年之後，不可再來，若是再來，必有禍患。由於收穫太多了，獵人一下子變成了一個富翁。幾年後，貪心不足的獵人又來這座山裡，想獵取更多的財富，卻不料被他殺死的黃蛇，生下的兒子都已長大，化成三個烏衣人，把獵人殺了復仇。

其實獵人被殺的原因是結下仇怨，但若不是貪心，仇怨的反擊也並不容易達成呢。

注釋

①逕：直接。
②克：約定。
③靡：音ㄇㄧˇ。順勢倒下。
④弩：音ㄋㄨˇ。用機械力量發射的硬弓。
⑤驟：急速。

評析

黃蛇被毫無仇隙的外來人所殺，黃蛇的三個兒子因此爲父報仇，這在道理上完全是說得通的。白蛇與黃蛇相爭，若只是單純的兩方戰爭，白蛇找來獵人幫手，加強己方的陣容及戰鬥力，也不能說有什麼錯。但若二蛇是約好一對一地單挑決鬥，白蛇找來了獵人二打一，就太不光明正大了，且根本是作弊。

白蛇、黃蛇、黃蛇的孩子三個烏衣人，三者的立場都很清楚，但獵人呢？獵人在這件事當中會有什麼立場？獵人本來並不認識白蛇，和黃蛇更沒有任何淵源或恩仇，爲什麼素不相識的白蛇（化爲人形）找他幫忙決戰，他就答應？也不問爲何事而爭，也不問雙方曲直，這很奇怪吧？戰鬥本是一件嚴重的事、危險的事，自己可能受傷，也可能死。就是己方戰勝了，殺傷、殺死了對方，難道事先都不弄明白對方有什麼該死、該傷的理由嗎？所以，獵人答應白蛇時說：「可助君耳，何用謝爲？」「何用謝爲」（何必要什麼謝禮呢？）這句話就讓人不能相信。再從最後獵人已是富人了，還爲了貪得大財，回山打獵，足可證明獵人一切以貪心爲出發點。那麼當初幫助白蛇殺黃蛇，根本是爲了「謝禮」而毫不在意是非曲直、不惜犧牲他人（黃蛇）生命，是典型的小人。

故事新編——張至廷

魯規武藝不錯，尤精於機弩、袖箭等器械，家中雖然薄有田產，他卻不屑當個田舍郎，整日舞刀弄槍、鬥拳角力。要說他是個什麼身分也難說得很，沒有什麼固定職業，憑著尚稱精壯的體格幫人出頭當打手，自稱是打抱不平。受幫忙的人送他一些錢財謝禮，少不得恭維他兩句，說他是「遊俠少年」，他也就這樣含笑接受了。

這年，魯規一連插手了幾件閒事都不順利，還受了一點小傷。幾個月後，傷早就痊癒，閒來無事，筋骨便發癢，然而前陣子幾件閒事管砸了，形勢還不大好，一時總以暫避風頭爲佳。便動了遊興，全副武裝，西行入山打獵啦。

到得山上，一連半個月手氣都不好，獵不到珍獸。一個夜裡，魯規獨自夜宿在一間供過路行人、獵人任意使用的無主小木屋裡，一個衣飾甚爲華麗的白袍公子進來了。兩人互相見禮攀談，頗爲融洽，白袍公子忽說，明日有仇敵將要決戰，看魯規生得豪勇，刀弓等武器又齊備，定是勇士無疑，便想邀請魯規助戰。魯規看白袍公子身上飾物、配件都是寶物，衣衫質料也是上等，料定巴結上這公子必不吃虧，但敵勢不知如何？白袍公子回答：「魯兄不必擔心，那傢伙性子高傲，必是獨自前來應戰。小弟也不是必定打不過他，只是若再有魯兄相助，打殺了他是易如反掌。小弟先致上薄禮，事成之後另有厚禮相贈。」說著從懷中掏出了一個蛇皮所製的腕套，拔出匕首鑽刺臂套，竟不能傷。把臂套遞給魯規，又說：「明日日出，在溪澗決戰，白袍是我，黃袍是仇敵，一切仰仗魯兄了。」魯規拿起蛇皮臂套，愛不釋手，自是連聲答應了。

決戰很快就開始，魯規到戰場一看，原來是一白一黃兩條巨蛇纏鬥。黃蛇粗壯些，這讓事情更好辦，魯規的機弩之術本就以精準快速聞名，黃蛇那麼大，不到兩刻就被魯規射死了。白蛇對魯規連連點頭，就往草叢裡游走了。魯規本想剝了黃蛇的皮帶走，但看蛇身插滿數十支弩箭，沒剩多少好皮，就算了。

晚上，白袍公子又來小屋，致謝之後對魯規說：「黃蛇已死，這一年裡，此地山林由我稱王，魯兄儘可放開弓箭狩獵，別的不敢說，小弟在這一年內保你箭箭都不落空。但一年過後，情勢恐又有變，到時魯兄千萬不要再來，來則或許將有禍害。」

這一年的收獲使魯規變成了個大富人，財產一輩子吃用不盡。但雖然有錢了，魯規還是常常想著那山林會有什麼禍患？稱王的黃蛇不是也死在我的箭下了嗎？白蛇就更不足懼了，我怕什麼？一年的收獲就足以使我翻身，當個大老爺，不如佔了那片山林當作我的獵場吧，那跟金山銀山也差得不多了吧！

這次重回舊地，排場就大得多了，可是入山不久，一夜之間竟然十幾個僕從都失蹤了，行囊馬匹倒還在。魯規驚愕之中，白袍公子又出現了，這回衣飾質地雖好，卻有多處破損，他說：「魯兄你怎麼不聽勸來了？黃蛇的三個兒子長大啦，整天追著我復仇，我雖有自保之道，也只能逃逃躲躲，保不了你了。讓他們見了你還得了，快逃吧。」說完，匆匆又走。

魯規當然想逃，但僕從都被劫走了，他還逃得了嗎？黃蛇的孩子，三個烏衣人圍住了魯規，魯規知道這回過不了關了，還是掙扎：「是好漢的就一對一決一死戰，靠人多算什麼英雄？」烏衣人冷笑：「你是好漢嗎？當初怎麼跟著白蛇一起二對一，躲在一旁不吭聲就猛發箭射死我父親？靠人多算什麼英雄？」三個烏衣人各自掏出一大把當年刺死黃蛇的弩箭，全部刺進魯規的胸膛，胸膛都刺爛了。

20. 武昌三魅

（劉敬叔／異苑）

經典原文

高祖①永初中，張春爲武昌太守。時人有嫁女，未及升車②，忽便失性③，出外毆擊人，乃自云已不樂嫁俗人。巫云是邪魅，乃將④女至江際，遂擊鼓以術咒療⑤。春以爲欺惑百姓，刻期⑥須得妖魅。

翌日，有一青蛇來到巫所，即以大釘釘其頭。至日中時，復見大龜從江來，伏於巫前。巫以朱書⑦龜背作符，更遣入江。至暮，有大白鼉⑧從江中出，乍沉乍浮，龜隨後催逼。鼉自分死⑨，冒來，先入幔，與女辭訣。女遂慟哭，云失其姻好。於是漸差⑩。或問巫曰：「魅者，歸於一物？」巫云：「蛇是傳通，龜是媒人，鼉是其對⑪。」所獲三物，悉以示春，春始知靈驗，皆殺之。

作者

劉敬叔，字敬叔，彭城（今江蘇徐州）人，生卒年不詳。少時聰穎，有才氣，從最早擔任司徒掌記，到晉末官拜南平國郎中令，仕途順利，後來得罪官員劉毅，導致免官。直到劉毅伏誅，又召爲征西長史，因功封爲南平郡公。南朝宋元嘉三年（西元四二六年）任給事黃門郎，後來因病免官，於家中逝世。著有《異苑》十卷。

題解

本篇選自《異苑》，說的是巫師降妖除魔的故事。武昌有怪物橫行，專門用邪術拐帶婦女，女主角寧可嫁給怪物，卻不願嫁給平常人。人們找來巫師除妖，太守張春下令限期除掉怪物。巫師法力高強，不但將怪物收服了，還治好了女子的狂症。最後，張春就將抓到的三個怪物：蛇、烏龜、大白鼉處死了，讓牠們不再危害人間。故事雖沒有離奇的情節，卻爲妖物塑造出有情有義的形象。

注釋

①高祖：南朝宋武帝劉裕（西元三五六年—四二二年），字德輿，小名寄奴。曾為晉朝將，討伐桓玄之亂。又曾討平長江上游割據勢力，統一江南；並兩次北伐，滅南燕、後秦。晉恭帝時篡晉，改國號宋，史稱為「劉宋」。

②升車：登上前來迎娶的馬車。

③失性：發瘋。

④將：捉拿。

⑤以術咒療：施法術咒語驅鬼除邪或治病。

⑥刻期：限定日期。

⑦朱書：用紅筆書寫。

⑧鼉：音ㄊㄨㄛˊ，動物名。長約二公尺餘，背部暗褐色，有六橫列角質鱗，具黃斑和黃條。腹面灰色，有黃灰色小斑和橫條。尾部有灰黑相間的環紋，四足，前肢五指無蹼，後肢四趾具蹼，穴居於池沼底部，以魚、蛙、鳥、鼠為食。為大陸地區特產動物，分布於長江下游、太湖流域一帶。皮可製鼓。

⑨自分死：自知逃不過一死。

⑩差：音ㄔㄞˋ，病癒。

⑪對：成雙成對的人或物。

評析

本文有警世的意味。講的是一個由蛇、烏龜、大白鼉組成的「邪魅」組織，在武昌一帶媚惑少女，騙少女嫁給妖怪的故事。這樣的情節，很類似描述現實中的「犯罪集團」，他們專門欺騙女性的感情，最後讓女子墮入悲慘的深淵。

從幾個方面看，女子在迎娶時發狂，是因爲不願意嫁給「俗人」，她認爲大白鼉的獨特是凡夫俗子比不上的，這樣的「擇偶條件」，反映出女子也不是思想普通的婦女。大白鼉是妖怪，對女子卻十分用情，臨死前還眷戀不捨，打破了傳統對妖怪的印象。太守張春在故事裡的作用，只是限期巫師除妖，以及在最後問了一個問題，雖然官大權重，卻沒什麼存在感。故事眞正的主角是巫師，他有足夠的專業能識破邪魅，所施的咒語、所畫的符也很靈驗，最後成功救回女子，然而卻硬生生拆散了一對「有情人」。在許多講述降妖伏魔的故事中，法師、巫師多扮演無情的角色，而妖怪往往比人還要有情，這種現象令人玩味。

故事新編——高詩佳

話說在南朝宋武帝劉裕永初時，長年積弊的政治、經濟都得到了整頓，武帝派大使巡行四方，訪問民間疾苦。太守張春奉命管理武昌一帶，自然也打算跟隨主上在地方勵精圖治。這天張春微服出訪，經過一户人家，看見門口張燈結彩，掛上了紅布，喜洋洋的，吹鼓手簇擁著馬車停在門口，原來是迎娶新娘。張春好奇心起，想看看熱鬧，便要轎夫停轎，沒想到這一看卻看出了一樁奇事。

只見那新娘頭戴鳳冠，身披大紅禮服，秀麗的臉蛋卻滿是淚水，不論別人怎麼勸就是不肯上轎。媒婆李大媽不耐煩了，硬拉新娘的手，新娘竟然掙脫還毆了她一拳，接著轉身抱住樹幹，伸出腿兒一踢，李大媽便跌了個狗吃屎。眾人都哄笑起來。

李大媽惱羞成怒，只好躺在地上撒潑，罵新娘：「妳這瘋女人！有人娶妳還不嫁，留著作老姑婆！」新娘氣得發抖，也指著李大媽罵：「死了這條心吧！我不會嫁給俗人的！」她披頭散髮，形色猙獰，活像瘋癲的母老虎。大家都嚇壞了，連忙七手八腳的將新娘按倒，請大夫來看。結果大夫無計可施，倒被這張牙舞爪的婆娘嚇出一身冷汗。這時有鄉民提議找巫師，便有人飛奔去請。

張春見了這情狀，於是上前表明身分，想要勸說，新娘的家人卻求他留下來等待巫師。張春是個讀書人，從不相信什麼邪魔外道，認爲巫師都只是想騙點銀兩來花，他想看那巫師能搞出什麼花樣，於是點頭同意。

巫師很快就到了，他先仔細端詳新娘的臉，笑道：「沒事，不過中邪而已！」眾人議論紛紛。爲了避免詐騙，張春下令：「限巫師三日內抓到妖邪，不然就嚴懲。」巫師笑著接受了，他要人將新娘五花大綁運到江邊，看熱鬧的都跟在後面，排了長長的隊伍。新娘一路掙扎，但是都沒用。

到了江邊，巫師嚴肅的坐在蒲團上敲打小鼓，口中唸唸有詞。當晚所有人都在江邊紮營，等待妖魅出現。

翌日，天色還濛濛亮，有條大青蛇從江中游了出來，溫吞吞的爬到巫師身邊。巫師隨手取出一根釘子釘進蛇的腦袋，把牠牢牢釘在地上。眾人又繼續等，直到正午時分，又有一隻大烏龜浮了出來，慢慢爬到巫師身前，然後趴在地上，一動也不動。巫師提起朱筆在烏龜的背上胡亂畫一道符，命令烏龜回去江裡。烏龜果然聽話，乖乖的爬回江中。

等到傍晚，江上突然波濤洶湧，風聲大作，有隻大白鼉從江中竄了出來，樣子相當嚇人。牠浮浮沉沉、若隱若現，烏龜在牠身後緊追不捨。大白鼉頻頻回頭，似乎有點怕了，拼命想擺脫掉烏龜卻做不到，無奈之下，只好從水裡出來爬到新娘身邊，深情的看她。新娘萬分不捨，嚎啕大哭起來，撲倒在巫師面前懇求：「您饒了他吧！我們是眞心相愛的！」

巫師卻厲聲斥責：「妳鬼迷心竅了嗎？人、妖不同道，人怎能嫁給畜生？」新娘聽了，狂病又發作，對著巫師吐口水，罵道：「你這俗人，哪懂得什麼眞情？我偏要愛他！」巫師大怒。

大白鼉也急了，怕新娘被巫師傷害，想上前咬斷細綁的繩索。巫師提劍上前，一劍就將大白鼉刺穿了，大白鼉立刻慘死。新娘尖叫幾聲，昏厥過去，像要斷了氣。張春和圍觀的群眾都驚呆了。

巫師拿出手帕將劍上的血跡擦乾淨，張春便問巫師：「通常妖邪只會單獨作怪，這次怎會有三個？」巫師笑道：「大人您不知道，蛇是傳話的，烏龜是媒人，大白鼉才是這女子的情郎。三個妖怪成群結黨，誘拐少女，我收拾乾淨才是除惡務盡嘛！」張春這才佩服巫師的能耐，下令將妖物處死。

不久，新娘悠悠醒轉，大家都勸她忘了妖怪，她卻茫然不知回應。有鄉民問：「難道剛剛發生什麼，妳都不記得了？」她瞪大了眼睛，一問三不知。

新娘終於恢復原先的乖巧，而夫家願意不計前嫌，李大媽也破涕爲笑，便另選個良辰吉日將她娶過門了，只是從此以後，當她看見長江的浪花就禁不住的落淚，卻說不出爲了什麼。

21. 黃原

（劉義慶／幽冥錄）

經典原文

漢時太山①黃原，平旦②開門，忽有一青犬在門外伏守，備如家養。原紲③犬，隨鄰里獵。日垂夕，見一鹿，便放犬。犬行甚遲，原絕力④逐，終不及。行數里，至一穴，入百餘步，忽有平衢⑤，槐柳列植，行牆迴匝⑥。原隨犬入門，列房櫳⑦戶可有數十間，皆女子，姿容妍媚，衣裳鮮麗，或撫琴瑟，或執博棋。

至北閣，有三間屋，二人侍值，若有所伺。見原，相視而笑：「此青犬所致妙音婿也！」一人留，一人入閣。須臾，有四婢出，稱太眞夫人，白⑧黃郎：「有一女年已弱笄⑨，冥數⑩應爲君婦。」既暮，引原入內。內有南向堂，堂前有池，池中有臺，臺四角有徑尺穴，穴中有光映帷席。妙音容色婉妙，侍婢亦美。交禮⑪既畢，宴寢如舊。

經數日，原欲暫還報家，妙音曰：「人神異道，本非久勢⑫。」至明日，解珮分袂⑬，臨階涕泗：「後會無期，深加愛敬。若能相思，至三月旦，可修齋潔⑭。」四婢送出門。半日至家，情念恍惚。每至其期，常見空中有軿車⑮

彷彿若飛。

作者

劉義慶（西元四〇三年—四四四年），彭城（今江蘇徐州市）人，武帝劉裕之侄，本長沙王劉道憐之子，過繼給弟弟劉道規，世襲臨川王。任官清正，也爲著名文學家、政治家，後因病回到京師，卒年四十一。集門客作《世說新語》、《幽明錄》等書。

題解

本文選自《幽冥錄》，講凡人在仙境娶妻的故事。黃原遇到一隻青毛狗，於是帶著打獵，狗卻帶他進入了仙境。他遇到太眞夫人，夫人想要將女兒妙音嫁給他，當晚就成婚了。過幾天他回家，卻從此無法回到仙境，只能思念度日。志怪小說有許多凡人遇仙的故事，反映讀書人對美好的嚮往，及求之不得的幻滅。

注釋

① 太山：即泰山，位於山東省泰安縣北。

② 平旦：天亮的時候。古人根據天色把夜半以後分為雞鳴、昧旦、平旦三階段；昧旦指天將亮而未亮的時間，平旦指天亮的時間。

③ 紲：音ㄒㄧㄝˋ，拘繫，捆綁，拘繫。

④ 絕力：竭力。

⑤ 衢：音ㄑㄩˊ，四通八達的大路。

⑥ 迴匝：圍繞。匝，音ㄗㄚ。

⑦ 櫳：音ㄌㄨㄥˊ，房舍。

⑧ 白：告訴。

⑨ 弱笄：女子十五歲時，聚髮插笄，稱為「弱笄」。表示已成年。笄，音ㄐㄧ。

⑩冥數：冥冥之中的定數，非人力所能更改測知。
⑪交禮：婚禮中新人交拜的禮儀。
⑫勢：情況。
⑬分袂：離別。袂，音ㄇㄟˋ。
⑭齋潔：齋戒沐浴，潔淨身心。
⑮輧車：古代一種有帷幕的車子，亦特指婦女所乘的車子。輧，音ㄆㄧㄥˊ。

評析

故事中的仙境住的都是女性，彷彿是女兒國，太眞夫人就像女王，而妙音就是公主。這種設定引發出一些疑問和構想，比如說，仙境是怎樣的地方？也許仙境是介於天庭和人間的一處所在，仙女保有青春容貌，卻因爲被施法限制，使她們不能離開。至於爲什麼仙境都是女人？可設想這是由王母娘娘帶領的仙女集團，目標是修道，不能有俗念，但部分仙女對愛情有渴望，才被貶到仙境。她們如何產生後代？可以想像喝了「子母河」的水就能懷孕，生下的都是女孩。

黃原跟隨青犬發現仙境的過程，很像陶淵明的〈桃花源記〉，所描述的仙境也頗像桃花源。太眞夫人對黃原招婿，像《西遊記》的唐僧及《鏡花緣》的林之洋被女兒國國王招婿，只是筆記小說想表達的僅限於男女婚戀，後作的《西遊記》和《鏡花緣》，更想透過女兒國反諷以男性爲尊的社會。像筆記小說這類初期的作品內容比較簡單，故事新編時，也可將「女兒國」元素融入。此外，本篇可與〈劉晨阮肇〉對看，兩者題材類似，但本故事在改編時，走向了另一個方向。

故事新編——高詩佳

黃原老大不小了，還沒娶媳婦兒，他是泰山附近的獵人，每天勤勤懇懇的上山打獵，今早想趁天剛亮、野獸還沒睡醒，到森林打獵。他點亮了燈，先在燈光下將弓箭包起來背在肩上，準備出發，卻看見一條青毛犬趴在門口，就像自家養的狗兒般守著門戶。黃原心想，不如帶這條狗去，好多個幫手，於是用繩子將狗拴起來帶走，隨鄉裡的人去打獵了。

一路上，青犬倒是相當稱職，黃原得了不少獵物。直到夕陽下山，他想回家了，路邊突然竄出一頭小鹿，他立刻放狗。沒想到狗兒跑得很慢，他一邊趕狗、一邊追鹿，累得氣喘吁吁，心裡不斷咒罵，追了數十里，只好放棄，正要回頭罵狗，卻看見一個山洞，他想：「莫非小鹿鑽進去了？」於是追了進去。走了一百多步，前面忽然有光，原來另有出口，洞外就是一條大路，兩旁種植了槐樹和榕樹。青犬像回到老家那樣「汪」了幾聲，往前飛奔，黃原只好跟在後面狂追，進入了一座城市。

城裡熱鬧非常，道旁有許多精緻的房屋，很多人在街上工作和做買賣，奇怪的是，所有的居民都是女人，漂亮的女人，沒有男子。黃原跟守門的女兵去辦了通關，外交官出來了，黃原鞠躬告罪：「我是跟青犬來的，誤入此地，請恕罪。」這外交官生得鵝蛋臉、肌膚白淨，她抿嘴一笑，嬌滴滴的說：「正要青犬帶你來呢，按天意，你該做我家公主的女婿。」

黃原摸不著頭腦，正要問，外交官忽喚道：「丫頭來！快帶駙馬爺去！」四個清秀的婢女過來帶黃原到粉妝樓，將他打扮好了就送到朝南的姻緣廳成親。途中經過一座水池和一條小河，婢女叮囑說：「這是子母河，水池的水是從這裡來的，都不能喝，喝了會懷孕生子。」黃原嚇一跳，連忙答應。

進入大廳，一位衣著華貴的美婦人來迎接，自稱太眞夫人，稱黃原爲女婿，她說：「小女名叫妙音，今年二十歲了，按天意應當嫁給你。」隨後妙音款款而至，果然容色婉妙，又有一種高貴氣質襯托，身邊的侍女也比那四個婢女更美。兩人當晚成親，黃原就住了下來，結束了光棍的單身生活。

雖然享盡了人間難得的福氣，可是黃原總覺得哪裡怪怪的，只是說不上。他左思右想，這裡的人雖然待他親切，但是他走到哪裡都有人盯著，而妙音除了跟太眞夫人上朝議政，其餘時間簡直都離不開他，久了，黃原漸漸覺得不自在起來。黃原想：「是了，就是不自由！難道結婚就沒了自由？這不成！我可要找機會透透氣。」他靈機一動，晚上見到妙音時就提議道：「我有幸娶了妳，應當回家稟告父母，或許妳可以跟我回去。」

妙音俏臉微微一變，歎道：「人、神畢竟不同，你我果然不是長久的呀！明天我們互贈玉佩紀念，這朝分手，後會無期。你如果思念我，就在每年三月的今天齋戒一日吧！」

黃原大驚，他只是要回家一下，怎麼就不能回來了？妙音猶豫再三，才將原委說出來。原來當地人的祖先是一群仙女，受王母娘娘管轄，她們本該專心修道，不能有俗念，卻有部分仙女看見牛郎、織女的事，突然對愛情有了渴望，有的還私下凡間。王母發現，就將這群仙女貶到這裡，施法將地圈起來，不准她們出去，但是她們永遠不會老也不會死。仙女們爲了擴張勢力，都靠著飲用子母河的水繁衍後代，生下的都是女孩。承襲祖先，愛情變成這些女子的企盼和信仰，等到適婚年齡一到就會放出青犬，帶適合的男子回來。

黃原問：「既然如此，那些男人呢？」妙音說：「他們成親後，很快就像你一樣說要回家，一回去就不能再來了。」黃原立刻想取消提議，但是妙音搖頭道：「男人都這樣，就算現在不走，哪天又想走。我們就此別過吧！」她淚流滿面，叫婢女過來拉黃原出城，黃原只好依依不捨的告別了。

黃原被推進山洞，穿過森林，循著舊路回到自己的家。沒有青犬指引，黃原便無法回到仙境。從此以後，他恍惚的過日子，每年到了三月的那天都會看見一輛華麗的馬車從空中飛向他，在屋頂盤旋一會兒就走了，但上頭乘坐的是不是妙音？他始終不知道。

22. 買粉兒

（劉義慶／幽冥錄）

經典原文

有人家甚富，止有一男，寵恣①過常。遊市，見一女子美麗，賣胡粉②，愛之，無由自達，乃託買粉，日往市，得粉便去，初無所言。積漸久，女深疑之。明日復來，問曰：「君買此粉，將欲何施？」答曰：「意相愛樂，不敢自達，然恆欲相見，故假此以觀姿耳。」女悵然有感，遂相許以私，剋③以明夕。

其夜，安寢堂屋，以俟④女來。薄暮⑤果到，男不勝其悅，把臂⑥曰：「宿願始伸於此。」歡踴遂死。女惶懼，不知所以，因遯⑦去，明還粉店。至食時，父母怪男不起，往視已死矣。當就殯殮。發篋笥⑧中，見百餘裹胡粉，大小一積⑨。其母曰：「殺我兒者，必此粉也。」入市遍買胡粉，次⑩此女，比之，手跡如先，遂執問女曰：「何殺我兒？」女聞嗚咽，具以實陳。父母不信，遂以訴官。女曰：「妾豈復吝死？乞一臨屍盡哀。」縣令許焉。逕往撫之慟哭曰：「不幸致此。若死魂而靈，復何恨哉？」男豁然更生⑪，具說情狀，遂爲夫婦，子孫繁茂。

作者

劉義慶。

題解

本文選自《幽冥錄》，講人死而復生的奇聞軼事。有一男子暗戀賣胡粉的女子，常藉買粉接近女子。女子覺得奇怪，開口詢問，才知道男子對她的情意，深爲感動，願意與男子相戀。但兩人約會的那晚，男子猝死，女子倉惶逃走，被男子富有的父母追查到，一狀告上官府。女子要求見男子最後一面，此時男子復生，兩人便結爲夫婦。故事藉著愛情與神異事件，突顯了貧富的階級問題。

注釋

①恣：音ㄗˋ，放縱。
②胡粉：古時用來搽臉的鉛粉。
③剋：限定，約期。
④俟：音ㄙˋ，等待。
⑤薄暮：傍晚，太陽將落的時候。
⑥把臂：互相握住手臂，表示親密或信任。
⑦遯：音ㄉㄨㄣˋ，逃走。
⑧篋笥：音ㄑㄧㄝˋㄙˋ，竹編的箱子。
⑨一積：一堆，一疊。
⑩次：至，及。
⑪更生：重生，再生。

評析

一個家境富裕的男子，愛上了在市場賣胡粉的女子，這種「門不當，戶不對」的處境，該如何才能爲這對戀人解套呢？作者既不是像童話〈灰姑娘〉那樣，找個仙女幫女主角，也不是寫男、女主角擺脫禮教的束縛，大膽私奔。在故事中，是藉著男主角猝死後，女主角被冤枉殺人卻重情義的

表現，讓死者復生，兩人在遭逢橫逆時，所表現出來人性的光明面，才是能夠感動天地、感動父母的因素。

男主角天天買粉，卻不對女主角說話，這樣的愛情很古典、含蓄，也很深情。女主角被他的愛情感動了，答應私會，其實也是顧忌彼此的身分、地位存在著距離。如果兩人就這樣天天約會，愛情是沒有明天的，因此男主角猝死，雖然會讓女主角陷入險境，卻也製造令僵局得以解開的機會。男主角的父母沒有機會反對兩人的愛情，兒子就死了，只能將不滿藉著去官府告女主角殺人，得到宣洩，也是人之常情。文中沒有眞正的壞人，只有各自突顯出來的人性表現。

故事新編——高詩佳

李琴案經常一個人到市場遊逛，然而他要獨自出門並不是件容易的事，首先得支開乳母，再來是兩個小丫鬟，然後是如影隨形的隨從。通常他會利用讀書累了要去花園小憩爲藉口，讓他們站遠些，然後他便躺在花叢之間假寐[1]，趁他們不注意就滾出花叢外，溜上小徑，翻過圍牆，直接往市場奔去，向賣胡粉的珠兒買了粉就回家，然後再神不知、鬼不覺的躺回花叢，這招每次都見效。

賣胡粉的珠兒相貌美麗，雖然出身低微，但舉手投足之間竟如大家閨秀。她天天在市場賣粉，所得都孝敬了父母，眼看年紀漸大，雖然追求者多，可是珠兒卻沒有動心的意思，她說：「尋常人，我是看不上的，但是不尋常的人也看不上我。我

1 假寐：閉目養神。

就守著父母、守著這攤子賣粉便是。」這話令爹娘心疼不已，可是還能怎樣？出身低，如何高攀有頭有臉的親家？珠兒的終身大事就這樣耽擱下了。

珠兒每天在市場賣胡粉，見過不少客人，大多是女客，不然就是爺們買粉送給夫人或姨太太的。客人都會聊上兩句，有太太抱怨丈夫，也有丈夫埋怨妻子的，卻沒有像這位年輕公子，每回買了粉、給了錢，轉頭就走，一聲也不吭，而且還是個老主顧，天天來買，日子一久，就引起珠兒的好奇。

這天，珠兒見那公子又來買粉，忍不住問道：「先生買了這粉，要往什麼地方用？」那公子就是李琴案，他愣住了，沒料到有此一問，就脫口而出：「因爲心裡喜愛妳，自己不敢說，又想見妳，所以借著買粉的機會天天來看妳而已。」

珠兒紅了臉，她見李琴案相貌端正，讀書人的氣質，穿著一件銀白色綢衣，外罩鬱藍孔雀裘，腰間佩著一枚紫玉，心裡知道他出身不凡，的確是自己會中意的人，但又不禁自卑起來，就想拒絕對方。

李琴案卻先開口，將自己的感情全盤托出。珠兒聽了很不好意思，但心裡很受感動，於是私下相許，表示願意明晚到他家裡和他相會。李琴案歡天喜地的回家，只期待太陽下山，然後假稱早睡，要丫鬟、乳母別打擾，再偷偷將後門打開，自己在房間等待珠兒到來。

那天夜晚，珠兒果然到了，花容月貌，身段標致，模樣兒相當嬌羞。李琴案心裡又滿足、又喜悅，抓住珠兒的手說：「我的心願終於實現了！」他心情一陣激動，忽然雙眼翻白，竟然死了過去。珠兒發現他沒了氣息，極爲傷心惶恐，不知所措，只好逃跑了，天亮時回到了粉店。

吃早飯了，李父、李母見兒子還沒起來，感到奇怪，過去撬開他房門一看，人已經死了，平靜的躺在床上。父母傷心不已，入斂時，卻在兒子房內的一個箱子裡發現一百多包胡粉，每包的分量都一樣。李母說：「太可疑了，兒子的死一定和這些粉有關！」兩老相當悲憤。

李父便派人到市場上逐間店鋪去買粉，最後買到珠兒家的粉，拿來一比照，包裝和分量與兒子的粉完全一樣。李母很生氣，抓著珠兒問：「爲什麼殺了我兒子？」珠兒聽了，嗚嗚咽咽的哭起來，把眞實經過說了一遍，但是李父李母不相信，就告到了官府。

李家是地方仕紳，十分富裕，因此公堂對審時，縣官不敢怠慢，升起公堂，對珠兒嚴加審訊。珠兒抬著頭說道：「李公子既然已經死了，我難道還捨不得跟隨他一死嗎？只求大人讓我到屍首前盡一盡哀悼之情，至於您要怎麼判，我都無所謂了。」縣令答應了她的請求。

珠兒見到了李琴案，撫摸他的屍體，放聲慟哭道：「想不到你竟如此不幸！如果死後有靈，知道我不曾害你，我死了有什麼遺憾呢！」悲哀的哭聲令周圍的人聽了都不禁動容。珠兒的淚珠滾落在李琴案的臉上，李琴案豁然蘇醒過來，眾人大爲驚訝。

於是李琴案便對縣令和父母敘說事情的原委，人沒死，案件自然就不成立。李父、李母見兒子與珠兒彼此深情對待，也不禁感動，加上兒子死而復活，兩老喜不自勝，就答應讓兩人結爲夫妻，後來兩人一生恩愛，子孫滿堂。

23. 劉晨阮肇

（劉義慶／幽冥錄）

經典原文

漢明帝①永平五年，剡縣劉晨、阮肇，共入天臺山取穀皮②。迷不得返，經十三日，糧乏盡，飢餒殆③死。遙望山上有一桃樹，大有子實，而絕巖邃澗，永無登路。攀緣藤葛，乃得至上。各噉④數枚，而飢止體充。復下山，持杯取水，欲盥嗽，見蕪菁葉從山腹流出，甚鮮新，復一杯流出，有胡麻飯糝⑤。相謂曰：「此必去人徑不遠。」便共沒水，逆流行二三里，得渡山。出一大溪邊，有二女子，姿質妙絕。見二人持杯出，便笑曰：「劉、阮二郎捉向所失流杯來。」晨、肇既不識之，緣⑥二女便呼其姓，如似有舊，乃相見忻⑦喜。而悉問來何晚，因邀還家。

其家銅瓦屋，南壁及東壁下各有一大床，皆施絳羅帳⑧，帳角懸鈴，金銀交錯。床頭各有十侍婢，敕云：「劉、阮二郎經涉山岨⑨，向雖得瓊實，猶尚虛弊，可速作食。」食胡麻飯、山羊脯、牛肉，甚甘美。食畢行酒。有一群女來，各持三五桃子，笑而言：「賀汝婿來。」酒酣作樂。劉、阮忻怖交並。至暮，令各就一帳宿，女往就⑩之。言聲清婉，令人忘憂。

至十日後，欲求還去。女云：「君已來是，宿福所牽，何復欲還耶？」遂停半年。氣候草木是春時，百鳥啼鳴，更懷悲思，求歸甚苦。女曰：「罪牽君，當可如何？」遂呼前來女子，有三四十人，集會奏樂，共送劉、阮，指示還路。

既出，親舊零落，邑屋改異，無相識。問訊得七世孫，傳聞上世入山，迷不得歸。至晉太元八年，忽復去，不知何所。

作者

劉義慶。

題解

本篇選自《幽冥錄》，又作《幽明錄》、《幽冥記》，三十卷。原書亡佚，魯迅《古小說鉤沉》中輯得二百六十五則，專記鬼怪幽冥之事。本篇寫劉晨、阮肇偶然進入仙境生活的一段奇遇。二人因採藥迷路，而被仙界接待入仙境，並各與仙界二女子成為伴侶，衣食生活皆享用無憂，但仍掛念塵世，因而求去。回到塵世之後，人事全非，仙界才過半年，人間已過幾百年。這是古代筆記小說中，對仙界典型的描寫，相對於艱苦的人世間，仙界的物質生活無限充裕，不但日日無事，連時間的感受也與塵世不同。然而，仙界雖好，仍然不是人人都可以心無罣礙地拋棄世間。

注釋

①漢明帝：漢明帝（西元二八年—七五年），名劉莊，原名劉陽，字子麗，東漢第二位皇帝，廟號「顯宗」，諡號「孝明皇帝」。漢光武帝劉秀的第四子，母為陰麗華。

②穀皮：中藥名稱，穀皮藤。功效為清熱利尿，活血消腫。

③殆：音ㄉㄞˋ。幾乎，將近，差不多。

④噉：音ㄉㄢˋ，同「啖」，吃的意思。

⑤糝：音ㄙㄢˇ，飯粒，或以米調和羹或其他食物製成的食品。

⑥緣：因為。

⑦忻：音ㄒㄧㄣ，喜悅。

⑧絳羅帳：紅色紗羅製的床帳。絳，音ㄐㄧㄤˋ。大紅色，也是一種絲織名稱。

⑨岨：音ㄑㄩ，戴土的石山。《說文解字》：「岨，石戴土也。」

⑩就：趨近，靠近。

評析

本篇故事在情節的安排上，並不特殊，古代「志怪類」的筆記小說中，這類「遇仙」的故事，除了細節各有差異之外，整個故事的架構大概都是相似的：先是主角在山中迷路，再來就誤入仙境，在仙境中生活或短或長一段日子，但仍是思念塵世，回到塵世中，才知「山中方七日，世上已千年」，而再要尋覓回仙境，往往就是找不到路或不得其門而入。劉晨、阮肇的經歷，正不脫這種公式。

較爲特別的，是本篇的主角有兩位，而雖說是兩位，劉晨、阮肇二人在故事中的地位、經歷、反應、判斷、行爲等各方面都是一致的，這在故事的發展上，完全不能成爲兩條發展線，兩個人等於一個人。換句話說，這篇故事若是只以劉晨一人當主角，或是只由阮肇一人當主角，寫一個人的經歷，原故事的情節進展是可以完全一樣的。而會運用兩個主角的原因，推測是爲了讓故事情節更加豐富鮮明，彷彿更有徵驗、更有人證，顯得更接近眞實罷了。

故事新編——張至廷

劉晨、阮肇這一對好友老是喜歡互唱反調，卻也是一對不離不棄的義氣兄弟，兩人一起跑單幫做藥材生意，也常常相伴入山採藥。兄弟倆跑遍了許多名山大澤、荒山野嶺，迷路是常有的事，反正山不轉人轉，頂多受點苦難也終能下山。

這回在天台山深處又迷路了，一山連著一山，轉了十多天還找不到下山的路，攜帶的一點口糧早幾日就吃盡啦。還好，憑著對藥草、植物的知識，在山裡一時也還餓不死他們。

前面峭壁高處上長著一株桃樹，劉晨大喊：「這可好，攀上了峭壁就有桃子吃啦！」阮肇頂他一句：「你是猴子嗎？爬那麼高的峭壁，跌也跌死了。」兩人餓得受不了，劉晨說：「餓死好還是跌死好？我看餓死比較不痛。」阮肇就說：「跌死還痛快些。」快餓死的兩人摸到了峭壁上的山籐，慢慢爬到了桃樹上，這回總算沒餓死。兩人吃過了桃子，懷裡還各藏了幾枚，下了峭壁繼續找路。

走了半天正渴著，又餓了，劉晨拉住了阮肇說：「這邊石頭上坐著歇一下吧，也吃些桃子。」阮肇反拉他，指著十多丈外的岩壁說：「這石頭有什麼好？背都沒得靠，還是到那邊山壁的松樹下吧。」劉晨腿痠了不願走，只坐下說：「山壁有什麼好？大石頭平整些。」阮肇自己走到了山壁邊，回頭喊道：「老劉，老劉，快來！有水喝啦！」劉晨一邊走過去，一邊還喊：「你打算喝松樹榨汁啊？」

走近一看，眞是奇事，阮肇正從山壁緩緩透出的一道山泉上捧起一個大木頭杯子，兩人一看，顏色青青的，知是蕪菁葉。劉晨說：「這哪兒來的？」阮肇回答：「總不會是我變出來的。喝不喝？」劉晨一把抓過杯子，喝了一半，卻還拿著杯子不放。阮肇與劉晨半輩子的交情了，儘管嘴上彼此互不相讓，但豈能不知對方在想什麼？阮肇知道劉晨是以身相試，喝過了半杯，如是過了一刻無事，這杯中物就不會有問題。搶過了杯子，阮肇心中感動，嘴裡卻仍刻薄：「嘿，這半杯我要是不喝，不就顯得我在算計你幫我試毒？」一口把杯子喝乾了。劉晨當然也知道阮肇同生共死的義氣，但彼此心知是不必說出來的。

接著，泉中又流出一杯胡麻飯，兩人可有好多天沒吃到米飯了，不再多說，就把一杯飯分著吃掉了。他們把杯子帶著，用細籐繫在木杖上，繼續找路。

走出了林子，更奇的事來了。溪邊兩個盛裝女子笑著迎過來，說：「劉大爺、阮大爺，兩位總算到了，兩個木杯子不值得專程來歸還啊，人來了就好。」劉晨、阮肇大感驚奇，劉晨問女子：「妳們……，認得我們？」女子說：「劉大爺是貴人多忘事，不用介意。」阮肇低聲在劉晨耳邊說：「會不會遇到妖精啦？」劉晨低聲回答：「如果是妖精，我們逃得了嗎？先不要輕舉妄動，說不定還少受些驚嚇。」女子在一旁卻笑了，說：「劉大爺、阮大爺別說笑啦，天快晚了，咱們還是快些回家吧。」劉晨、阮肇一見女子像是可以聽到他們竊竊私語，都嚇得閉嘴，乖乖跟著兩個女子走了。

這一去，劉晨、阮肇就跌進溫柔鄉了。女子的住處簡直就是仙界宮殿，劉大爺、阮大爺真的就這樣過起了大老爺的日子啦。兩個女子，一人一個，還像是妻子般的服侍他們。過了十幾天，阮肇偷偷跟劉晨說：「要不要逃跑啊？她們到底是不是妖精？」劉晨還沒回答，兩個女子卻走過來了，抿著嘴笑說：「兩位大爺住了十日，不覺得越來越身輕體健嗎？說小女子是妖精不是太對不起人了嗎？」劉晨忙答道：「娘子別聽他的，阮肇一生就是嘴賤，看到美玉就說是石頭，看到老虎就說是大貓，所以……，看到仙女也說是妖精……。」阮肇也陪笑：「是，是，我原是開玩笑，哄哄劉晨的。」兩個人一時不敢逃跑了。

但是日子雖然極盡享受，心中的不安卻始終不去，再過半年，劉晨、阮肇終於逃跑了。沒想到回到了家鄉卻沒了認識的人了，一問之下，世上都過了一百多年啦。好尷尬，周圍全是他們六、七世以下的孫輩，生活不知道怎麼過下去，只好又出走了，從此不知所蹤。

傳說中，他們最後被人聽到的對話，劉晨說：「到底是仙女還是妖精？我說是仙女。」阮肇還是一樣嘲弄的語氣說：「當然要說是仙女啦，若說是妖精，你不就吃虧了？」

24. 新鬼

（劉義慶／幽冥録）

經典原文

有新死鬼，形疲神頓。忽見生時友人，死及二十年，肥健。相問訊，曰：「卿那爾？」曰：「吾飢餓，殆不自任①。卿知諸方便②，故當以法見教。」友鬼云：「此甚易耳，但爲人作怪，人必大怖，當與卿食。」

新鬼往入大墟東頭，有一家奉佛精進③，屋西廂有磨，鬼就推此磨，如人推法。此家主人語子弟曰：「佛憐我家貧，令鬼推磨。」乃輦麥與之。至夕，磨數斛，疲頓乃去。遂罵友鬼：「卿那誑我？」又曰：「但復去，自當得也。」

復從墟西頭入一家，家奉道，門旁有碓④，此鬼便上碓如人舂狀。此人言：「昨日鬼助某甲，今復來助吾，可輦穀與之。」又給婢簸篩，至夕，力疲甚，不與鬼食。鬼暮歸，大怒曰：「吾自與卿爲婚姻⑤，非他比，如何見欺？二日助人，不得一甌⑥飲食。」友鬼曰：「卿自不偶耳！此二家奉佛事道，情自難動。今去可覓百姓家作怪，則無不得。」

鬼復去，得一家，門首有竹竿。從門入，見有一群女子窗前共食。至庭中，有一白狗，便抱令空中行。其家見之大驚，言：「自來未有此怪！」占⑦云：「有客索食，可殺狗，並甘果酒飯，於庭中祀之，可得無他。」其家如師言，鬼果大得食。

此後恆作怪，友鬼教之也。

作者

劉義慶。

題解

本篇選自《幽冥錄》，寫一段鬼作弄人以求食物供養的趣事。新死的鬼因爲沒有食物而飢餓，遇到死了已久的胖鬼，便向胖鬼求教。胖鬼教新鬼作弄人家，人家因爲驚嚇，必給食物祭拜，以求安寧。但新鬼先作弄的兩家，爲他們推磨、舂米，兩家人因爲信奉佛教，竟以爲是信仰虔誠，而得到善報。鬼又到另一家平常人家作弄他們，這次成功了，這家人對於鬼來鬧事非常驚慌，即以食物拜祭。從此之後，新鬼就常常作怪。

這篇故事中，沒有任何的恩怨情仇、善惡報應，只寫鬼雖爲已死之人，還是像人一樣，需要吃東西，而且食物充分與否，也決定鬼會變胖或瘦。這當然只是作者對於人死之後的未知情況，提出了一種有趣的想像罷了。

注釋

①任：承擔，承受。
②方便：方法，竅門。
③精進：佛教用語，為「六波羅密」（指六種修行）之一，指堅持修善斷惡，毫不懈怠。
④碓：音ㄉㄨㄟˋ，舂米的用具。
⑤婚姻：親家，因婚姻結成的親戚。
⑥甌：音ㄡ。盆、盂等瓦器。
⑦占：音ㄓㄢ。根據徵兆以推知吉凶。

評析

這是一篇輕鬆趣味的小品，雖然寫的是鬼故事，卻一點也不恐怖，讀完反而讓人莞爾一笑。

人死之後會是什麼狀況？如果會變成鬼，鬼又是如何生活？對此，身爲凡夫俗子而活著的我們，似乎只能不太有根據地做一些不太可靠的推測，或者乾脆就憑空想像。古今的藝術家、文學家們，就在這樣的推測與想像當中，注入自己的哲思與創造力，完成一篇篇精彩動人的作品。

這篇故事一開始就很有趣，新鬼才死，正覺得飢餓，就遇見了胖鬼。胖鬼比新鬼先二十年死，所以當鬼也是老資格了，不像新鬼剛死，還不太清楚狀況。這裡作者的設想，鬼竟然跟人一樣，不吃會餓，吃多會胖，吃少會瘦。於是，不但人在生前要一輩子努力求溫飽，就是死了變鬼，也還是需要吃，不吃一樣會餓得痛苦。但人活在世上，爲了吃，可以工作賺錢來滿足吃的需要，鬼呢？照本故事看來，鬼界似乎沒有正常工作換取食物的機會，只能作怪威脅、哄騙人們供應食物，用食物祭祀它們了。這種作怪威脅、哄騙的行爲，在人間叫作無賴、流氓、地痞。這篇故事表面上像是在說一旦做了鬼，也只能當無賴、流氓、地痞了，但是實際上，作者根本是在諷刺世間的無賴、流氓、地痞，就是猥瑣的小鬼啊！

秦大叔死了一陣子之後，子孫漸漸收起悲傷都不哭了，可是秦大叔這個鬼這時反倒自己哭了起來，自語：「好餓啊！原來死後並不是一了百了。看看我，算一算已經死了一百多天啦，百日之前，子孫們還每天擺一點飯菜祭拜我；百日過後，一碗飯也沒有！這五十多天來，看我餓得、瘦得成了什麼樣子啊！」

秦大叔這個鬼，除了餓肚子，當鬼也沒什麼事做，就在村子裡閒逛。迎面來了一個面熟的胖鬼，秦大叔看了一會兒，從他歪斜的鼻子跟眼睛，認出了是死在二十多年前，村裡一個不務正業的年輕人，叫王小瘦，生前整天就是偷雞摸狗，也是因爲又偷了兩隻雞，逃避村人追打，掉山溝裡，頭碰了石頭摔死的。這王小瘦生前提起來沒幾兩重，明明是個營養不良的乾瘦小子，現在倒長胖了！臉也肥了，當個鬼竟然也紅光滿面，略有一點腦滿腸肥的味道。秦大叔叫他：「我說王小瘦，你當鬼二十年都做了什麼呀？賺了大錢啦？怎麼吃得這麼肥？」

由於秦大叔是村子裡比較少拿棍子敲他的長輩之一，王小瘦並不討厭秦大叔，就回答：「都做了鬼了，還能做什麼？從前我還得動手偷雞，被發現了還得被追打，現在可好了，要吃雞也不用偷，反正當了鬼了嘛，嚇嚇人就好，這叫『顯靈』。嚇一次不夠，就賴著多嚇幾次，人家就乖乖把雞煮好給我吃。我說當鬼好，比當人快活多啦。」秦大叔聽說要耍無賴、嚇唬人才能得到食物供養，覺得很不以爲然。

秦大叔心想，王小瘦是個地痞、無賴，可不能學他。可是當了鬼，也沒得種田，也不能做買賣，要不……，幫人做工好了，幫人做工總可以換吃的吧！主意打定，秦大叔找了幾處拜佛唸經的善良人家，幫著推磨、舂米什麼的。可是拜佛唸經的人家看不見變成鬼的秦大叔，都以爲是自己誠心拜佛，得到了神佛來相助，反而拜佛更勤了，一粒飯也沒施捨給秦大叔。

餓得頭暈的秦大叔在路上又遇到王小瘦，就抱怨：「你可好，胖成這樣，我聽你的話到處顯靈，結果什麼也沒吃到。」王小瘦問道：「怪了，是什麼人家不怕鬼顯靈啊？」秦大叔把這幾日經過、去的人家一說，王小瘦哈哈一笑，說：「這幾家拜佛拜得入迷，認爲家有神佛鎮宅，才不怕鬼呢。去找其他人家吧。」

秦大叔餓了兩個多月啦，實在忍不了，最後只好學王小瘦到人家家裡胡鬧總不會再被誤會是神佛相助了吧？還是王小瘦說得對，秦大叔到人家院子裡，剛好一家人在廳裡吃飯，餓得火大的秦大叔不再多想，抱起桌下趴著的小狗，就在院子裡高舉著小狗滿院亂跑。那家人一看，小狗怎麼能在空中亂飛？不是有鬼吧？

是啊，就是有鬼。那家人只好準備食物拜鬼，求鬼別再鬧了。秦大叔知道，吃了食物必須安靜不鬧一陣子，讓人覺得祭拜是靈驗的，才會有下一次。因此，秦大叔每逢肚子餓了要到人家裡鬧，也不會短期內鬧同一家宅，有時遇到了王小瘦，也結夥鬧宅，同享供品。漸漸的，秦大叔也變成一個胖鬼了。

25. 龐阿

（劉義慶／幽冥錄）

經典原文

鉅鹿有龐阿者，美容儀。同郡石氏有女，曾內睹阿，心悅之。未幾，阿見此女來詣，阿妻極妒，聞之，使婢縛之，送還石家，中路遂化爲煙氣而滅。婢乃直詣石家，說此事。石氏之父大驚曰：「我女都不出門，豈可毀謗①如此！」

阿婦自是常加意伺察②之。居一夜，方值女在齋③中，乃自拘執以詣石氏。石氏父見之愕眙④，曰：「我適⑤從內來，見女與母共作，何得在此？」即令婢僕於內喚女出，向所縛者奄然⑥滅焉。父疑有異，故遣其母詰⑦之。女曰：「昔年龐阿來廳中，曾竊視之。自爾彷彿即夢詣阿，及入戶，即爲妻所縛。」石曰：「天下遂有如此奇事！夫精情所感，靈神爲之冥著，滅者，蓋其魂神也。」既而女誓心不嫁。

經年，阿妻忽得邪病，醫藥無徵⑧。阿乃授幣石氏女爲妻。

作者

劉義慶。

題解

本篇選自《幽冥錄》，寫一段三角戀愛的奇幻故事。已婚的龐阿拜訪石家，石氏女在屋裡偷看到了龐阿，一見鍾情。但龐阿既然已經娶妻了，照理說石氏女也不能任性地表達愛意。但石氏女竟然去拜訪龐阿了，龐阿的妻子大爲生氣，把石氏女綁了要送回石家理論，石氏女卻化爲煙氣不見了。第二次石氏女又被龐阿妻在書房裡逮住，龐阿妻不再綁她了，手抓著石氏女直往石家。這次證據充分，石家只好調查此事，才知道是石氏女夢中靈魂出竅。石氏女一直愛著龐阿，三角戀情最後是因龐阿妻子病死，龐阿娶了石氏女而得到解決。

這篇寫的，不是鬼、神，也不是妖怪，所有的角色都是人，玄奇的地方，在於「離魂」，也就是精神、靈魂離體的狀況。

注釋

① 毀謗：以誇大不實的言論對人進行詆毀、中傷。
② 伺察：偵察，窺察。
③ 齋：書房，學舍。
④ 眙：音ㄔˋ，盯著看。
⑤ 適：剛才，恰巧。
⑥ 奄然：忽然。
⑦ 詰：詢問，責問；追究，查辦。
⑧ 徵：效驗。

評析

這是一場一男二女的三角戀愛，中間的過程有離魂，有病死，可以說是相當慘烈。最後石氏女得償願望，贏了這場愛情戰爭，這到底算不算是圓滿結局？從石氏女的角度來看，她一開始居於劣勢，喜歡的男生是別人的丈夫，沒有立場去搶奪。但中間最大的障礙，龐阿妻竟然病死了，龐阿又娶了自己，石氏女當然是最終的大贏家，結局沒有比這樣更圓滿的了。

但從龐阿妻的角度來說，這樣的結局正是再糟糕不過了。原本自己占住了道理，保護自己的婚姻，可是病死，卻是人力無法挽回的。龐阿妻就這樣莫名其妙敗陣下來，白白把丈夫讓給了情敵。因此，這故事在龐阿妻來講，絕對只是悲劇。

龐阿呢？妻子堅決捍衛對丈夫的所有權，石氏女又一心只愛龐阿，但故事中 直看不出龐阿究竟愛誰。對妻子生前的不離棄，可能只是爲了不想背叛婚姻，但也可能眞的愛妻了。對石氏女，龐阿在她公開表明愛意之後，也沒說什麼，而最後妻子死了，就娶她，這好像可以證明龐阿是愛石氏女的，但若龐阿也可能並不愛原來的妻子，只是不願背叛婚姻，對石氏女又何嘗一定不是這樣？

三角關係果然很複雜，我們不知道龐阿是兩個都愛，還是兩個都不愛，或者愛其中一個，這篇故事的結尾，對龐阿而言，到底是好的結局呢？還是不好的結局？

故事新編——張至廷

儀表出眾的世家子弟龐阿，名氣頗大，平日應酬不少，喝花酒、文人吟唱的聚會時時都有。不但出賣色相的花姑娘們評選他爲城中第一美男子，見過他的千金閨秀、小家碧玉，愛上他的也很多，可惜他早已娶親，遂使閨秀斷了希望。偏偏龐夫人又是個御夫極嚴的厲害角色，不容龐阿討妾，這又讓小家碧玉們也無緣分享龐阿的愛。這讓只敢到處用笑容及言語招惹姑娘的龐阿也覺得很無奈，卻又不敢有進一步行動。

龐夫人手段的厲害也很出名，大家都曉得，龐阿結婚幾年下來，龐家女婢中稍具姿色的，不是被龐夫人整死就是趕出門。城中姑娘們雖愛龐阿，卻也很畏懼進龐家門，只有石小意例外。石家也是名門，與龐家一向交好，石老爺的獨生女小名小意，養在深閨裡，沒人知道這個美人，就只有常跑石家的龐阿知道。有時龐阿專挑石老爺不在家時拜訪，爲了等待石老爺回家，就在石家院子花園中徘徊，「巧遇」石小意，兩人總能攀談幾句。雖然只是幾句，但製造見面的次數多了，寒暄搭訕也漸漸進展到互表喜愛。那一次，龐阿說了：「就只是這樣，每個月我來拜訪妳爹一、兩回，多少能找機會見妳一刻就很幸福了。誰叫我現在才遇見妳？」石小意回答：「我……卻每天都想見到你。」龐阿趁機抓起石小意的手，低聲說：「那就只能夢裡相見了。」又趕緊放開手。正左右張望，僕人遠遠走過來，說石老爺回來了。石小意望著龐阿離開的背影，輕聲自語：「那麼，我就整日睡夢吧……。」

第二天，龐阿去拜訪別家老爺，不在家，石小意竟自己一個人來到龐家說要找龐公子。龐夫人問明了石小意身分，心裡也猜到是龐阿拈花惹草，恨得不得了，又看石家小姐竟然敢來找自己丈夫，不但傷風敗俗而且也太不將她龐夫人放在眼裡了。氣憤之下，命僕人把石小意綁了，要送去石家理論，沒想到一出龐家門，石小意卻化成一陣煙不見了。這下姦情變成沒憑沒據，石老爺說女兒根本在家沒出門，龐阿也不信，認爲夫人是在鬧事，但是想必夫人知道了自己與石小意偷偷談著戀愛，這一陣子也就老實乖乖待在家裡，免得又惹出事。

奇的是幾天之後，夜裡龐夫人聽到怪聲，居然就在龐阿的書房逮到一臉茫然的石小意。她怎麼進來的？龐夫人眞是氣壞了，死命抓住石小意就不放手，也不嫌累，一路親自扭著石小意到石家，要石老爺給個交代。石老爺一見女兒被扭住了從門外進來，大爲驚駭，指著石小意，說：「妳……，我晚上才見妳與妳母親在房裡，妳是怎麼溜出去的？怎麼能沒讓人看見？」這時因到了石家，石老爺也親見女兒被抓了來，龐夫人才把石小意放開，正要大聲爭鬧，石小意卻像上回一樣，化成了煙氣散了，消失不見。

這樣的怪事當然要詳細調查個明白，細問了石小意跟家人，結果應該就是石小意睡夢中魂魄離體，自去尋找龐阿。雖然大家都同意，石小意不該自去尋找龐阿，但人可以管得住，魂魄又怎麼管得住呢？石老爺與龐夫人終究也是不知如何是好。而始終躲著不出面的龐阿更是什麼也沒表示，彷彿沒他的事似的。

這些事過了之後，石小意的魂魄又來見了龐阿幾次，龐阿固然不敢拒絕，龐夫人更是拿這個魂魄毫無辦法。過了不久，龐夫人就因氣鬱過度，生病死了。

石小意早說過了非龐阿不嫁，龐夫人死了之後，龐阿也眞的娶了石小意爲妻。但這是因爲愛情還是因爲害怕而屈服，就不知道了。

26. 柏枕幻夢

（劉義慶／幽冥錄）

經典原文

焦湖廟祝①有柏枕，三十餘年，枕後一小坼②孔。縣民湯林行賈③，經廟祈福。祝曰：「君婚姻未？可就枕坼邊。」令林入坼內，見朱門④，瓊宮瑤臺，勝於世。見趙太尉⑤，爲林婚，育子六人，四男二女。選林祕書郎⑥，俄遷黃門郎⑦。林在枕中，永無思歸之懷，遂遭違忤之事。祝令林出外間，遂見向枕，謂枕內歷年載，而實俄頃⑧之間矣。

作者

劉義慶。

題解

本篇選自《幽冥錄》，寫一個人經歷仙術或幻術，進入枕中過了半輩子的生活。結果只如一場夢境，醒來之後，以爲經過的半輩子，卻只是短短的一會兒而已。

這個「柏枕幻夢」的題材對後世影響很大，唐沈既濟的《枕中記》、元馬致遠《邯鄲道省悟黃粱夢》、明代湯顯祖《邯鄲夢》以及清代蒲松齡的《續黃粱》等都繼承了此一題材。

注釋

①廟祝：主管廟內香火事務的人。
②坼：音ㄔㄜˋ，裂開。
③行賈：賈（ㄍㄨˇ）是做生意的人、商人，行賈就是在外做生意。
④朱門：古代王侯貴族的府第大門漆成紅色，以示尊貴，後泛指富貴人家。
⑤太尉：職官名，掌管軍事。秦以太尉為全國最高軍事長官，與丞相、御史大夫並稱「三公」。漢初沿襲舊制，後改稱為「大司馬」，東漢時，仍稱「太尉」。有時也做官員的通稱。
⑥祕書郎：官名，三國魏始置，屬祕書省，掌圖書經籍，或稱祕書郎中。
⑦黃門郎：黃門侍郎，又稱「黃門郎」，秦代初置，是皇帝近侍，負責傳達詔書，漢代以降沿用此官職。
⑧俄頃：很短的時間。

評析

古代的小說、傳奇等，屬於奇幻、玄幻的部分中，「人生如夢」這類型的故事很多，重要的情節也沒有太大的不同，本篇「柏枕幻夢」情節非常簡單，可說是此類奇幻故事中的一種基本架構。

值得注意的是，雖然說是「人生如夢」，湯林這場奇幻之旅的道具，也是提供睡覺用的枕頭，但這趟旅程並不是「一場夢」。就文章中所說，湯林並不是頭靠在枕頭上睡覺，而是經由廟祝的引導，走進柏木枕上裂開的一道小縫，然後在柏木枕頭裡，遇到各種人，經歷各種事，最後遇到逆境，再也待不住了，廟祝才又把湯林帶領出柏木枕頭。所以，從文章所描述的情況來看，湯林的奇幻之旅之前、之中、之後，都不在睡夢中，都是清醒的。

故事中並不告訴讀者，湯林的經歷，究竟是精神、靈魂到了另一個地方，真正生活過；還是根本就是腦中製造出的幻想，而實無其事。這真是「疑幻似真」了，雖然不是夢，但跟夢很相似。而這類題材正在提出「疑幻似眞」的經歷，讓我們思索、檢討，我們毫不懷疑，所認爲現實人生的眞實，是否也如處在奇幻之旅當中一樣，根本是虛幻不實？

故事新編——張至廷

湯林還年輕，想做生意又開不了店鋪，只好先跑單幫把南方出產的貨物帶到北方賣，再把北方生產的貨物帶到南方賣，長年在外奔波，是夠辛苦的了。可是不這樣辛苦幾年，積些錢財，不但討不了媳婦，也開不了店鋪，終究是無以立身。

隻身在外行走，特別寂寞，總想結伴與人聊聊，但人心險惡，世態炎涼，湯林又不願與陌生人多作攀談，想想也眞是矛盾。晚間走進了鎮外柏林中的這座小廟，雖然有些破舊卻打掃得很清潔，廟祝[1]看起來是個簡樸的修道人，讓湯林感到很放心，就求宿在這小廟，不入鎮了。幾個小錢添了香油，廟祝領湯林進入一間小禪房，晚餐只端來兩碗素麵，一盤菜蔬。

廟祝又提來一大壺滾燙的粗茶，歉然說：「小寺一向香火不盛，待客簡慢，施主莫怪。」湯林連說：「不敢不敢，我也只是一個窮苦的小商販，法師能收留我一夜，已經感激不盡啦。」湯林見廟祝溫文有禮，更是放心。但怪的是，廟祝說完話並不退出，反倒坐下。湯林兩碗素麵片刻吃完，廟祝收了碗到廊下水缸舀水沖淨

1 廟祝：主管廟內香火事務的人。

了，進來倒了兩碗茶。茶剛煮好不久，還冒著熱氣。廟祝問他：「施主可要早早安歇？」湯林說：「略喝兩碗茶，反正日常總是無事，就睡了吧。」廟祝笑笑，說：「施主大概未曾娶妻，未經人間歷練。」湯林沒聽懂，怎麼沒娶妻就是未經歷練？那這幾年吃的苦算啥？廟祝拿起床榻上一個柏木雕成的枕頭，說：「這事不易說明白，最好親身經歷。施主看到這木枕上裂開的小隙縫嗎？」湯林定睛一看，果然有一道非常細小的裂縫，待要再看清楚些，那裂縫卻越來越大，最後大成了一道山縫，一個洞穴。吃驚不止的湯林顧不得一旁的廟祝不見，走進了洞穴。

才走十幾尺深，就從另一頭出了洞穴。洞穴外是繁華的京城，立即有人招呼他：「湯大官人，您來了。請隨我去。」湯林在京城裡見了趙太尉，成了趙太尉的女婿，自此飛黃騰達，不但生了男男女女六個孩子，還到朝裡爲官，一生志得意滿。他只覺得人生太容易過了，太幸福、美滿了，正覺得此生毫無遺憾，誰知道就在上朝行禮之時，不小心打了一個噴嚏，觸怒了皇上。加上趙太尉的政敵藉此攻擊，對皇上進讒言，說湯林從小沒讀過書，出身不正，於是皇上判了湯林死罪，當處絞刑。就在兵卒將白絹布纏上湯林的脖子，湯林又打了個噴嚏，聽到空中有人呼喚他，湯林立刻認出是廟祝聲音，一瞬間，湯林又到了洞穴口，身後繁華的京城彷彿沒人看見他似的。湯林穿過了山洞，又回到了小禪房。

景物全如數十年前投宿小廟的那一夜，兩碗茶也還冒著熱氣。湯林看著廟祝，覺得很奇怪，就問道：「這都過了三十多年啦，法師怎麼一點都沒變？看我，都蒼老了。」伸手要摸自己花白的長鬍子卻摸空了。把裝茶的茶碗當鏡子一照，還是三十多年前投宿小廟的那個年輕的自己嘛！

廟祝微笑說：「施主眞愛說笑話，施主剛才吃完素麵到現在，還不到一盞茶滾的時刻呢。」湯林驚訝得說不出話了，猛然又打了個噴嚏。廟祝就說：「夜裡涼，施主出門在外要多多保重身體才好，還是喝了熱茶，早點安歇吧。」

廟祝把柏木枕放回床榻，旁邊還有一個軟軟的稻草枕。廟祝向湯林施了一禮，說：「兩個枕頭一硬一軟，施主請任意取用，貧僧告退。」說完走出禪房。

湯林看著兩個枕頭，眉頭就皺了起來。

27. 薛道詢

（東陽無疑／齊諧記）

經典原文

晉太元元年，江夏郡安陸縣薛道詢，年二十二，少未了了①，忽得時行病，差②後發狂，百治救不痊③。乃服散④狂走，猶多劇失蹤跡，遂變作虎，食人不可復數。後有一女子，樹上採桑，虎往取食之。食竟，乃藏其釵釧於山石間。後還作人，皆知取之。經一年還家，復爲人，遂出都，仕官爲殿中令史。夜共人語，忽道天地變怪之事。道詢自云：「吾昔曾得病發狂，遂化作虎，啖⑤人一年中。」兼道其處所、啖人姓名。其同坐人，或有食父兄子弟者，於是號哭，捉以付官，遂餓死建康獄中。

作者

東陽無疑，南朝宋人，生平不詳。

題解

本篇選自《齊諧記》，寫一段人變虎，虎又變回人，離奇至極的故事。薛道詢變身爲老虎之後，就像老虎一樣，會吃人；變回人之後，又不吃人了。後來與人聊天，說起了自己變身爲虎的往事，變成虎的期間差不多有一年，這一年間他所吃掉的人他都記得，在哪裡吃的、吃的是誰，都歷歷數來。然而在座聊天的，竟有這些被吃者的親友。仇人相見，更是不能忍住憤恨，就把薛道詢捉起來送到官府治罪。但這樣的事太過奇特，根本無法證明人能變虎，虎又能變人，也無法證明那些失蹤的親友是被虎所吃，所以這件官司大概也無法定案。然而，人們相信薛道詢的供詞，所以雖無法判他的罪，令他受刑，就不給食物餓死了他。

注釋

① 了了：了，音ㄌㄧㄠˇ。聰明慧黠。
② 差：音ㄔㄞˋ，病癒。
③ 痊：音ㄑㄩㄢˊ。病除，康復。
④ 散：音ㄙㄢˇ，藥粉。
⑤ 啖：音ㄉㄢˋ，吃。

評析

老虎吃人，只是天生的動物本能，無所謂善或惡。人們爲了防止老虎吃人，爲了自保而殺老虎，也並不是以善惡道德的標準所做出的行爲。但薛道詢變成老虎而吃人，問題就不是這麼簡單，也具有爭議。從文章中我們可以看出，薛道詢變成老虎時，還是保有當人時的智能、判斷力與記憶，這樣的狀況，我們能不能把薛道詢變成的虎吃人，單純當作自然界的虎吃人？還有，薛道詢從虎又變回了人，不單在變成虎時猶有人的記憶，即使從虎變回了人，但作爲老虎時的記憶也並未失去，也就是說，薛道詢從頭到尾都是薛道詢，變成了虎的時候，他還是薛道詢，並不是一隻單純的老虎。這樣說起來，薛道詢變成老虎而吃人，固然吃人的是老虎，但也似乎可以說是薛道詢吃人了。如此說來，薛道詢當變成爲老虎時吃人，在人的道德善惡標準下，或許眞的是有罪的。

可是話又說回來，薛道詢變成虎，是老虎的身體時，是否也就同時具備了老虎的身體本能？見到人要吃，是否只是動物喜好血腥之氣，不可抑止的天生獵食本能？這些問題，都很值得我們深思。

薛道詢是個瘦弱的年輕人，肩不能扛，手不能提，書也讀得不怎麼樣，怎麼看都不會是個有出息的人，鄰里間也沒人看得起他。更糟糕的是，什麼病一流行，他就得什麼病，惟有這點他總是得人之先。

後來他得了狂疾，會發狂亂撕亂咬，家人請了好幾個大夫來治，總治不好。病情一天天加重，最後發狂跑走，竟找不到人了。

薛道詢在山裡醒來，發現身體不一樣了，看看自己居然變成一頭瘦瘦的老虎！肚子餓了，跑起來比當人時可輕快多了，看到兔、鼠之類的，一個巴掌打死一隻，比他當人時了不起多啦！

「當老虎眞好！」薛道詢想起當人之時，誰也欺負他，他又弱又小，怎麼也不敢跟人相爭。現在他是老虎了，雖然只是老虎中的瘦老虎，只要不遇到別的老虎或熊、豹子，在山林裡他橫著走都行。不過薛道詢雖然滿意於當一頭老虎，他當這頭老虎卻也不是完全順利的，首先，他獵食的能耐就比一般老虎差得許多，畢竟他當人的經驗有二十多年，當老虎的經驗也沒多少天。其他動物，鹿從小就當鹿，野雞從小就當野雞，都比他熟悉這座山林。而他，薛道詢只是一頭人生地不熟的異鄉虎。

雖然不至於獵捕不到食物，但要日日飽食是比較不容易的。薛道詢想著，他這頭弱虎什麼也比不過其他老虎，從前那些被鄰里瞧不起的心病又起來了。「我眞的什麼都及不上別人……，不，別的虎嗎？」薛道詢想到了，自己比別的老虎強的就是他有人的腦袋、經驗及對人的了解。從此薛道詢悟出了自己的才能，獵食過路的人才是他遠勝別的老虎的強項，人有什麼、人做什麼、人怕什麼、人想什麼，他全知道！從今以後無往不利，吃了不少人。

薛道詢當了一年多的老虎，志得意滿，從前那種自卑、憂鬱的心情幾乎都消除了。也許是狂疾已癒，他又變回了原來那個瘦小的自己，雖然他還是想當老虎，也是沒辦法。

當人沒有當老虎自由，總是得找點什麼事做，薛道詢後來做了一個小小官吏，果然沒多大出息，同儕[1]間也不太看重他，飲酒聚會中，通常也沒人聽他說話，惟有一次他說出自己變虎又變人的經歷，因爲實在太離奇了，大家都聽他說，

1 同儕：同輩的人。儕，音ㄔㄞˊ。

聽完了，當然誰也不信。薛道詢急了，說：「你們別不信，我有證據。」祁老三笑他：「什麼老虎？我看你當的是……紙老虎。」薛道詢就說：「祁老三，你爹前年端午前兩日就在山道上失了蹤跡是吧？我吃了他，他手上戴的玉扳指我還收著呢。馬柱子，前年七月，你媳婦兒走山道回娘家，至今仍不見蹤跡是吧？你總說是跟人私逃了，其實也是被我吃了，頭上的雕鳳銀簪我也還收著。」

薛道詢恢復了當老虎時高傲自得的神情，但當場就被祁老三跟馬柱子聯手打趴了，押回薛道詢家裡一搜，果然玉扳指、銀簪等都在，還有一些不知死者的首飾遺物。

薛道詢送官之後，這個案件一直判不下來，雖然薛道詢變虎的事，有人信，有人不信，但大家都相信供詞所錄的二十八名失蹤的死者是薛道詢所害。可是二十八人都不見屍，不能證明人死，當然也更沒法證明薛道詢殺人了，更何況是吃人。而人變虎，堂上大人當然也無法以此判案。

既然國法不能有效施以制裁，只好私了。祁老三等人串通了獄卒不給薛道詢送飯，也擋下了獄外送入的食物，活活餓死了這個吃人的薛道詢。

28. 陽羨書生

（吳均／續齊諧記）

經典原文

陽羨許彥，於綏安山行，遇一書生，年十七八，臥路側，云腳痛，求寄鵝籠中。彥以爲戲言。書生便入籠，籠亦不更廣，書生亦不更小，宛然與雙鵝並坐，鵝亦不驚。彥負籠而去，都不覺重。前行息樹下，書生乃出籠，謂彥曰：「欲爲君薄設。」彥曰：「善。」乃口中吐出一銅奩①子，奩子中具諸肴饌，珍饈方丈。其器皿皆銅物，氣味香旨，世所罕見。

酒數行，謂彥曰：「向將一婦人自隨，今欲暫邀之。」彥曰：「善。」又於口中吐一女子，年可②十五六，衣服綺麗，容貌殊絕，共坐宴。俄而③書生醉臥，此女謂彥曰：「雖與書生結妻，而實懷怨。向亦竊得一男子同行，書生既眠，暫喚之，君幸勿言。」彥曰：「善。」女子於口中吐出一男子，年可二十三四，亦穎悟可愛，乃與彥敘寒溫。書生臥欲覺，女子口吐一錦行障遮書生。書生乃留女子共臥。男子謂彥曰：「此女子雖有心，情亦不甚，向復竊得一女人同行，今欲暫見之，願君勿洩。」彥曰：「善。」男子又於口中吐一婦人，年可二十許，共酌，戲談甚久。聞書生動聲，男子曰：「二人眠已覺。」因取所吐女人，還內口中。須臾，書生處女乃出，謂彥曰：「書生欲起。」乃吞向男子，獨對彥坐。然後書生起，謂彥曰：「暫眠遂久，君獨坐，當悒悒④邪？日又晚，當與君別。」遂吞其女子，諸器皿悉內口中。留大銅盤，可二尺廣，與彥別曰：「無以藉君，與君相憶也。」

彥太元⑤中爲蘭臺令史，以盤餉侍中張散。散看其銘題，云是永平⑥三年作。

作者

吳均（西元四六九年—五二〇年），字叔庠，南朝梁故鄣（今浙江省安吉縣西北）人。擅長史學，精於詩，文章善於寫景，小品書札也很著名。著有《後漢書注》、《錢塘先賢傳》、《通史》、《續齊諧記》等書。〈與朱元思書〉、〈與顧章書〉更是傳世的寫景名篇。《梁書》說吳均：「文體清拔，有古氣，好事者或效之，謂爲吳均體。」

題解

本篇選自《續齊諧記》，寫書生許彥在路上遇到妖怪的故事。許彥所遇到的妖怪，是一個書生，並不可怕，既不害人，也並不對許彥不利，反而像是朋友，招待許彥飲酒作樂。並且運用法術，變幻出好幾個人物來與許彥歡談、喝酒，使一個小小的酒宴熱鬧非凡。最後還送了一個銅盤給許彥留念，可說是充滿善意。

整篇故事最爲人稱道，也最引人入勝之處，就是人物出場的「套疊」設計，好像著名的「俄羅斯娃娃」擺飾，大娃娃裡有中娃娃，中娃娃裡有小娃娃，娃娃裡裝的娃娃能有幾層，就看工藝的細緻度了。許彥所遇到的書生是一個妖怪，吐出幾個層次的人，都與常人大小無異，只有在吐出與吸回的那一刻才縮小，甚爲奇異。

注釋

①奩：音ㄌㄧㄢˊ，原意為盛裝婦女梳妝用品的小匣子，此泛指匣、盒等容器。

②可：約略，約計。

③俄而：不久。

④悒悒：悒，音ㄧˋ。憂愁鬱悶的樣子。

⑤太元：東晉孝武帝年號，太元元年為西元三七六年。

⑥永平：永平（五八—七五）是東漢明帝劉莊的年號，也是是北魏宣武帝元恪的第三個年號，共計三年餘（五〇八年八月—五一二年四月）。又是西晉晉惠帝年號，永平三年為西元二九三年。

評析

這個故事雖然只有短短的數百字，但過程奇幻詭異，人物也錯雜紛呈。出場的人物有五個，先是許彥與書生二人相遇，書生吐出了他的妻子，妻子又吐出了她的情夫，情夫又吐出了他的情婦。這樣看來，就是一對夫妻、兩對婚外情情侶，總共是三對伴侶關係發生在四個人身上。

這一串套疊的人物所以存在，都是因爲男女關係不忠誠，情欲不滿，有了外遇。除了首端的書生與最後吐出的女子，中間的兩個男女都是外遇的，書生妻子吐出的情夫更是兩面外遇。我們可以設想，最後被吐出的女子，若是後來也外遇了，這個套疊的人物串又可以加長，且可以無限加長。要切斷這一條人物串，只有回歸愛情忠誠才辦得到了。

另外，這一場熱鬧酒宴既是出於書生的幻術，書生口中吐出的一切人物似乎也可以說都只是書生自己幻化出來的，並不是眞的。爲了證明嘴巴吐出來的這一切都是眞的，書生留下了銅盤當作證據。

故事新編——張至廷

許彥這個小伙子背著一個竹條編的鵝籠走在山道上，鵝籠裡裝著家裡養著的最後兩隻鵝。近來許彥愛上了隔山村子裡的一個女孩，常常找藉口跑去看她，比如現在就背著兩隻鵝要去女孩村子裡兜售。

山路邊坐著一個年輕書生叫住了他，說腳痛走不動，想進他的鵝籠內歇歇。許彥把鵝籠放地上，笑著說：「你進得來嗎？眞是胡鬧。」沒想到書生眞的鑽進鵝籠，兩隻鵝也沒被擠壞。許彥提起鵝籠想把書生抖出來，沒想到鵝籠一拿起竟沒加重，跟原來一樣重。許彥想，大白天的也不會有鬼，這次應該是遇到妖怪了。想跑又捨不得鵝，只有背起鵝籠先走著再說。

走了一段路，累了在樹下休息。書生鑽出來說：「你應該看得出我不是尋常人，但我不會害你的。我這裡有酒有菜，敢不敢讓我請客？」許彥心想，也許妖怪眞的不害他，也就順著書生了。書生從嘴裡吐出了銅盤銅杯及各式各樣酒菜，便邀許彥歡飲。喝了一會兒，許彥顯得輕鬆多了，書生就說：「你背著兩隻鵝要去哪裡？」許彥說：「去山下村子賣。」書生像是看透許彥，就說：「世間情愛皆是假，老弟你還這麼年輕，正應該好好用功或努力工作，不可將情愛看得太重。」許彥見書生看破了他的心事，便臉紅不語。

書生也微笑不語，過了一會兒，又說：「今天酒喝多了，累得想睡一會兒，先讓我的妻子陪你再多喝幾杯吧。」也不等許彥答應，嘴裡就吐出了一個婦人，然後到一邊躺下來睡了。許彥連問怎麼回事都不敢，只能任人擺布，陪著書生的妻子飲酒。書生妻子說了：「我丈夫啊，就是個書呆子，酒量也不好，喝上幾杯就醉倒，無趣極了。不瞞你說，我還有個男朋友最會玩了。你等著，我要他來。」許彥還反應不過來，書生妻子口中就吐出一個年輕男子，這男子長得跟許彥有幾分相像，而且還背著兩隻鵝！只是衣飾比許彥粗陋的衣服華麗多了。男子放下了鵝，書生妻子與男子就熱熱鬧鬧的飲酒作樂，行酒令、玩遊戲，根本沒理許彥，後來許彥反倒成了替他們斟酒的僕人一般。沒多久，書生妻子也喝醉了，男子對她說，他看到書生動了一下，會不會是要醒來了？書生妻子聽了，口中又吐出一頂帳子把書生罩在裡面，說：「我去哄他繼續睡吧，你要等我唷。」說著，打了一個呵欠又說：「我也先睡一下好了，要等我唷。」就鑽進帳子裡了。

這下席面總算安靜下來了，男子指指帳子對許彥說：「她雖然有趣，對我也很好，可是終日瘋瘋顛顛，沒一刻停止，有時也讓人不耐煩。其實我眞正喜歡的女子啊，是嫻靜優雅的，對著這麼好的景色，女人只要靜靜相陪就好了。你要不要看我的女朋友？」自顧自的又吐出了一個女子。許彥一看，傻了，這女子竟也有幾分像山下村子裡許彥喜歡的那個女孩，但這女子衣裝華美，絕不像是村裡長大的就是了。

這時男子不再理許彥，只是一直對女孩大獻殷勤，女孩卻不理男子，低頭刺繡。最後女孩煩了，抬頭瞪著男子，說：「像你們這樣年輕，卻整日只是飲酒行樂，要不就是巴結女子，不思上進，到得年華老去，不是一場空嗎？」說著，把繡件往前一丟，正好向許彥飛去。許彥嚇了一跳，伸手一撥，繡件就落在帳子上。大概剛好驚醒了書生妻子，只聽到書生妻子輕輕「哎唷」一聲。

男子低呼：「不好！」把女孩吸回嘴裡吞了。書生妻子爬出了帳子，也說：「不好，他快要醒了。」也把男子與男子帶來的鵝吸進口裡吞了。

書生起來，伸了個懶腰，對許彥作了一揖，說：「是我不勝酒力，怠慢[1]了你。我的妻子一向嫻靜，也不多話，這頓酒恐怕你們喝得很悶吧？太陽要下山了，我也不再留客耽誤你的行程了。」說完把妻子及其他酒菜器皿都吸回口裡吞了，只留下一個銅盤送給許彥留念，然後書生走進山路旁的樹林裡不見。

許彥拿著銅盤，站在山路中想了想，背起鵝籠，不再去女孩村子，回頭走回家去了。

從此，許彥刻苦自礪，力求上進，後來入朝爲官，當到蘭臺令史，督促子孫用功也很嚴格，銅盤成了許彥家的家傳之寶。

1 怠慢：款待客人不周到或有失禮處，常作謙詞用。怠，音ㄉㄞˋ。

29. 徐鐵臼

（顏之推／還冤志）

經典原文

宋東海①徐甲，前妻許氏，生一男，名鐵臼，而許亡。某甲改娶陳氏。陳氏凶虐，志滅鐵臼。陳氏產一男，生而咒之曰：「汝若不除鐵臼，非吾子也。」因名之曰鐵杵，欲以杵擣鐵臼也。於是捶打鐵臼，備諸毒苦，飢不給食，寒不加絮。某甲性闇弱②，又多不在舍，後妻恣意行其暴酷，鐵臼竟以凍餓被杖③而死，時年十六。

亡後旬餘，鬼忽還家，登陳氏床曰：「我鐵臼也，實無片罪，橫④見殘害。我母訴怨於天，今得天曹符⑤來取鐵杵，當令鐵杵疾病，與我遭苦時同。將去⑥自有期日，我今停此待之。」聲如生時，家人賓客不見其形，皆聞其語。於是恆在屋梁上住。

陳氏跪謝搏⑦頰，爲設祭奠⑧。鬼云：「不須如此。餓我令死，豈是一餐所能酬謝！」陳夜中竊語道之。鬼應聲曰：「何敢道我？今當斷汝屋棟。」便聞鋸聲，屑亦隨落，拉然有響，如棟實崩。舉家走出，炳燭⑨照之，亦了無異。鬼又罵鐵杵曰：「汝既殺我，安坐宅上，以爲快也？當燒汝屋。」即見火燃，煙燄大猛，內外狼狽，俄爾自滅，茅茨⑩儼然，不見虧損。日日罵詈⑪，時復歌云：「桃李花，嚴霜落奈何！桃李子，嚴霜落早已！」聲甚傷切，似是自悼不得長成也。

於時鐵杵六歲，鬼至便病，體痛腹大，上氣妨食⑫。鬼屢打之，打處青黶⑬。月餘而死，鬼便寂然無聞。

作者

顏之推（西元五三一年—五九一年），瑯琊臨沂（在今山東省）人，南梁至隋皆在朝爲官，最爲著名的著作是《顏氏家訓》。另外《四庫全書子部・提要》說：「《還冤志》三卷，隋顏之推撰。」

題解

本文出自《還冤志》，敘述後母害死繼子，繼子做鬼來報仇的故事。徐甲的妻子病死，留下一個兒子名叫鐵臼，後來徐甲又續弦，娶了陳氏。陳氏也生了一子，名叫鐵杵，她誓言要除掉鐵臼。鐵臼遭到陳氏虐待，在飢餓和寒凍中死去，不久化爲鬼魂，前來索命。陳氏求饒，鬼仍不肯放過她，鬧得她一家不安。情節精彩緊湊，傳遞了因果報應的思想。

注釋

①東海：縣名，故城在今江蘇省漣水縣北。

②闇弱：愚昧懦弱。闇，音ㄢˋ。

③ 杖：烤打。
④ 橫：音ㄏㄥˋ，無端，意外。
⑤ 天曹：天上的官府。符：公文，憑證。
⑥ 將去：捉去。指取走鐵杵性命。
⑦ 搏：音ㄅㄛˊ，拍打。
⑧ 祭奠：設置供品於靈前或墓前祭弔死者。
⑨ 炳燭：燃燭照明。
⑩ 茅茨：用茅草蓋的屋子。茨，音ㄘˊ。
⑪ 罵詈：辱罵詛咒。詈，音ㄌㄧˋ。
⑫ 上氣妨食：胃氣上升，妨礙飲食。
⑬ 黶：音ㄧㄢˇ，黑色。

評析

從古至今，後母經常是邪惡的代表，童話的白雪公主被後母謀害，灰姑娘更慘遭後母虐待。這些壞心後母嫉妒死去的前妻，又沒有對象可宣洩，於是轉移到無辜的繼子身上，造成了悲劇。本文的陳氏也是如此，她容不下鐵臼，自己有孩子以後，誓言要兒子除掉鐵臼，所以把兒子取名爲鐵杵，意思是要鐵杵搗爛鐵臼，甚至等不及鐵杵長大，就先虐待鐵臼致死。徐甲經常不在家，縱容妻子爲惡，兒子死了沒有追究責任，形同幫凶，雖然鐵臼不是他害死的，但徐甲也難辭其咎。

被後母害死的鐵臼化成厲鬼，鬼沒有人性，報仇的方式很激烈，竟選擇對無辜的鐵杵下殺手。倘若鬼只衝著陳氏來，大概沒人有意見，但是鐵杵只是個孩童，對兄長沒有任何過失，卻遭到鬼的報復，可說相當冤屈。前妻許氏的角色頗令人玩味，她取得天曹符，好讓鐵臼能尋仇，自然是出於母親的悲痛，但是她報仇的對象竟然不包括丈夫，試想，倘若徐甲保護好鐵臼，鐵臼就不會死了。故事中的復仇，似乎都違背了「冤有頭，債有主」這句話。

陳氏抱著兒子鐵杵，溫柔的說：「都是娘不好，你就安心的睡吧！」感覺他輕柔的身體慢慢變得僵硬了。小鐵杵今年六歲，他活著的時候，身體老是疼痛，肚子脹大，吃不下飯，看遍所有的大夫，每位大夫都搖頭說：「這沒藥醫。」陳氏不敢找法師來，因爲那個鬼，她得罪不起。

東海有個商人徐甲，家中有老婆許氏和兒子鐵臼，照理說是個圓滿的家庭。可惜人心不足，徐甲爲了做生意經常離家外出，有一回，認識了年輕貌美的陳氏，喜不自勝，渾然忘了家中還有個老婆，便帶陳氏回家了。許氏深感憂憤，常常和丈夫爭吵。但陳氏可不是省油的燈，初來乍到就先將僕婢收伏了，更要他們在日常生活中苛待許氏，比如減少她的食物和生活費。許氏心情鬱悶，柔弱的身體經不住，很快就病死了，於是徐甲便將陳氏娶進門。沒多久，陳氏生了兒子，小娃兒白嫩可愛，但陳氏卻不逗弄孩子，反而是告誡懷裡的嬰兒：「你要是不把鐵臼給除掉，就不是我兒子！」還將兒子取名爲鐵杵，大有剋鐵臼之意。鐵杵只管睜著圓溜的大眼睛看著母親。

陳氏怎可能等那麼久？爲了不讓鐵臼將來爭產，她經常捶打鐵臼，不給他吃的，冬天也不給棉衣穿，沒有人敢插手阻止。徐甲生性懦弱，又不常在家，陳氏更恣意妄爲，不出幾個月，鐵臼就在飢寒交迫中被鞭打致死，年僅十六歲。

死了十來天，鐵臼的鬼魂回來了，坐到陳氏的床上說：「我沒半點罪過卻被妳弄死。我娘向上天訴冤，終於得到天帝的許可，讓我來取妳兒子的命！我當時怎樣受苦，鐵杵就得受同樣的苦！」鬼就在屋梁上住下了，沒事就找陳氏說話，有時幽幽傾訴，有時大聲責罵，弄得她天天失眠。

陳氏終於投降，她跪著請罪還自打耳光，在廳上設了靈堂祭奠鬼魂。但鬼立刻將靈堂吹壞，說：「用不著！把我餓死了，只端上飯來謝罪，當我好欺負？」陳氏埋怨：「那你要什麼？」鬼厲聲說：「還敢埋怨！我就弄斷房梁，給妳顏色瞧瞧！」忽然屋內有鋸子的聲音嘎吱作響，木頭碎屑從上面落下，刺啦刺啦地，好像房梁要斷了。徐家人全跑出去拿著蠟燭看，屋子又好端端的沒有異常。

鬼的聲音又出現了：「鐵杵，要殺我是吧？我先燒光你屋子！」房屋忽然起火燃燒，大家連忙提水救火。不久火滅了，屋子卻沒有燒毀的痕跡，但已經被水淹得暫時不能住。隔天，僕婢們紛紛搬走，寧可找別的事做也不願待在這棟房子，屋裡只剩陳氏和兩個無家可歸的小丫頭。

鬼天天罵人，有時還唱起歌來：「花兒啊！被霜打落了。果兒啊！被霜打落了。」聲音聽起來很悲傷，似乎是傷心自己沒機會長大。說也奇怪，徐甲在家時，鬼從來不發出聲音，因此當陳氏哭訴鬧鬼之事，徐甲根本不信。

那年，鐵杵六歲了，而鬼呢，也在徐家住了六年。打從鬼來的那天，鐵杵就病倒了，因爲鬼經常打他，使他身上都是瘀青。來看診的大夫疑心鐵杵受到母親虐待卻沒有證據，然而這類耳語就漸漸傳開了。

一直到鐵杵死了，鬼才消失，但陳氏終身都擺脫不了殺子的嫌疑。

30. 張稗

（顏之推／還冤志）

經典原文

劉宋下邳人張稗，家本顯貴豪門，末葉①衰微。有孫女，姝②好美色，鄰人求聘爲妾。張稗以顯門之後，恥而不予。鄰人憤，乃焚其屋，張稗遂被燒死。其子張邦先出行，不知此事；後還，亦知情狀。但畏鄰人之勢，又貪其財，而不先語女，即嫁女予之。

後經一年，張邦夢其父曰：「汝爲兒子，逆天不孝，竟棄親女，附和凶黨。」即捉張邦頭，以手中桃杖刺之。張邦因而重病兩宿，嘔血而亡。而張邦死日，鄰人見張稗推門直入，張目捲袖曰：「君恃貴縱惡，酷暴之甚，枉相殺害，我已上訴，事獲申雪③。卻後數日，令君知之。」

未久，鄰人得病亦死。

作者

顏之推。

題解

本篇選自《還冤志》，寫的是冤死的鬼魂伸張正義及復仇的經過。鄰人向張稗求親，想娶他的孫女，但張稗認爲妾不是正娶，以自家的門第來說，非常委屈，就拒絕了。鄰人被拒之後，竟放火燒張稗的屋子，也把張稗燒死了。張稗的兒子張邦回家之後，知道了此事，不但不爲冤死的父親伸冤，還因爲畏懼鄰人，又貪鄰人的財物，把女兒嫁給鄰人。在世的人既然放任鄰人的惡行，張稗就自己伸冤，張稗的冤情在陰間得到了平反，回到了家中打死兒子張邦，並進鄰人家中警告鄰人必有惡報，果然鄰人不久也死了。這是典型的天道好還、惡有惡報、冤魂復仇索命的故事。

注釋

①末葉：後世的子孫。

②姝：容貌美麗。

③申雪：表明實情以洗雪冤屈。

評析

這個故事分成兩大部分：第一部分是張稗受冤而死，第二部分是張稗伸冤報仇成功。

張稗冤屈而死，死後報仇懲治了張邦及鄰人，看起來，張稗是「站在正義的一方」，鄰人求婚，張稗拒絕的原因是「以顯門之後，恥而不予」，可見張家是有身分的世家。後來張稗的鬼魂來報仇怨，罵鄰人是「恃貴縱惡」，則鄰人家世也不是不好。雖然可能門第是相當的，但人家來求娶孫女，而竟欲以爲妾，張稗覺得羞辱也是正常的。

故事的下半部是惡人受報，鄰人、張邦所做的壞事都受到報應。但故事中，還有一個無辜遭受報應的人，就是張稗的孫女。張稗的孫女，不但爺爺被燒死，又被父親因「畏鄰人之勢，又貪其財」給嫁爲鄰人妾。最後大家都因惡人遭報而覺得大快人心之時，這個小女子卻陸續死了爺爺、爸爸、丈夫。如果說惡有惡報，這個親人死盡的小女子又做了什麼惡？她的冤屈又能向誰報？

本來正義是爲了救助無辜，但我們是不是也可能在救助無辜者的行爲中，又製造了別的無辜者呢？這是人人都應該思考的。

故事新編——張至廷

張稗[1]不是壞人，只是太強橫、太得理不饒人。他的兒子張邦不敢做壞事，好像也不能說是壞人，只是骨頭太軟，不管有沒有道理，都屈服於強勢。平時在家裡張邦做不了什麼主，就是張稗錯了，張邦也不敢不聽，何況張稗愛講道理，行事不會無理，在鄉人眼裡，張家門風甚正。

鄰人技安就是壞人了，家裡有錢有勢，稱得上是人見人怕的豪門。本來技安這種得勢的權貴之家，跟家道中落的舊世家張家是不會有來往的，但張邦的女兒既是遠近一帶公認的第一美人，技安家不但有勢，又正好是鄉裡首富，這樣就鬧出事了。

平時張邦多半不在家，因爲怕他父親，父子兩人也談不來。自從知道了技安對

1 稗：音ㄅㄞˋ。

自己的女兒有意思之後，張邦就更不想回家了，家門內有一天到晚罵人的父親，家門外現在又有個到處要找他提親的豪強，張邦雖然不敢總不回家，也是盡量躲在外鄉，對家裡不聞不問。

技安無奈，雖然知道張稗不好說話，但他「要娶第一美人爲妾」的大話早放出去了，一直沒進展，這張臉卻沒地方擱。對付的不是張邦，而是張稗，技安也知道事情不容易成功，但想到雖然降服張邦易如反掌，畢竟最後還是得過張稗這一關，誰都知道，張家是張稗說了算嘛。技安打算一次不成就多磨幾次，但沒想到張稗竟把話說到這地步：「哼，我們士族之家哪有將女兒嫁人爲妾的道理？你這還算是權貴之家？這也不懂？眞是斯文掃地，土寇不如。你家縱然是權勢熏天，我張稗又豈是權勢可以屈服？這輩子你死了心吧。」說完，也不理技安，走了。

技安氣瘋了，想到：「一不做，二不休，不把張稗除了，不但得不到美人，就是今天也白白受辱了。」當晚就僱了幾個練過功夫的流氓一道潛進張家，見張稗獨自在書房，屋外四邊一起動手，放了幾把火把張稗活活燒死了。這幾個流氓壞事做慣，根本是放火專家，技安還暗暗吩咐：「燒了書房，燒了這臭老頭就好，可別把我的美人給燒了。」

張邦回家辦了張稗的喪事，一家子人心惶惶，既不敢告官，知道技安在官場及地方上極爲得勢，也擔心技安圖謀女兒的下一步行動。可是擔心有什麼用？在家裡有跟沒有一樣的軟骨頭張邦，去掉了張稗之後，在家裡還是有跟沒有一樣。張邦保護不了女兒，技安「要娶第一美人爲妾」的大話到底是眞給兌現了。

技安強娶了張邦的女兒，這才知道她小名叫悅蘭。悅蘭被迫嫁到殺了祖父的仇家家裡，當然很害怕，初時想起爺爺，也稍微動過趁機殺了技安的念頭，但一想到父親，心情就複雜了，父親交代她要好好過日子，還是不要替父親惹麻煩了吧！

過了些時，悅蘭不再害怕技安，技安在外的強橫她看不到，她只看到待她極好的技安，家裡什麼事都聽她的。沒了爺爺，也很放心她回娘家探望，還要她帶東帶西回家，替她做足面子。又總是溫柔喊她「悅兒」、「蘭兒」，還傻傻的說要當她的隨從……。如果過去沒發生那些事，日子過得可多麼幸福啊。如果大家都能忘了過去就好了。

但這種事誰能忘記？活的人不能，死的人也不能。一年之後，張稗顯靈回來了，說在陰間伸冤，做惡者必有報應。又恨兒子屈從仇家，舉起桃木杖刺入張邦胸口，過了兩天張邦就死了。技安夫婦來奔喪，一聽張邦死因是這樣，臉都嚇青了。

悅蘭留在娘家爲父守靈，技安心中有愧卻回家了。當晚張稗就到技安家顯靈，說技安會不得好死，活不久了。而悅蘭正在娘家哀傷父親之死，也同時不斷暗暗祝禱，求爺爺放過丈夫技安，放過她這個弱女子在人世間的惟一依靠。

但不知道爺爺是沒聽到，還是不願理會這個當初曾經盡力保護過的可憐孫女兒。不到一個月，技安一死，還在娘家守喪的悅蘭只好夫家、娘家喪事兩邊跑，不知道以後該何去何從。

31. 襄陽老叟

（李隱／瀟湘錄）

經典原文

唐并①華者。襄陽鼓刀②之徒也。嘗因遊春，醉臥漢水濱。有一老叟叱③起，謂曰：「觀君之貌，不是徒博④耳。我有一斧與君，君但持此造作，必巧妙通神，他日慎勿以女子爲累。」華因拜受之。

華得此斧後，造飛物即飛，造行物即行，至於上棟下宇、危樓高閣，固不煩餘刃。後因遊安陸間，止一富人王枚家。枚知華機巧⑤，乃請華臨水造一獨柱亭。工畢，枚盡出家人以觀之。枚有一女，已喪夫而還家，容色殊麗，罕有比倫。既見深慕之，其夜乃踰垣⑥竊⑦入女之室。其女甚驚。華謂女曰：「不從，我必殺汝。」女荏苒⑧同心焉。其後每至夜，竊入女室中。

他日枚潛⑨知之，即厚以賂遺⑩遺⑪華。華察其意，謂枚曰：「我寄君之家，受君之惠已多矣，而復厚賂⑫我。我異日無以爲答⑬。我有一巧妙之事，當作一物以奉君。」枚曰：「何物也？我無用，必不敢留。」華曰：「我能做木鶴，令飛之。或有急，但乘其鶴，即千里之外也。」枚既嘗聞，因許之。華即出斧斤，以木造成飛鶴一雙，惟未成其目。枚怪問之。華曰：「必須君齋戒，始成之能飛。若不齋戒，必不飛爾⑭。」枚遂齋戒。

其夜，華盜其女，乘鶴而歸襄陽。至曙⑮，枚失女，求之不獲，因潛行⑯入襄陽，以事⑰告州牧。州牧密令搜求，果擒華。州牧怒，杖殺⑱之。所乘鶴亦不能自飛。

作者

李隱，唐代文人，生卒年不詳。著有《瀟湘錄》，爲唐代志怪小說集。《太平廣記》收錄四十多篇來自《瀟湘錄》的小說，主要記載貞觀至咸同年間的事件，有些故事跟唐代的政治有直接關係，書中也記錄了一些當時的民間傳說。

題解

本篇選自《瀟湘錄》，講年輕人因爲美色而害人害己的故事。弁華是個才華洋溢的木匠，有天遇到一個老人送他斧頭，可以讓他的工藝更好，但是要他不能被女色所誤。後來，弁華到富人王枚的家裡工作，看上王枚的女兒，竟威脅王女和他要好。王枚得知，打算花錢遣散弁華，弁華就造了木鶴，將王女偷偷載走。州牧捉拿弁華，最後弁華就被處死。情節完整而豐富，傳達了惡有惡報的教誨。

注釋

①弁：音ㄅㄧㄥˋ。

②鼓刀：操刀，運刀，泛指屠宰牲畜的事。在此指木

工。

③叱：音ㄔˋ，大聲吆喝。

④徒搏：空手擊殺。

⑤機巧：機敏靈巧。

⑥踰垣：音ㄩˊ ㄩㄢˊ，比喻不合禮法，踰越禮義。

⑦竊：偷偷地。

⑧荏苒：音ㄖㄣˇ ㄖㄢˇ，時間漸漸過去。

⑨潛：暗中。

⑩遺：音ㄨㄟˋ，贈送。

⑪遣：音ㄑㄧㄢˇ，遣散，送走。

⑫厚賂：豐厚的財物。賂，音ㄌㄨˋ。

⑬答：接受他人的恩惠而加以回報。

⑭爾：語尾助詞，無義。

⑮曙：音ㄕㄨˋ，天剛亮，破曉時分。

⑯潛行：祕密出行。

⑰事：變故。

⑱杖殺：以棍棒責打犯人致死的刑罰。

評析

老人欣賞弁華的技藝，所以送他斧頭，大有「寶劍贈英雄」的意味。沒想到弁華不安於本分，為王枚工作時，竟然威脅王女，逼她就範，以大男人的姿態欺負弱女子，手段卑鄙。事情曝光後，弁華也沒有悔過的意思，還以斧頭製造逃跑用的木鶴，連夜劫走王女，所以之後他被「杖殺」，可說死得理所當然。

另一個人物王枚，其實是個明察秋毫的人，聘請弁華打造一座獨柱亭，就是因為看中他的手藝，對他頗為器重，誰知弁華利用工作的機會與他女兒私通。王枚沒有大發脾氣，反而想以豐厚的財物請弁華離開，為什麼這麼低調？主要是為了女兒的名聲著想。王女喪夫，回娘家守寡，又以寡婦的身分與弁華相好，王枚怕女兒的行為不能被社會接受，損害家聲，所以一切只能低調處理。至於弁華一死，木鶴就不能飛這段情節，我們在新編故事時，假設斧頭有法力，只能作用在主人身上，主人不在，法力便消失，讓故事更具有神異的色彩。

襄陽人并華醉倒在漢水邊，一伸掌，拍死了歇在臉頰上的蒼蠅，他想：「人倒楣，連該死的蒼蠅都來欺負！」他沒錢，沒家，沒老婆，雖然有一身木工技藝，但是辛苦賺來的錢很快就變成酒，祭給了五臟廟。不知道從什麼時候開始，并華灰心喪志，成了現在這個模樣。

有個老人經過，低頭看了并華一會兒，忽然伸腳踢他幾下，喊道：「看你相貌堂堂，不該只會玩樂。這樣好了，我送一把斧頭給你，用它做出來的東西一定巧妙通神。但是要小心，將來不要因爲女人吃虧！」并華謝了又謝，儘管他還不知道老人最後兩句話是什麼意思，不過他想到當年張良遇到圯上老人[1]，接受老人贈送的兵書才有日後風光，就喜孜孜的收下了。

得到斧頭後，并華隨便刻出一隻小鳥，小鳥就能飛翔，造出小獸便能奔跑，這些木作的事物都像有了生命，至於修造樓閣、棟梁之類的事，也是輕易就能造得牢固，完全不用再加多餘的斧鑿。久而久之，并華更大牌了，尋常雕刻的小工程，他不看在眼裡，只接受大工程的邀請。安陸郡的富人王枚聽說他的本事，就將他聘請到家中，建造一座臨水的獨柱亭。這種工程相當費時，并華雖然只消拿出斧頭就能事半功倍，還是得花上一些時間，於是在這段期間，并華就住在王枚家以便上工。

1 圯上老人：秦時曾於下邳圯上這個地方，傳太公兵法給張良的老人。圯，音ㄧˊ。

這天晚上，并華收工經過花園，看到一個美若天仙的女子對著花歎氣，花朵在她的旁邊一比也遜色了。并華想起有個工人曾說，王枚的女兒因爲丈夫去世而回家守寡[2]，應該就是眼前的女子了。并華立刻就喜歡上她，但是衡量身分，他怎麼高攀得上富家千金呢？左右尋思就有了決定。等到三更半夜，并華翻牆而過，鑽進王枚女兒的房間，那女子大驚，并華低聲喝道：「妳不聽話，我就殺了妳！」女子名叫王姣[3]，覺得很害怕，只好順從他了。之後，并華天天來與王姣約會，隨著時光流逝，王姣竟也當他是丈夫了。

但是并華與王姣的事終究瞞不過王枚的眼睛。這天，王枚邀并華來大廳，兩人坐定後，王枚說道：「先生的工藝了得，現在工程已經施做完畢，我不好再留先生，這裡是優厚的報酬，請笑納。」說著，拿來錢物要遞給并華。并華明白了其中的意思，就說：「我住在您家，受您恩惠很多，而您還送我這麼多錢物。我沒什麼能報答的，就靠手上的技藝做一樣東西給您吧！」

王枚客氣的說：「是什麼東西？我用不著的話也不敢留。」并華笑道：「我做一隻木鶴給您，騎上它，頃刻間就到千里之外。這東西平常用不著，一旦有急事就派得上用場了！」王枚好奇心起，想試試看，就點頭答應了。并華拿出斧頭，花了半天時間很快就雕出一隻飛鶴，只是眼睛還沒完成。

2 守寡：婦人於丈夫死後，沒有改嫁。

3 姣：音ㄐㄧㄠˇ。

王枚覺得奇怪，并華道：「您有所不知。南朝的張僧繇[4]在金陵安樂寺的牆壁上畫龍，畫完龍身，最後才爲龍點上眼睛，龍便破壁乘雲飛去。大凡神物都是這樣，木鶴也要最後方能點睛。」王枚點頭。并華又說：「點睛以前，您必須先齋戒[5]幾天，然後它才能飛。」王枚心道：「只是延後幾天，這小子也耍不出花樣，我便去齋戒，另外派人監視。」於是自去籌辦齋戒了。

當天晚上，并華假意對看守的人説要將木鶴的外表磨平，卻偷偷將木鶴的眼睛雕好了。只見木鶴抖了抖翅膀就像活過來一樣，它將身體放低讓并華騎上去。并華騎著木鶴破窗而出，飛到王姣的住處將她背出來，兩個人乘鶴飛到襄陽并華的老家去。

天亮時，王枚和夫人才發現兩人不見。夫人急道：「怎麼辦？應該要告官！」王枚阻止：「不行，女兒在家守寡，現在跟男人私奔，對她名譽有損，此事只能私下解決。」便帶了幾個隨從和財物偷偷溜進襄陽，把這件事告訴州牧大人。

州牧收了錢財，自然忠人之事，於是密令搜尋，果然將并華擒獲，杖打而死。王枚終於得到木鶴，想試一試，但木鶴卻不能自己飛起來了。

4 張僧繇：（西元四七九～？）吳人，南朝梁畫家。善長山水佛像，所畫佛像自成樣式，有「張家樣」之稱。所繪山水，在素縑上以青綠重色先塗峰巒泉石，而後染出丘壑巉巖，不以筆墨先鉤，稱為沒骨皴（ㄘㄨㄣ），後人將其畫法與吳道子並稱為「疏體」。

5 齋戒：在祭祀或舉行重要典禮之前沐浴更衣，不飲酒，不吃葷，嚴守戒律，以示虔誠莊敬。

32. 穎陽里正

（戴孚／廣異記）

經典原文

穎陽里正①說某不得名，曾乘②醉還村，至少婦祠醉，因繫馬臥祠門下。久之欲醒，頭向轉，未能起。聞有人擊廟門，其聲甚厲③。俄④聞中問是何人，答云所由⑤，令覓一人行雨。廟中云：「舉家往岳廟⑥作客，今更無人。」其人云：「只將門下臥者亦得。」廟中人云：「此過客，那得使他？」苦爭不免⑦，遂呼某令起。隨至一處，濛濛悉是雲氣，有物如駱駝。

某人抱某上駝背，以一瓶授之，誡云：「但正抱瓶，無令傾側⑧。」其物遂行。瓶中水紛紛然做點而下，時天久旱。下視見其居處，恐雨不足，因而傾瓶。行雨既畢，所由放還。到廟門見己屍在水中，乃前入便活，乘馬還家。以⑨傾瓶之故，其宅爲水所漂，人家盡死。某自此發狂，數月亦卒。

作者

戴孚，譙郡（今安徽亳州）人，唐代文人，生平事蹟不見史傳。根據顧況所作《戴氏廣異記序》記載，戴孚於唐肅宗至德二年與顧況同登進士第，任校書郎，終於饒州錄事參軍，卒年五十七歲。著有《廣異記》二十卷，大抵作於大曆年間，作者死後，由其子請顧況爲書作序傳世。內容包含各類神仙鬼怪故事，對後世的文學創作有深遠影響。

題解

本篇選自《廣異記》，講倒楣的某人被強迫行雨，造成悲劇。某人喝醉，在少婦祠外頭睡覺，有人敲廟門說要找人行雨，廟方說人手不夠，那人就拉喝醉的某人去行雨，給了某人瓶子，要他將裡頭的水灑下。某人經過家鄉上空，怕雨水不夠，就多灑了些，結果全家都被大水淹死了。故事情節荒誕，頗多奇異的想像。

注釋

①里正：職官名。古時鄉里小吏，負責掌管戶口、賦役等事。北齊、隋、唐皆置之，宋、元沿用。明始專稱「里長」。

②乘：趁，藉著。

③厲：猛烈。

④俄：須臾，片刻。

⑤所由：事理的緣由。

⑥岳廟：岳飛廟。

⑦不免：必然，免不了。

⑧傾側：偏斜。傾，音ㄑㄧㄥ。

⑨以：因為，由於。

評析

某人被拉去行雨，完全是負責行雨的神靈怠忽職守導致。少婦祠裡的人和敲門的，應該都是天界的神靈，負責行雨的任務，不巧，這次廟裡人手不足，敲門的竟然隨便拉了一個喝醉的人，要他代替去行雨。廟中人算是很謹守原則，一直不願意接受敲門的提議，但最後還是拗不過，答應了。而某人臨時被賦予重任，什麼狀況都搞不清楚，當然胡亂做事，結果在家鄉灑了太多雨水，造成大洪水，連自己的家人全給淹死。某人承受不了這樣的打擊，於是發狂死了。

故事中描寫主角騎駱駝、抱著水瓶灑水的畫面，很有意思。駱駝是沙漠的動物，故事背景就是在乾旱的地區，讓人聯想到沙漠的景象。古人對天氣的想像，經常是從觀察生活周遭而來，然後爲這些現象編織合理的解釋。例如雨下太多造成洪水，就想像天上的神靈出錯了，導致生靈塗炭。在本故事，則說行雨的人是臨時倉促上陣，所以導致悲劇，是一個有趣的解釋。

故事新編——高詩佳

老王喝酒喝到爛醉，就像海濤裡的船，東搖西晃的晃到家門口，剛好被老婆逮到。老婆罵：「你整晚死到哪裡去了？」老王口齒不清，揮手答了幾句。老婆聽不清楚，更生氣了，轉身把大門鎖緊，不讓丈夫回家過夜。

老王很無奈，又不想睡在門口，免得明早被那搬弄是非的陳大娘恥笑，就不必做人了，只好牽了馬，找一塊空地睡覺。胡亂走了一陣，不知不覺走到少婦祠就走不動了，他把馬拴好，在廟門下倒頭便睡。

老王睡得很熟，過了好久終於醒了，想站起來走，可是光是腦袋能動，身子卻起不來，躺在地上呻吟。這時旁邊有人狠狠的敲廟門，碰碰作響。老王睜開眼偷看，敲門的看起來很年輕，穿著一身白衣白褲，腰間繫金色的腰帶，裝飾華貴像個貴公子。貴公子敲了一會兒，廟裡終於有人回應：「是誰？」貴公子說：「要找人行雨！」廟裡的人答：「大家都到岳飛廟作客了，沒人行雨。」貴公子很不高興：「那怎麼辦？沒人去不行啊！不然讓門口躺著的那個人去幹好了。」老王聽他們提到自己，酒意突然退了六七分。只聽廟裡的人說：「欸，人家是路過的，怎能幹這種事！」貴公子說：「沒人了，叫那傻子去吧！」廟裡、廟外爭個老半天。

眼看天色快亮了，貴公子有點急躁，他把醉臥在門下的老王叫起來，攙扶他往前走。老王的酒意又退了一兩分，他發覺自己身在白茫茫的地方，四周只有雲霧蒸騰。

貴公子拉了一隻像駱駝的動物過來，老王被半拖半拉的騎上去，沒等他開口問，貴公子又塞給他一個大瓶子，要他抱在懷裡，警告說：「必須把瓶子端正抱著，別讓它歪了！」說完，拍拍駱駝屁股，駱駝就跑起來。老王坐在上頭一路顛簸震盪，瓶子裡的水一路灑出來，落到雲霧下面，一點一點都變成了雨。

老王這才明白，原來白衣公子是要他幫忙行雨，這下可好！最近大旱，酒水比雨水還多，家家户户都擔心沒水可用。老王得意了，心想：「見鬼！竟有這等好事落到我身上，還不好好利用？」他走到家鄉上空，有了主意，想讓家多些雨水，就把懷裡的瓶子傾斜了一下。難得做對了事，他想老婆應該會佩服他。

行雨結束後，老王洋洋得意的回到廟外，卻看見自己的身體旋轉著浮上來，在水上飄著。他嚇得往前一走，靈魂進入身體竟又復活了。老王敲一敲廟門，沒人回應，只好把駱駝綁在門口，騎馬回家。

回到家，老王看到家已經被水淹過，老婆和孩子們都已經淹死，傷心得大哭。當地穎陽的里長視察災情正好經過老王家，苦著臉對他說：「今早突然來的大水把整個鄉里淹沒，死了好多人啊！」里長拍拍老王的肩，道：「你在外頭正好逃過一劫，這場雨實在來得古怪，鄉里日常都有祭拜啊，也不知哪裡得罪了神靈？」老里長唉聲歎氣，拄著枴杖顫顫巍巍[1]的走了。

老王想起來，他行雨時在自家上空倒瓶子，難不成是倒太多水導致災難？老王承受不了打擊從此就瘋了，幾個月後也死去了。

1 顫顫巍巍：抖動的樣子，在此形容老人走動的姿態。

33. 天咫

（段成式／酉陽雜俎）

經典原文

永貞年，東市①百姓王布，知書，藏繈②千萬，商旅③多賓④之。有女年十四五，豔麗聰晤，鼻兩孔各垂息肉⑤如皂莢子⑥，其根如麻線，長寸許，觸之痛心髓。其父破錢數百萬治之，不差。

忽一日，有梵僧乞食，因問布：「知君女有異疾，可一見，吾能止之。」布被問大喜，即見其女。僧乃取藥，色正白，吹其鼻中，少頃⑦，摘去之，出少黃水，都無所苦。布賞之白金，梵僧曰：「吾修道之人，不受厚施。惟乞⑧此息肉。」遂珍重而去，行疾如飛，布亦意其賢聖也。

計僧去五六坊，復有一少年，美如冠玉⑨，騎白馬，遂扣門曰：「適⑩有胡僧到無？」布遽延入⑪，具述胡僧事。其人吁嗟⑫不悅，曰：「馬小踠⑬足，竟後此僧！」布驚異，詰⑭其故。曰：「上帝失藥神二人，近知藏於君女鼻中。我天人也，奉帝命來取，不意此僧先取之，吾當獲遣⑮矣。」布方作禮，舉首而失。

作者

段成式（西元八〇三年—八六三年），字柯古，唐朝鄒平（今屬山東濱州）人。世家子弟，遍覽群書，善於佛學。官至太常少卿。擅長詩歌駢文，與李商隱、溫庭筠齊名，號稱「三十六體」。著有筆記小說集《酉陽雜俎》共三十卷，後十卷爲續集，介紹許多唐人的生活狀態、思想狀況等，爲研究唐史提供了史料，也是了解唐時中西方交流的重要文獻。

題解

本文選自《酉陽雜俎》，講藥神化身息肉藏在少女鼻中的故事。王布的女兒很美，但是鼻子有息肉，醫生怎麼治都沒有用。有個胡僧來說能治，用藥吹入王女鼻中，拿走息肉就離開了。不久一個美少年也來了，詢問胡僧的去向，聽說胡僧已治好王女離開，很生氣，就說出原來息肉是藥神化身，胡僧先取走，他不能交差，回去就倒楣了。故事情節有僧人與天神鬥法的基本輪廓。

注釋

① 東市：東方的市場。

② 繈：音ㄑㄧㄤˇ，同「鏹」，古代串錢的繩索，泛指錢幣。

③ 商旅：來往各地買賣貨物的商人。

④ 賓：以禮對待。

⑤ 息肉：一種因黏膜異常而形成的突起物，多發生在鼻腔或腸道內。

⑥ 皀莢子：植物名。豆科皀莢屬，落葉喬木。多刺，羽狀複葉，夏開黃色蝶形小花，結實成莢，長扁如刀，煎汁可洗濯衣服。其莢果及種子皆可做藥。莢，音ㄐㄧㄚˊ。

⑦ 少頃：音ㄕㄠˇ ㄑㄧㄥˇ，不久，片刻。

⑧ 乞：求，討取。

⑨ 美如冠玉：貌美如冠上所飾的玉，後比喻男子貌

美。
⑩適：剛才。
⑪遽：音ㄐㄩˋ，急忙。延入：邀請進入。
⑫吁：呼喊，請求。嗟：音ㄐㄧㄝ，表示感傷、哀痛的語氣。
⑬踠：音ㄨㄢˇ，屈曲，彎曲。
⑭詰：音ㄐㄧㄝˊ，詢問，責問。
⑮遣：放逐，貶謫。

評析

本篇故事的亮點是藥神化身爲息肉。故事說，這兩個藥神是天帝的部屬，爲什麼會變成息肉，躲在少女的鼻中呢？也許藥神是叛逃離開天帝的，變成息肉是爲了躲避天帝派人追捕。至於爲什麼觸碰就會痛？藥神被人戳了，當然吃痛，可以想像兩個藥神緊抓住少女鼻子的模樣。美少年是天帝派來的天神，任務是收回藥神，沒想到他所騎的馬慢了一步，讓胡僧捷足先登，竟將藥神給劫走了，美少年才急得說自己回去會被懲罰。

藥神的能力是什麼？爲何胡僧要爭奪他們？這裡的藥神應該不是指藥王大帝扁鵲，也不會是神農氏，應該是指管理醫藥的小神。善於醫治的胡僧取走了藥神，自然對他的行醫事業大有幫助。其實想一想，藥神落在胡僧手中好呢？還是回到天帝身邊好？如果胡僧是用來濟世救人，似乎也沒什麼不行。故事並未描述胡僧與美少年如何鬥智鬥法，兩人連打個照面的機會都沒有，也就少了一些火花。

故事新編——高詩佳

大、小藥神在天庭的藥房捉迷藏，小藥躲在甕裡，一下子就被眼尖的大藥揪住耳朵，痛得叫「媽」。這時仙女來了，喚道：「喂，還不做好雪膚冰肌丸，娘娘要用了！」娘娘是天帝最寵愛的妃子，平日都用大藥神的丸藥美容保養。大藥連忙放手，急著準備材料，小藥卻說：「我這兒還有幾顆，不忙做新的。」大藥便接過來，裝在黃金盒子裡，呈上給娘娘服用。

沒想到半夜聽說娘娘肚痛腹瀉，弄得寢室臭氣熏天；天帝氣得拂袖而出，娘娘則稱吃了藥丸害的。大藥抓住小藥衣領：「究竟拿什麼給我？」小藥吐舌道：「只是瀉藥罷了。」大藥氣炸了，追著小藥打，兩神從天上打到人間，打得忘我。

小藥忽然想起：「我們可不能擅離天庭，要申請的。現在怎麼辦？」大藥揍了他一拳，道：「看來得找個地方躲，免得被天將追到。」此時，一個十四五歲的少女經過，大、小藥神使個眼色，瞬間縮小飛去，像兩粒息肉黏在少女的鼻子裡，果然天兵天降不查，眞的讓兩神躲了過去。

但是從這天開始，少女的鼻子就很不舒服，只要碰到息肉的根部就痛入骨髓，她不知道藥神被戳來戳去也是會痛的，只好用力掐她鼻子。少女的閨名叫作玉嬌，生得豔麗聰晤，她的父親名叫王布，是愛讀書的商人，家財千萬，與他來往買賣的商人對他都相當禮遇。最近，王布爲玉嬌的怪病傷透腦筋，玉嬌再怎麼美，息肉總是礙眼，王布花了數百萬錢給她醫治，總不見效。

有一天，有個胡僧來王家討點吃的，王布爲人慷慨就款待了他。胡僧吃完飯，忽然問：「聽說您女兒得了病，我或許能醫治。」王布大喜，立刻要女兒出來。胡僧從他的破箱子裡取出一撮白色粉末，吹入玉嬌鼻中，沒多久，伸手在息肉上輕輕一拂，息肉就被摘去了，只流了一點黃水，玉嬌幾乎感受不到疼痛，立即恢復如常。

王布非常高興，要賞胡僧，胡僧卻說：「我是修道的人，清心寡欲，不接受貴重的贈與，只要帶走息肉就好。」王布答應了。胡僧便起身說要走，他腳步很快，姿態就像飛的一樣。王布想，此人非賢即聖，絕非普通的人物。

過了好一會兒，僕人來報，說有位相貌俊美的少年騎著白馬在外面敲門。王布出來，見那少年果然氣質高貴，便請他進來坐。

少年坐下，也不囉嗦，單刀直入問道：「剛才是不是有個胡僧來這裡？」王布有些驚訝，就把事情說了。少年越聽臉色越差，猛然一拍桌子，說：「可惡！路上我的坐騎馬足有些不便，竟然沒追上！」王布嚇一跳，連忙問爲何？少年說：「天帝手下有兩個藥神叛逃，最近查到藏身在您女兒的鼻中。我是天將，奉天帝的命令來捉拿他們，沒想到先被胡僧取走，我回去恐怕會遭到貶謫。」

王布才要說話，一抬頭，少年就不見了。

就在不遠的遠方，胡僧將兩個藥神收在藥袋裡，和藥材放在一起，隨身帶著走，每當遇到生病的人，就要他們製藥，有時讓他們出來結伴同行。大藥、小藥很高興，尤其是大藥神，覺得濟世救人比成天爲天帝的嬪妃調製美容藥好多了呢！

34. 葉限

（段成式／酉陽雜俎）

經典原文

南人相傳，秦漢前有洞主①吳氏，土人呼爲「吳洞」。娶兩妻，一妻卒，有女名葉限，少慧，善淘金②，父愛之。末歲，父卒，爲後母所苦，常令樵③險汲深④。

時嘗得一鱗⑤，二寸餘，赬⑥鰭金目，遂潛養於盆水。日日長，易數器，大不能受，乃投於後池中。女所得餘食⑦，輒沉以食之。女至池，魚必露首枕岸。他人至，不復出。

其母知之，每伺之，魚未嘗見也。因詐女曰：「爾無勞乎？吾爲爾新其襦⑧。」乃易⑨其敝衣⑩，後令汲於他泉，計數里也，母徐衣⑪其女衣，袖利刃，行向池呼魚，魚即出首，因斫⑫殺之。魚已長丈餘，膳其肉，味倍常魚，藏其骨於鬱棲⑬之下。

逾日，女至向⑭池，不復見魚矣，乃哭於野。忽有人披髮粗衣，自天而降，慰女曰：「爾⑮無哭，爾母殺爾魚矣！骨在糞下。爾歸，可取魚內臟於室。所須第⑯祈之，當隨爾也。」女用其言，金璣玉食，隨欲而具。

及洞節[17]，母往，令女守庭果。女伺母行遠，亦往，衣翠紡上衣，躡金履[18]。母所生女認之，謂母曰：「此甚似姊也。」母亦疑之。女覺，遽反，遂遺一隻履，爲洞人所得。母歸，但見女抱庭樹眠，亦不之慮。

其洞鄰海島，島中有國名陀汗，兵強，王數十島，水界數千里。洞人遂貨[19]其履於陀汗國。國主得之，命其左右履之，足小者，履減一寸。乃令一國婦人履之，竟無一稱者。其輕如毛，履石無聲。陀汗王意其洞人以非道得之，遂禁錮而栲[20]掠之，竟不知所從來。

乃以是履棄之於道旁，既遍歷人家捕之，若有女履者，捕之以告。陀汗王怪之，乃搜其室，得葉限，令履之而信。葉限因衣翠紡衣，躡履而進，色若天人也。始具事於王，載魚骨與葉限俱還國。其母及女，即爲飛石擊死[21]。洞人哀之，埋於石坑，命曰「懊女塚」。洞人以爲禖祀[22]，求女必應。

陀汗王至國，以葉限爲上婦。一年，王貪求，祈於魚骨，寶石無限，逾年，不復應。王乃葬魚骨於海岸。用珠百斛[23]藏之，以金爲際。至征卒叛時，將發以贍[24]軍。一夕，爲海潮所淪[25]。

成式舊家人李士元所說，士元本邕[26]州洞中人，多記得南中怪事。

作者

段成式。

題解

本篇選自《酉陽雜俎》。南方洞主的女兒葉限，幼年喪母，從小聰明能幹，得到父親的寵愛。父親死後，後母對她百般虐待，殺害了她飼養的魚。葉限得到神人指點，將魚骨藏在屋中，只要對著許願，就能得到想要的東西。在一次節日活動，葉限偷偷穿著華服，踩金鞋去參加，被後母及異母妹妹察覺，逃走時掉了一隻金鞋。金鞋被陀汗王得到，終於找到葉限，於是載魚骨與葉限回國，以葉限爲上婦，而後母及妹妹就被飛石擊死。

注釋

① 洞主：「洞」即「峒」，在唐宋時期是南方少數民族的一種基層社會組織。
② 淘金：採金者用水洗去砂質，採取金屑。
③ 樵：砍柴。
④ 汲深：汲出深井裡的水。
⑤ 鱗：魚類的總稱。
⑥ 赬：音ㄔㄥ，淺紅色。
⑦ 餘食：吃剩的食物。
⑧ 襦：音ㄖㄨˊ，短襖。
⑨ 易：改變、換下。
⑩ 敝衣：破舊的衣服。敝，音ㄅㄧˋ。
⑪ 衣：音ㄧˋ，穿。
⑫ 斫：音ㄓㄨㄛˊ，以刀斧砍削。
⑬ 鬱棲：糞壤，污穢的地。
⑭ 向：之前，從前。
⑮ 爾：你。
⑯ 第：次序。
⑰ 洞節：一種類似山歌節的少數民族節日。
⑱ 躡：音ㄋㄧㄝˋ，穿著。金履：金色的鞋子。
⑲ 貨：出售。
⑳ 栲：烤打。
㉑ 飛石擊死：一種刑罰，阿拉伯有此習俗，更早的源頭可能來自於《舊約聖經》。
㉒ 禖祠：求子之神的祠廟。
㉓ 斛：音ㄏㄨˊ，量詞，古代計算容量的單位。十斗為一斛，後改作五斗為一斛。

㉔贍：音ㄕㄢˋ，供給，供養。

㉕為海潮所淪：此結尾很可能是歐洲另一個童話〈漁父的故事〉的來源。淪，滅亡，喪失。

㉖邕：音ㄩㄥ。

評析

葉限的遭遇，從側面反映了傳統家庭生活的矛盾。父親是一家之主，父親死後，就無法保護鍾愛的女兒，家中權力落到後母手上，葉限的處境堪慮。故事譴責了後母的貪婪、無情和偏心，對於弱小的孤女則寄予許多同情。故事仍不脫善、惡的二元對立論，在好人、壞人的對比和較量中，透過幻想的手法，藉著神人的干預、金魚的幫助、國王的明察秋毫，讓受害者最終獲得幸福，作惡者遭到毀滅的下場，傳達了「善有善報，惡有惡報」的傳統善惡觀。

本故事幾乎包括了童話〈灰姑娘〉的全部要素：後母虐待、難題刁難、神仙幫助、集會亮相、以鞋驗身、嫁給貴族。文中的「洞」、「土人」等詞，說明故事發生在中國南方的少數民族，也有人說「洞」是唐朝對邕州羈縻州基層行政組織的稱謂，吳洞是今天的壯族地區，在壯族的風俗中，鞋子是定情之物，並且是女方送男方的。故事中的習俗在壯族內仍然存在，如洞節、以鞋定情、神魚等，都帶著桂南地區壯族民間的文化元素，與〈葉限〉相近的故事，在壯族民間有多種版本。另外，「陀汗國」一般認爲就是史書所載的「陀洹國」。

故事新編——高詩佳

葉限提著沉重的木桶，走了很遠很遠的路到深潭邊汲水。「好累啊！」她抬手在額頭擦了擦汗，袖子從細瘦的膀子上滑落。葉限原本生得玉雪可愛，但是長期挨餓受凍、缺乏調養，使十六歲的大姑娘卻只有十四歲的身材，頭髮乾枯，皮膚蠟黃。她低頭看潭水，哎，倒映出來的是多可怕的面容啊！

好久好久以前，姓吳的洞主娶了兩個老婆，大老婆過世後，留下一個女兒名叫葉限，從小聰明伶俐，能用金線織出美麗的衣裳，父親非常寵愛她。很不幸，沒過幾年，吳洞主也過世了，父母雙亡的葉限被後母嫌棄，後母常要她去高山上砍柴，到深潭汲水，如果揀回來的柴枝少了、水短缺了，就是一陣苦打。

「這樣的日子苦不堪言！」葉限對著潭水深深歎了口氣，就將木桶投入了水裡。撈了一會，葉限使力將木桶拉上來，但是這回明顯吃重，等到木桶上岸，葉限驚訝的發現桶子裡有一尾魚。這條魚有兩寸來長，紅色的脊鰭、金色的眼睛，楞頭楞腦的非常可愛，葉限就偷偷把魚帶回家，當作寵物養在水盆裡。

魚兒一天比一天大，換了好幾次水盆，終於大到放不下了，就把牠放到後院的池塘裡養著，葉限每天在有限的食物中，節省出飯食投進去餵魚，自己少吃一點也無所謂。每當她靠近，魚兒就會游到岸邊露出頭來，其他人來到池邊，魚便躲在底下不出來。

但日子一久，這件事還是被後母發現了，只是每次後母到池邊偷看，魚總是不出來。後母想了一下便有了計較，於是叫葉限過來，和顏悅色的說：「妳最近累壞了吧？我爲妳做了新衣服，快脫下妳的舊衣換上吧！然後去另一處汲水，那裡雖然遠，但是路比較好走。」葉限受寵若驚，開心的換上新衣服，到別處汲水去了。

後母見葉限走遠就換上她的衣服，袖裡藏著刀，到池邊呼喚魚。那魚眞的把頭露出來，後母立刻抽出刀子將魚給宰了，然後拿到廚房烹調，味道果然比一般的魚美味好幾倍，吃完了就把魚骨頭扔進了糞坑。

第二天，葉限再到池邊找魚，可是怎麼呼喚，魚都不出來，她找了一遍，確定魚已經不在池裡，不禁哭了出來。這段日子裡，魚已經成爲她的朋友，是孤單時最好的慰藉。正在悼念，有個披頭散髮、穿著粗布衣服的人從天而降，對葉限說：「別哭了！妳的魚被後母吃掉，骨頭扔在糞坑裡。回去把骨頭藏起來，想要什麼就向它許願，都可以如願。」說完，就不見了。

葉限半信半疑，回家照做，果然金玉珠寶、吃的、用的都可以得到，從此，她便漸漸豐腴、美麗起來。

日子一天天過去，又到了一年一度的洞節，每年的這天，青年男女會圍在一起唱歌、跳舞，女孩子打扮得漂漂亮亮的，吸引男孩的注意，很多人都在這時找到心儀的對象戀愛、成婚。後母也要帶著自己的女兒參加，卻命令葉限在家中看守庭院的果樹。葉限裝作乖巧的答應了。

等後母走遠，葉限就回到房間對著魚骨頭許願：「魚兒啊，請給我美麗的衣服、鞋子，讓我參加舞會！」地上就多了一件翠鳥羽毛編織的衣服和一雙金銀絲線做成的鞋子，葉限穿上它們，到池邊對著倒影轉了個圈子，她的美連天上的鳥兒也讚歎，飛下來唱歌讚美她。

葉限來到舞會，她的美麗果然引起所有人的注意，後母的女兒看見她，驚呼道：「那個人很像姊姊！」後母也很懷疑，便要上前問葉限。葉限發覺了，連忙離開，逃跑時丟了一隻鞋子，被一個族人得到了。等後母追回家，看到葉限在房裡睡覺，就不再懷疑她。

吳洞鄰近一座海島，這座島上有個沱汗國兵力強盛，他們的國王年輕有爲，統治了幾十座海島，面積廣達幾千海里。那個撿到金鞋的族人就把鞋子賣給國王。國王很好奇，心想：「這隻金黃燦爛的女鞋，究竟是穿在怎樣的女孩腳上？」於是要全國的女性都來試穿看看，結果沒有一個人合適。

那隻金鞋輕得像羽毛，踩在地上也沒有聲音，不是平凡之物，國王猜是那族人用不正當的手段得到的，就拘禁審問他，卻問不出答案，只好派人到吳洞挨家挨户的調查，如果找到另外一隻鞋，就將人帶過來詢問。

終於查到葉限家，後母興匆匆的拿出家中的高級女鞋一一比對，都不符合。葉限捧著另一隻金鞋款款而出，士兵讓她穿上鞋子，果然完全吻合。於是葉限又穿上翠羽衣和金履鞋，帶著魚骨頭，跟隨士兵進宮面見國王。

葉限的容貌美得如同天上的仙女，國王驚爲天人，立刻就喜歡上她。葉限訴說自己的身世，國王很憤怒，命人用飛石將後母和她的女兒打死了。吳洞的人可憐她們，就挖了坑洞將她們埋起來，叫作「懊女塚」。

國王和葉限不久就結婚了。有一年，國王向魚骨頭許願，得到無數珠寶，又過了一年再求魚骨，卻什麼也得不到了。國王就把魚骨頭埋在海邊，用百斛的珠玉隱藏起來，以金子爲界限，等要出征打仗時，國王決定挖出珠寶供養部隊，結果那晚，埋骨的地方就被海水淹沒了。

從此以後，神奇的魚骨頭和珠寶被海水沖得不知去向，而幸福的葉限只能對著大海思念她的好朋友。

35. 楊戩二怪

（洪邁／夷堅志）

經典原文

宣和中，內侍①楊戩②，方貴幸③。其妻④夜睡覺，見紅光自牖⑤入，徹帳⑥粲爛奪目。一道人長尺許，繞帳乘空⑦而行，徐於腰間取一盂⑧，髻⑨中取小瓢，傾酒滿之，其香裂鼻。笑顧戩妻曰：「能飲此否？」妻疑懼不敢應。道人旋繞數匝⑩，再三問之，終不應。道人曰：「然則吾當自飲。」一飲而盡，倏然⑪乘紅光復出⑫，遂不見。其家聞酒香，經數日乃歇。

戩新作書室，壯麗特甚，設一榻⑬其中，外施緘鐍⑭，他人皆不得至。嘗上直⑮，小童入報有女子往來室中。妻遽出視之，韶顏⑯麗態，目所未睹，回眸微笑，舉止自若。需⑰戩歸，責之曰：「買妾屏⑱處，顧⑲不使我知。」

戩自辯數，且相與至室外，望之信然。及啓鑰，女亟⑳登榻，引㉑被蒙首坐。戩夫婦率妾侍㉒並力掣㉓之，牢不可取。良久回面向壁，身稍偃㉔，意其已困㉕。復揭之，但見巨蟒正白，蟠㉖屈十數重，其大如臂，殭㉗伏不動。家人皆駭走。戩遣悍卒㉘十輩，連榻舁㉙出，棄諸城外草中，不敢回顧。未幾時，戩死。

作者

洪邁（西元一一二三年—一二〇二年），字景盧，號容齋，饒州鄱陽人（今江西省上饒市鄱陽縣）。南宋名臣，官至翰林學士、龍圖閣學士、端明殿學士。以筆記《容齋隨筆》、《夷堅志》聞名。《夷堅志》是宋代著名筆記志怪小說集，始刊於紹興末年，絕筆於嘉泰二年，書名取《列子·湯問》中「夷堅聞而志之」之意，記述當時的城市生活、人文掌故、奇聞趣事，內容廣泛，卷帙浩繁，原書四百二十卷，許多話本和戲曲都取材於《夷堅志》故事。

題解

本篇選自《夷堅志》，敘述宋代宦官楊戩家中發生的怪事。第一件講楊戩的妻子睡醒，看見窗外有紅光，出現道人繞著床帳飛行，他倒酒請楊妻喝下，楊妻不肯，道人就自己喝乾了，消失不見。第二件講楊戩家的書房擺了一張床，房外上鎖，任何人都不得進出。有天，楊戩不在，一女子在書房走動。後來楊戩回家，去書房看，那女子用棉被將頭蓋住，才發現是一條白蟒，已死了不動。楊戩便命人將白蟒丟到城外，沒多久楊戩就死了。本文爲兩則筆記組成的故事。

注釋

① 內侍：職官名。隋唐時設內侍省，掌宮廷內部事務，大都任用宦官。自唐以後，專用於宦官，後世遂以內侍為宦官的專稱。

② 楊戩：（？—一一二一年）宋徽宗時的宦官。宋徽宗即位後，寵信楊戩，任命他為彰化軍節度使，最後官至太傅。楊戩逼迫百姓租佃廢棄的堤堰，還對住在荒山退灘、河水淤積之處的百姓，增收租賦，連發生水旱也不免除賦稅，當地百姓深受其害。戩，音ㄐㄧㄢˇ。

③ 貴幸：官位顯貴，又得君王的寵幸。

④妻：一些宦官會為了顯示權勢而娶妻納妾。
⑤牖：音ㄧㄡˇ，窗戶。
⑥帳：張掛起來作為露宿或防止蚊蟲進入的布幕、帷幕。
⑦乘空：騰空，凌空。
⑧盂：音ㄩˊ，盛食物或漿湯的容器。
⑨髻：音ㄐㄧˋ，盤結於頭頂或腦後的頭髮，有各種形狀。
⑩匝：音ㄗㄚ，圍繞。
⑪倏然：突然，很快地。倏，ㄕㄨˋ。
⑫復出：再度出現。
⑬榻：音ㄊㄚˋ，狹長的矮床。
⑭緘鏁：也作「緘鎖」，封閉關鎖。音，ㄐㄧㄢ ㄙㄨㄛˇ。
⑮上直：上班，當值。
⑯韶顏：容貌美麗。韶，音ㄕㄠˊ。
⑰需：等待。
⑱屏：音ㄅㄧㄥˇ，隱藏。
⑲顧：豈，難道。
⑳亟：音ㄐㄧˊ，緊急，急切。
㉑引：拉。
㉒妾侍：同「侍妾」，姬妾。
㉓掣：音ㄔㄜˋ，抽取。
㉔偃：音ㄧㄢˇ，倒伏。
㉕困：疲倦，疲乏。
㉖蟠：音ㄆㄢˊ，盤伏，盤曲。
㉗殭：音ㄐㄧㄤ，動物死後屍體不腐朽。
㉘悍卒：驍勇凶悍的士兵。
㉙舁：音ㄩˊ，抬舉，扛抬。

評析

故事記載楊戩家裡發生的怪事。第一則講楊戩妻子見到的異象及遇到的異人。開頭就點出楊戩的「貴幸」，歷史上的楊戩深受宋徽宗寵幸，因此楊家出現紅光、有施展法術的道人請楊妻喝酒，似乎都是表現楊戩顯貴的身分。道人凌空飛行，應該是身懷法術，他請楊妻喝的酒，遺留下來的酒香經久不散，說不定不是一般的酒，令人聯想到來自天上的仙酒，可惜楊妻沒有膽量嘗試。

第二則講的是楊戩的書房來了一個妖物：白蟒。白蟒一開始化身爲美貌女子，在上鎖的書房裡走動，被楊戩夫婦發現後，用棉被蓋住了頭，死也不肯露出面目，直到她倒伏在榻上，棉被揭開，才知道是一條巨大、殭死不動的白蟒。奇異的是，白蟒被丟到城外沒多久，楊戩就死了。我們可以設想，楊戩可能得罪了妖物（白蟒）而遭受報應，或者假設楊戩就是白蟒轉世，白蟒一死，他也無法存活。無論是哪一種，都說明了楊戩不凡的身分。

故事新編——高詩佳

華麗的書房落成了，楊戩志得意滿的站在書桌前環顧四周。胡桃木色的大桌子，牆上裝飾著垂地的絲絨窗帘，另外兩面牆掛滿了各種尺寸的畫。他身後是一扇巨大的櫸木門，壓著繁複的花色，這裡不但有一張床，有時還有伺候讀書的人。書房關乎男人的地位，平日楊戩在這裡除了歌以言志、文以載道，還會做點「紅袖添香」[1]的事。他將書房鎖起來，這是他給自己建造的私人娛樂場所。

楊戩的來頭可不小，他是大宋徽宗皇帝寵信的宦官[2]。徽宗任命他擔任彰化軍節度使，不過他在任內逼迫百姓租佃廢棄的堤堰，還對住在荒山退灘、河水淤積之處的百姓增收租賦，就連發生水旱也不免除，老百姓深受其害，怨聲連天。

這些聲音，天上的玉皇大帝都聽見了，只是不作聲。王母娘娘忍不住問：「是

1 紅袖添香：形容有美女在旁作伴讀書。
2 宦官：太監。

不是該將楊戩收了？」玉皇大帝阻止：「不急，各人有各人的大限，王母靜觀其變就是。」王母娘娘應了聲「是」，便告退回到瑤池，卻召閻王過來，在他耳邊低語了一陣，閻王就告退離開了。

這夜，楊戩沒有回家，楊妻沉香在床上一個人輾轉反側，埋怨自己嫁給宦官，過著守活寡的日子。丈夫不在，必定「尋花問柳」去了，作爲半個男人，也只能靠表面的男女情愛保有自尊。沉香歎氣：「他其實待我不薄，儘管眾人都罵他。」楊戩疼愛妻子，只能以精美的衣飾、珠翠、物質生活來維繫夫妻感情。沉香思前想後，更睡不著了。

忽然窗外一片紅光燦爛，沉香正驚訝，床帳外忽然出現一個相貌陰沉的道人，繞床凌空而飛，嚇得她不敢動彈。只見道人解下掛在腰間的酒杯，又從髮髻拿出一根小勺子，輕輕碰了碰杯子，酒水就從勺子流入杯裡，像變戲法似的。道人停下腳步，陰森森的笑，問沉香道：「妳能喝下這杯酒嗎？」沉香嚇壞了，不敢說話。道人又繞了幾圈，再問她，她還是不答，道人只好將酒一飲而盡。紅光再度出現，一下子道人就不見了，酒香卻還遺留在室內，過了好幾天才散。

王母娘娘看見了，搖頭歎息：「可惜！這酒本來是從后羿那裡取得，是當年嫦娥偷喝的靈藥，要用來度化沉香，可惜她與仙道無緣。那就罷了！」

自從那天見了異人異象後，沉香更認爲自己嫁了不平凡的丈夫。從古到今，哪個帝王將相沒有奇異的出身？太祖趙匡胤出生時滿室紅光，香氣經久不散，就應驗日後的飛黃騰達，或許楊戩也是。想到這裡，沉香有些自得。

這時，僕人進來報告：「夫人，書房內有陌生女子，該怎麼辦？」沉香有點生氣，丈夫幾時又帶女人回家了？她帶著僕人怒氣沖沖的趕到書房，果然看見房裡有人，奇的是門上了鎖，那人是怎麼進去的？她推開門，只見一名身穿白衣的女人站在書桌前，聽到他們進來就回眸微笑，百媚橫生。沉香其實也美得很，卻被她比下去了，只好留下那女子，負氣回房。

等到楊戩回家，沉香立刻責問：「怎麼買了妾藏在書房，不讓我知道？」楊戩大奇，連忙否認，帶著妻子和姬妾去書房一探究竟。白衣女子還在房裡，聽見鑰匙的聲音，飛快的跳上床，拉了棉被蓋住全身，不管楊戩夫婦和姬妾怎麼拉棉被，都無法扯下。僵持許久，女子忽然面向牆壁，就伏在床上不動，像是累了。楊戩再將棉被拉開，赫然出現一條白色巨蟒，大約有成人的手臂那麼粗，盤踞在床中央，看來已經僵死了。眾人嚇得逃出書房。楊戩挑了十幾個勇士，命他們將白蟒連同床抬到城外的草叢丟掉。士兵們照辦了。

但那天晚上，楊戩卻被妻子發現死在被窩裡，身體蜷曲的樣子如同巨蟒。

王母娘娘滿意的站起來，微笑著走向一個小小的籠子。籠子裡，一條白色的小蛇正懶懶的吐信。

36. 奇士陳兪

（洪邁／夷堅志）

經典原文

陳兪，字信仲，臨川人，豪俠好義。自京師下第[1]歸，過謁[2]伯姊[3]，値其家病疫，閉門待盡[4]，不許人來，人亦無肯至者。兪欲入，姊止之曰：「吾家不幸，罹此大疫，付之於命，無可奈何，何爲甘心召禍？」兪不聽，推户逕[5]前，見門内所奉神像，香火甚肅，乃巫者所設也。兪爲姊言：「凡疫癘[6]所起，本以蒸鬱薰染而得之，安可復加閉塞，不通内外！」即取所攜蘇合香[7]丸十餘枚，煎湯一大鍋，先自飲一杯，然後請姊及一家長少各飲之，以餘湯遍灑房壁上下，撤去巫具，端坐以俟[8]之。巫入，訝門開而具撤，作色甚怒。

兪奮身出，掀髯瞪眼，叱之曰：「汝何物人，敢至此！此家子弟皆幼，病者滿屋，汝以邪術炫惑[9]，使之彌旬[10]弗瘉，用意安在？是直欲爲盜爾！」顧僕縛之，巫猶嘵嘵[11]辨析[12]，將致之官，始引伏請罪。兪釋其縛，使自狀[13]其過，乞從私責[14]，於是鞭之三十，盡焚其器具而逐之。鄰里駭慴，爭前非誚[15]，兪笑不答。翌日，姊一家脱然[16]，誚者乃服。又嘗適縣，遇凶人淩弱者，氣蓋[17]一市。爲之不平，運拳捶之死而遁。會建炎初元大赦獲免。後累舉恩得縉雲主簿以卒。終身不娶妻妾，亦奇士也。

作者

洪邁。

題解

本篇出自《夷堅志》，講陳俞識破巫師的謊言，救了家人，以及其他的俠義行事。陳俞的姊姊一家得了瘟疫，聽信巫師的話，在屋內等死。陳俞拿藥丸要姊姊及家人服用，又將巫師抓到官府，逼他認罪，最後把他趕走。但此舉受到迷信的鄰里責難，直到姊姊全家病情好轉了，大家才真的佩服他。另一次，陳俞在縣裡遇到惡人欺負弱者，就揮拳打死惡人後逃走，直到皇帝大赦才回來。

注釋

① 下第：考試未被錄取。
② 謁：音ㄧㄝˋ，拜見。
③ 伯姊：稱謂，稱長姊。
④ 待盡：等死的意思。
⑤ 逕：音ㄐㄧㄥˋ，直接。
⑥ 疫癘：瘟疫。癘，音ㄌㄧˋ。
⑦ 蘇合香：植物名。葉互生，掌狀分裂，有長柄。花小而單性，多數集生。由樹皮中折取樹脂，製成蘇合香油，可殺蟲，治疥癬、休克、凍瘡等病症。產於波斯等地。
⑧ 俟：音ㄙˋ，等待。
⑨ 炫惑：迷亂疑惑。
⑩ 彌旬：超過十天。
⑪ 嘵嘵：音ㄒㄧㄠ ㄒㄧㄠ，爭辯聲。
⑫ 辨析：明辨、分析。指辯解。
⑬ 自狀：自行陳述。
⑭ 私責：私下責罰。
⑮ 非誚：反對指責。誚，音ㄑㄧㄠˋ。

⑯ 脫然：病癒的樣子。

⑰ 氣蓋：形容氣勢盛大。

評析

故事分三個部分寫陳俞破除迷信與行俠仗義的事蹟。首先是陳俞救姊：陳俞的姊姊聽了巫師的話，認命地關在家裡等死，但陳俞想要打破迷信，他帶來藥物，以醫學破解迷信，拿出藥丸給姊姊全家服用，表現擁有足以對付瘟疫的知識。接著講陳俞將巫師抓去官府，卻不是將人交給官府就算了，而是在眾人面前逼巫師認罪，用鞭子抽他，燒他的法器，然後將他趕走。這些原本是官府該做的事，卻由陳俞來做，可能是為了彰顯陳俞的英勇正義，間接對比官府的無能。

當然，問題沒有那麼容易就解決，面對信奉巫師的鄉民責難，陳俞展現氣度，笑而不答，對自己的做法有十足把握，果然姊姊全家的病情好轉了，鄉民才無話可說。但像陳俞這樣的人才卻在科舉落第，令人反思科舉制度選賢與能的意義。最後又提到陳俞路見不平，殺了惡人，只好逃亡，皇帝大赦才得以赦免，點出所謂的「私刑正義」。官府不能管理治安，陳俞見義勇為解決了惡人而被通緝，除了再次反映官府無能，也反映出人們在亂世之中，對英雄人物的嚮往。

故事新編——高詩佳

臨川鬧了瘟疫，巫師命人找來東南方的紅土築壇。那祭壇方圓二十四丈，仿照孔明借東風時所築的樣貌，壇下籠罩著薄霧，聚集了約有兩百來位鄉民。巫師沐浴齋戒好，時辰一到就身披法衣，緩步登壇。這時候霧更加濃了，朦朧中，像黑夜的一切都撲了過來，於是爐中焚香，仰天祝禱，場面肅穆。做完了法事，巫師走下祭壇[1]對鄉民說：「大家必須在屋裡關上七七四十九天，把門窗緊緊關著，密不透風，四十九天一過才能外出！」眾人連忙下跪稱「是」，各自回家叮囑家人打點布置，足不出户。

這天陳俞看過榜單，上面沒有他的名字，又名落孫山了。他想：「我能文能武兼學醫，最多開間武館、行醫或是教書，總是餓不死我的。」左思右想，不如回臨川見大姊算了，於是買了些玩意要送姪兒，興匆匆上路。路上偶爾手癢，想幹點行俠仗義的事，但是大姊的叮囑言猶在耳，因此遇到再難容忍的事，陳俞都忍下了。

走了一個多月，終於來到臨川姊姊家。只見門窗緊閉，庭院破敗，像是很久沒人打掃，左鄰右舍都緊閉門窗。陳俞感到詫異，便敲門喊大姊，過一會，姊姊的聲音才從門後傳來：「快走！我家遭受瘟疫，不便招待！」

陳俞大驚，原來姊姊一家都病了，閉門不出，豈不是等死？他想進去，姊姊卻說：「不行，巫師要我們閉關七七四十九天，今天是最後一天，等巫師來了才能出關。」

陳俞哪裡肯聽，一腳將門踢開，直闖了進去，只見屋裡供奉神像，煙霧繚繞，聽說是巫師設的。陳俞怒道：「瘟疫發生都是因爲空氣汙濁才傳染人得病，怎麼能

1 祭壇：舉行祭禮的壇台。

緊閉門窗？」他掙脱姊姊的手，敲開屋內所有門窗，再掏出十二粒蘇合香丸煮成濃濃的一大鍋湯，自己喝一杯，再逼姊姊全家喝下，然後將剩下的湯藥遍灑在屋內。他轉頭看見那堆法器，氣起來全部扔掉，坐著等待巫師。

時辰一到，巫師果然來了，看到門大開，而他的法器全被扔了，臉色大變，怒道：「是誰撤了神壇，還將門窗打開？」陳俞上前，瞪眼斥責說：「喂！那個巫師，敢到這來！這家孩子年幼，滿屋子病人，你用邪術迷惑人，害他們病不好，用意是什麼？想偷東西吧？生病不看醫生，算什麼！」

巫師氣得發抖，罵道：「小子哪裡懂得玄學？我施術已經幾十年，驅趕過無數邪病，要知道疾病乃是妖邪所致，醫生懂什麼！」這話可踩到陳俞的痛腳，他罵道：「我就是醫生，怎樣！」於是命僕人把巫師綁了送到官府。在縣官面前，巫師還是說個沒完，滔滔不絕說的全是驅邪之道。

陳俞氣極反笑，便解開巫師的綁繩，說：「看來你眞的相信自己的法術。」巫師挺起胸膛，道：「你不也相信自己的醫術？」兩人僵持不下。

縣官想打圓場：「方才巫師的話算是認罪，就放了他吧！」

陳俞氣到說不出話，心道：「這糊塗官怎麼可以袒護宣揚迷信的巫師？朝廷要你何用。」

縣官覺得無聊，打了呵欠，擺擺手說：「把他們轟出去，退堂！」自己竟步入後堂摟姨太太去了。

鄉民們聚在衙門外，巫師狼狽而出，陳俞拿鞭子狂抽巫師三十幾下，打得他唉唉叫，旁人要阻止，被他怒目而視，紛紛嚇退。眾人指摘陳俞，說他怎能這樣對待巫師。陳俞便收手，笑而不答。

到了隔天，陳大姊全家人的病情好轉了，人們便轉了風向說：「一定是閉關閉足了才好的。」還有人說：「陳俞給的藥似乎不錯，但是如果沒有巫師作法在先，也顯不出療效。」陳俞聽了，忍不住歎道：「想改變迷信的人民、無能的官府，談何容易？」

聽說，陳俞曾在縣邑遇見惡人欺侮弱者，就失手打死惡人，氣勢逼人，沒人敢阻止他，之後雖然逃亡，但他的俠名已經傳揚開來。不久，正好遇上建炎元年皇帝大赦，陳俞得以免罪，後來又被舉薦，朝廷賜官爲縉雲縣主簿，爲官公正清廉，在任內去世，他一生從未娶妻，是個與眾不同的奇人。

37. 謝七嫂

（洪邁／夷堅志）

經典原文

信州玉山縣塘南七里店①民謝七妻，不孝於姑②，每飯以麥③，又不得飽，而自食白秔飯④。紹興三十年七月七日，婦與夫皆出，獨留姑守舍⑤。遊僧過門，從姑乞食⑥，笑曰：「我自不曾飽，安得有餘？」僧指盆中秔飯曰：「以此施我。」姑搖手曰：「白飯是七嫂者，我不敢動，歸來必遭罵辱。」僧堅求不已，終不敢與。俄而⑦婦來，僧逕⑧就求飯，婦大怒，且毀叱⑨之，僧哀求愈切，婦咄⑩曰：「脫爾身上袈裟來，乃可換。」僧即脫衣授之，婦反覆細視，戲⑪披於身，僧忽不見，袈裟變爲牛皮，牢不可脫。胸間先生毛一片，漸遍四體，頭面稍⑫成牛。其夫走報婦家，父母遽⑬至，則儼然⑭全牛矣。

作者

洪邁。

題解

本篇選自《夷堅志》，講不孝媳婦被懲罰變成牛的故事。謝七嫂一向不孝順婆婆，自己飽食，卻不給婆婆吃飽。有一天，七嫂和丈夫外出，留婆婆看家，有個和尚經過向婆婆討飯，婆婆表示自己不曾吃飽，無法施捨。不久七嫂回家，和尚又討飯，七嫂要他拿身上的袈裟來換。和尚給了，七嫂穿在身上，袈裟卻變成牛皮，身體還長出毛，最後七嫂就變成牛了，是典型的懲奸除惡的故事。

注釋

①七里店：就是七里村，店是小村子的一種單位。
②姑：婆婆。
③麥：麥子，這裡指粗糧。
④白秔飯：即白米飯。秔，音ㄍㄥ，粳米。
⑤守舍：看家。
⑥乞食：要飯。
⑦俄而：不久。
⑧逕：直接。
⑨毀叱：大聲責罵。
⑩咄：音ㄉㄨㄛˋ，斥責，怒罵。
⑪戲：開玩笑似地。
⑫稍：已經。
⑬遽：急忙。
⑭儼然：好似，很像。儼，音ㄧㄢˇ。

評析

在這篇故事裡，我們可以從兩個層面看謝七嫂被懲罰的原因。第一個原因是不孝，謝七嫂自己吃白飯，卻虐待婆婆，只給婆婆吃粳米，又不讓吃飽。她的個性強勢、無情而跋扈，掌控家中飲食，就是掌控了家人的生存，一切她說了算，丈夫似乎束手無策，像個隱形人物。所以和尚懲罰七嫂是在救苦救難，救婆婆脫離媳婦的虐待，也有懲奸除惡的意味。

第二個原因是謝七嫂對佛教徒不敬。一般人尊敬佛教徒，會給來化緣的師父一些食物，七嫂竟拒絕布施，還要求師父脫下袈裟來換食物。袈裟是由多家施捨的布塊縫製而成，稱爲「百衲衣」，象徵廣結善緣、普渡眾生之意，只有修行的師父能穿，一般人怎能隨意穿上？和尚可能有法術，將七嫂變成一頭牛作爲懲罰。至於爲什麼是牛？應是指七嫂不配當「人」，所以打入「畜生道」，警告世間爲惡的人，達到道德教化的目的。

江西玉山縣有處村莊叫作「七里店」，住了謝七和他的老母親。謝七是個老實頭，平常務農，都快四十歲了還討不到老婆，村裡的媒人就爲他相了個閨女，年紀大他兩歲。在新婚之夜，七嫂發現丈夫是個沒出息的溫吞貨，氣得把棉被扔在地上，要丈夫自己睡。更氣人的是，婆婆比謝七還要溫吞，而且做菜非常難吃，七嫂只好自己下廚料理，久而久之，謝七母子都要看七嫂的臉色過日子。

平常七嫂自己吃香噴噴的白飯，卻給丈夫和婆婆吃難以下嚥的粳米，有時還給得太少。婆婆說吃不夠，七嫂就推說家裡窮了，沒米，然後轉頭把丈夫罵得狗血淋頭，說他沒出息，不能多賺點錢回來，故意罵兒子給母親看。

有一天，七嫂和丈夫出去了，只留婆婆在家。一個手上托著缽、身穿袈裟的和尚路過，向婆婆化緣要飯。婆婆笑著說：「我自己都吃不飽了，怎麼有多餘的給您呢！」

和尚環顧屋內，看到飯桌上有一盆白飯，感到奇怪，就問：「婆婆，有這麼多白飯，為何說吃不飽？」婆婆低下頭，猶豫了一會才說：「這是媳婦吃的，我做不了主，不敢施捨給您，否則媳婦回來，我和兒子必定遭她辱罵。」說完，拿起袖子擦了擦眼淚。和尚又求了半天，婆婆畏懼媳婦，始終不敢施捨。

過一會，七嫂獨自回來了，和尚又向她討食物。七嫂一聽就破口大罵，但和尚還是求她施捨。七嫂見和尚身上穿的袈裟不錯，就說：「你們這些和尚不事生產，專靠乞討維生，我本來不想施捨，但你求了半天，那就拿一樣東西來換吧！」和尚說：「我身無長物，拿什麼換？」七嫂說：「就拿你的袈裟換一碗飯。」

和尚聽了，大概是餓昏了，立刻把袈裟脫下來遞給七嫂。她接過來披在身上，笑說：「瞧，這不像叫化子嗎？」婆婆想阻止媳婦胡鬧又不敢開口，感到不好意思，正要向和尚賠罪，卻發現和尚不見了。

婆婆正在奇怪，七嫂突然叫起來，只見袈裟緊緊的黏在她身上，牢不可脫。接著，七嫂全身長出一根一根的黑毛，很快就遍布全身，最後連頭上也長出兩根牛角，鼻子變長，嘴變大，直到她完全無法站直，成了一頭眞正的牛。婆婆嚇得魂不附體，連忙跑出去找兒子。

謝七回家看見老婆變成這樣，不知如何是好，他們是樸實的鄉下人，不可能將七嫂變成的牛帶去市場賣了，只好養著。說來有趣，七嫂變成牛以後就轉性了，每次謝七在牛槽裡放滿牧草，牛妻便伸出舌頭狂捲來吃，吃得津津有味。

廚房的主權終於回到婆婆手上，儘管婆婆做的菜還是不太好吃，但是母子終於可以天天吃白飯了。

38. 酒能消鬼

（紀昀／閱微草堂筆記）

經典原文

屠者許方，嘗擔酒二罌①夜行，倦息大樹下。月明如晝，遠聞嗚嗚聲，一鬼自叢墓中出，形狀可怖。乃避入樹後，持擔以自衛。鬼至罌前，躍舞大喜，遽開飲。盡一罌，尚欲開其第二罌，緘②甫③半啓，已頹然倒矣。許恨甚，且視之似無他技，突舉擔擊之，如中虛空，因連與痛擊，漸縱馳委地，化濃煙一聚。恐其變幻，更捶百餘，其煙平鋪地面，漸散漸開，痕如淡墨，如輕縠④，漸愈散愈薄，以至於無，蓋已澌⑤滅矣。

余謂：「鬼，人之餘氣也。氣以漸而消，故《左傳》稱新鬼大，故鬼小。世有見鬼者，而不聞見羲軒⑥以上鬼，消已盡也。酒散氣者也，故醫家行血發汗、開鬱驅寒之藥，皆治以酒。此鬼以僅存之氣，而散以滿罌之酒，盛陽鼓蕩，蒸鑠微陰，其消盡也固宜。是澌滅於醉，非澌滅於棰也。」

聞是事時，有戒酒者曰：「鬼善幻，以酒之故，至臥而受捶；鬼本人所畏，以酒之故，反爲人所困，沉湎⑦者念哉。」有耽酒者曰：「鬼雖無形而有知，猶未免乎喜怒哀樂之心，今冥然醉臥，消歸烏有，反其眞矣。酒中之趣，莫深於是。佛氏以涅槃⑧爲極樂，營營⑨者惡乎知之！」《莊子》所謂此亦一是非，彼亦一是非歟？

作者

紀昀（西元一七二四年—一八〇五年），字曉嵐，又字春帆，晚號石雲，又號觀弈道人、孤石老人、河間才子，諡號「文達」，直隸獻縣（今中國河北獻縣）人，是清乾隆年間著名學者、大臣，官至禮部尚書、協辦大學士，曾任《四庫全書》總纂修官。喜好修史，不重著述，僅有《閱微草堂筆記》、《紀文達公遺集》、《評文心雕龍》等流傳。

題解

本篇出自《閱微草堂筆記・第二卷・灤陽消夏錄二》，寫一個鬼因貪飲酒而將自身化散的事件，故事之後並附評論，說明鬼的形質與酒的特性，以及二者的交互作用。

故事是說一個人擔著兩甕酒，在山道上遇到鬼，嚇得躲起來。鬼卻是一個酒鬼，看見酒就高興得喝起來，人躲在樹後看了許久，認爲這個鬼除了喝酒，大概也沒有其他什麼能耐，就大膽跳出來，用挑酒的擔子打鬼。鬼也並沒有反擊，反倒被打得越來越稀薄，最後被打散了，消失不見。

故事之後的評論說，鬼在新死時「氣」最凝聚，時間經過越久就越消散，變得稀疏。酒則具有讓「氣」活動、發散「氣」的功用。本來鬼的氣已經是漸漸消散的，再喝了酒，則散得更快，終至消失不見。

注釋

①罌：音一ㄥ，小口大肚的瓶子。
②緘：音ㄐ一ㄢ，捆綁箱篋的繩子。
③甫：始，才。
④縠：音ㄏㄨˊ，縐紗。
⑤澌：竭盡，滅絶。
⑥羲軒：伏羲氏、軒轅氏。
⑦沉湎：沉溺，沉迷。湎，音ㄇ一ㄢˇ。
⑧涅槃：音ㄋ一ㄝˋ ㄆㄢˊ。佛教修行者的終極理想。為梵語**nirvāna**的音譯。意譯為滅、滅度、寂滅。指滅一切貪、瞋、痴的境界。因為所有的煩惱都已滅絶，所以永不再輪迴生死。
⑨營營：追求奔逐，或內心煩躁不安。

評析

魯迅在《中國小說史略》中說《閱微草堂筆記》是：「測鬼神之情狀，發人間之幽微，託狐鬼以抒己見」，「酒能消鬼」這一篇故事及評論，就很能表現魯迅的說法。文中說鬼魂就是「氣」，且是越來越消散的氣，這其實是從人活著時的身體情況推測的。人活在世上，除了軀體，就是「氣」了，靠著「氣」來推動身體、活動身體。因此，人死了叫作「嚥氣」，停止呼吸，也停止了活動，停止了身體運行。也就是說，鬼是人停止活動、停止生命，不再推動身體而餘下來的氣，文中所說的鬼，可以說就是人死後還未散盡的「氣」。

另外一個重點，是「酒」，酒能加速「氣」的運行，所以人活著，「氣」充沛，生生不息時，酒能推動身體滯鬱不順暢的氣，也能發散過多的氣。但鬼的氣，就是人死剩下的一點點，禁不起發散。

文章最後討論到了飲酒是不是好事的問題，兩面意見都列舉了。非常有趣地，討論的中心不在於「人喝酒好不好」，而是鬼既然喝酒會導致消散，「鬼喝酒好不好」？鬼喝酒不好，是因爲會讓自己消失；鬼喝酒好，是因爲「氣」消失正是回歸自然、合於自然。作者把一件因酒而起的人鬼之爭，透過分析、評論，最後巧妙一轉，點出了哲理，使文章具有非常的深度。

故事新編——張至廷

周老頭跟李二拐是戰亂逃難來這個城鎮的老同鄉，都有一肚子的鄉愁。兩人擺地攤維生，周老頭嘴巴最能講，擺的是相命測字攤。李二拐一張嘴更能講，但從家裡帶來一大包古玩[1]，就擺古玩攤。周老頭性情平穩開闊，生活過得很節制；李二拐性子就激烈、率性些，晚上收了攤常常藉酒澆愁，過著今朝有酒今朝醉[2]的日子。

周老頭怕李二拐喝酒喝壞了身子，卻也勸他不聽。有時也陪李二拐喝酒，目的只是擋著他，讓他少喝點。李二拐喝太凶了，周老頭就說：「別這麼喝啊，喝死了怎麼辦？」李二拐就答：「喝死了？做鬼接著喝啊！」

於是周老頭爲他說了一個故事：「做鬼還喝？那就連鬼都做不成啦。你曉得北大街那個屠户[3]，叫許方的嗎？十來天前，一個夜裡，他肩上擔著兩甕[4]酒，從鎮

1 古玩：可供玩賞的古代器物。玩，音ㄨㄢˋ。
2 今朝有酒今朝醉：今天有酒則今天痛飲到醉方休。比喻只顧眼前，不想以後，有及時行樂之意。
3 屠户：以屠殺牲畜為業的人。屠，音ㄊㄨˊ。
4 甕：音ㄨㄥˋ。一種口小腹大，用來盛東西的陶器。

外武功山經過要回鎮上。正是月明星稀，烏鵲南飛，許方一個人走著走著，路過七里墳旁的樹叢，忽聽得鬼聲啾啾，嚇得許方腿一軟，抽起了擔酒的棍子，四下一望，什麼鬼影也沒有。可是那啾啾的鬼哭聲還是不停，許方緊抓著棍棒，一步步退到樹後，想瞧瞧到底是什麼動靜。」李二拐乾了一杯，一笑：「是鬼啊？鬼喝不喝酒？是我就開了酒，邀他乾幾杯。」

周老頭罵他：「都像你這樣，鬼還嚇不嚇人啊？不過你倒說對了，這鬼還眞喝酒，不但喝酒，跟你李二拐一樣，還喝得挺凶。許方在樹後看到一隻鬼，輕飄飄跳到酒甕前，掀開封口，高興得啾啾啾直鬼叫，一口一口喝得嘓嘓嘓不停，你瞧，就跟你一個鬼樣子。一甕酒喝乾了，喝得迷迷糊糊，那像什麼？就像你這酒鬼李二拐一樣，搖搖晃晃。那鬼都站不穩了，還想去開第二甕酒，手才碰到甕口，就醉倒爬不起來啦。許方一瞧，這鬼都醉成這樣了，還能有多凶？恨他糟蹋了一甕酒，舉起棍子就跳出來，一棍一棍猛打那鬼。那鬼醉了不醒，也不逃，也不鬼叫了，任許方這樣打了幾百下，其實許方全像在打空氣，就是這鬼像煙氣一樣，越打越稀疏，最後眞像一股煙給許方打散不見啦。我說二拐啊，你聽懂我在說什麼嗎？」

李二拐答：「不就是許方把鬼給打散了嗎？下回我也拿棍子試試。」周老頭卻說：「這你就不懂了，二拐，鬼可不是給許方打散的，許方不過是個殺豬的，哪來打鬼的能耐？我告訴你吧，這鬼是喝酒給喝壞，被酒給散掉的。人啊，死前嚥下的那口氣，凝聚不散，就是我們看到的鬼了。但這口氣可跟活人不一樣，活人要呼吸，氣是源源不絕的。凝聚成鬼的這口氣卻只能等著慢慢消散，而酒正是行氣、散氣的。許方遇到的那鬼貪喝酒，酒把氣發散，那鬼一下就化掉啦。所以說啊，二拐，酒不是好東西，稍微喝喝可以，像你這樣一路猛喝下去，氣都喝散啦！若死後還做個酒鬼，這不是跟自己過不去嗎？」

李二拐哈哈笑了兩聲，卻拿起了酒壺，猛灌幾口，說：「照老哥哥你這麼說，人最終是個死，鬼最後也得散掉，那我說啊，早一點散掉到底哪裡不好？」就趴在桌上醉倒了。周老頭搥他兩下，沒反應，只好恨恨說：「怎麼勸也勸不聽，唉！」

39. 七婿同死

（紀昀／閱微草堂筆記）

經典原文

從孫樹寶①，鹽山劉氏甥也。言其外祖有至戚②，生七女，皆已嫁。中一婿，夜夢與僚婿③六人，以紅繩聯繫，疑為不詳。會其婦翁④歿⑤，七婿皆赴弔⑥。此人憶是噩夢，不敢與六人同眠食；偶或相聚，亦稍坐即避出。怪詰⑦之，具述其故。皆疑其別有所嗛⑧，託是言⑨也。

一夕，置酒邀共飲，而私鍵⑩其外戶，使不得遁⑪。突殯宮⑫火發，竟七人俱燼⑬。乃悟此人無是夢則不避六人，不避六人則主人不鍵戶，不鍵戶則七人未必盡焚。神特以一夢誘之，使無一得脫也。此不知是何夙因⑭？同為此家之婿，同時而死，又不知是何夙因？七女同生於此家，同時而寡⑮，殆⑯必非偶然矣。

作者

紀昀。

題解

本文選自《閱微草堂筆記》，講因為說了不該說的話，而遭到厄運的故事。故事透過樹寶的話敘述，他的親戚有七個女兒、七個女婿，其中一個女婿夢見自己和另外六個女婿被紅繩綁在一起，認為此夢不祥。岳父去世，這女婿便不敢與其他女婿相處，經常早退，大家問他，他將夢境說出來，卻沒人相信。有天晚上，岳父家辦宴席，為防止這女婿退席，主人就把門鎖死，沒想到靈堂失火，將七個女婿都燒死了。這也許是神靈故意用夢引誘他們，造成了悲劇。

注釋

①從孫：指親兄弟的孫子。樹寶：是紀昀的從孫。
②戚：親屬。
③僚婿：其他的女婿。
④婦翁：岳父。翁：父親。
⑤歿：音ㄇㄛˋ，死，去世。
⑥弔：到喪家慰問祭奠，如「問弔」、「弔唁」。
⑦詰：音ㄐㄧㄝˊ，詢問，責問。
⑧慊：音ㄒㄧㄢˋ，懷恨。
⑨託是言：有別的藉口。
⑩鍵：門閂。動詞作關門。
⑪遁：逃走。
⑫殯宮：即殯舍，停置靈柩的房屋。
⑬燼：燒毀。
⑭夙因：前世的因緣。夙，音ㄙㄨˋ。
⑮寡：死了丈夫的婦女，寡婦。
⑯殆：音ㄉㄞˋ，大概，恐怕，也許。表示推測或不肯定的語氣。

評析

在故事最後，作者提出了一些疑問和想法，都圍繞著「夙因」設想：女婿如果沒有做這個夢，就不會刻意躲避另外六個女婿，那麼主人就不會因為不相信他而鎖門；倘若不鎖門，那七個人就能順利逃生，不會被燒死了。神靈似乎故意用夢來引誘主角，等主角將夢境說出口，造成別人不信任，就能把他們一網打盡，若是這樣，神靈可說相當了解人性，才能夠預測結果。故事帶出了有趣的想法，就是當神靈想要索命時，可以「放長線，釣大魚」，設下陷阱，讓人自投羅網。

此外，這七個人同做這家的女婿，又同時被燒死，作者認爲不知道是因爲前生有什麼冤孽，而七個女兒同出生在這戶人家，又同時成爲寡婦，應該都不是偶然的。令人聯想到電影《絕命終結站》，大抵都在講人力無法超越天意，以及在一連串的死亡巧合背後，冥冥中可能是神靈的安排。所以在新編故事時，我們可以想像有個「死神」精心策畫了一切，以強化這樣的主題。

故事新編——高詩佳

一群人團團圍坐在大樹底下，聽老人說故事。在座有挑剃頭擔子的，有賣胭脂水粉的，有王二麻子、張大嬸、李四兒，還有幾個小孩子，靜靜坐著聆聽。

老人吞了吞口水，壓低聲音說：「有個叫作樹寶的，是鹽山劉家的外甥，大學士紀昀的從孫。他說他外祖父有個親戚，生了七個神仙似的女兒，嬌豔美麗，都出嫁了。七個女婿各個模樣瀟灑，老岳丈可得意了！最小的女婿名叫吳天保，那天晚上吃過麵，怕停食[1]，帶著僕人出門散步，回家很晚了，梳洗後就入睡，當晚卻做了個怪夢，驚得他冷汗直流。」老人停頓片刻，等識趣的人接話。

1 停食：食物停滯於胃中，不能消化。

王二麻子果然問：「是什麼夢？」張大嬸打他一下：「別插嘴，不就要說了嘛！」

老人低聲道：「天保夢見自己和另外六個女婿被紅繩拴在一起，關在不見天日的地方，他大聲呼救卻無人回應，後來便嚇醒了。天保疑心這個夢不祥，不巧的是，第二天早上，大女婿捎來老岳丈的死訊，天保家人哭成一團，連忙趕去處理後事，七個女婿都齊聚在岳父家。可是天保想起那夜的惡夢，心裡就直發毛，不敢和另外六個女婿一起吃飯睡覺，討論後事時也只稍稍坐一會兒就藉故離開。六個女婿都覺得奇怪，來問他爲什麼？」

李四兒好奇的問：「那是爲什麼？」

老人白了他一眼，繼續說：「天保就提起他的夢，可是所有人都懷疑另有原因，覺得夢不過是藉口罷了！大女婿就在背後說，老頭子可能早已給了老七多少財產，所以老七對後事不大認眞了。二女婿到五女婿都點頭附和。六女婿又說，岳父一向愛憐小女兒，看老七神神祕祕的，刻意跟大夥兒保持距離，說不定眞是如此！六個女婿都忿忿不平。」

挑剃頭擔子的扁了扁嘴，鄙夷說：「岳丈剛過去，幾個小子就講財產，什麼東西！」張大嬸看了他一眼，默不作聲，心想那也正常的很，可恨的是長輩偏心，無端惹起家庭風波，想到這裡，張大嬸拭了拭眼角。

老人不管他們，繼續說：「到了頭七[2]，岳父家請僧道在靈前誦經致祭。隔天早上，岳母辦了酒席請女婿們喝酒，才喝過一回，天保又想離開，拉拉門閂卻開不了。他又驚又急，回頭看其他女婿仍然喝酒談話，沒人發現門被人上了鎖，也沒人理他，天保更急了。這時旁邊的靈堂忽然起火，裡頭擺滿了紙糊的殉葬人偶和紙錢一下子全燒起來，這七個人都被燒死了。後來縣裡查案子，才知道是大女婿不讓天保離席，要妻子將門鎖上才造成了悲劇。」眾人唏噓不已，搖頭歎息。

賣胭脂水粉的始終不說話，他抬頭看了看天色，幽藍的夜色下，死亡和夜晚總會帶來恐懼的幻想。他不聽故事了，站起來離開，走了一段路，轉進了林子深處，身上漆黑的袍子發出黝暗的光，很快就消失在林子盡頭。

聽說，死神之所以留在人間，只是爲了要知道自己的傑作是不是成功。

2 頭七：人死後，每隔七日奠祭一次，第一個七日稱為「頭七」。習俗以死者直至此日始知自己死亡，其亡靈將歸宅哀哭，喪家延請僧道在靈前誦經致祭。

40. 念起魔生

（紀昀／閱微草堂筆記）

經典原文

莆田①林生霈言：聞泉州②有人，忽燈下自顧其影，覺不類③己形，諦審④之，運動轉側，雖一一與形相應，而首巨如斗，髮蓬鬆如羽葆⑤，手足皆鉤曲如鳥爪，宛然⑥一奇鬼也。大駭，呼妻子來視，所見亦同。自是每夕皆然，莫喻⑦其故，惶怖⑧不知所爲。

鄰有塾師⑨聞之，曰：「妖不自興，因人而興。子其陰⑩有惡念，致羅剎⑪感而現形歟⑫？」其人悚然⑬具服，曰：「實與某氏有積仇，擬手刃⑭其一門⑮，使無遺種，而跳身⑯以從鴨母⑰。今變怪如是，毋乃神果警我乎！且輟是謀，覲子言驗否？」是夕鬼影即不見。此眞一念轉移，立分禍福矣。

作者

紀昀。

題解

本文選自《閱微草堂筆記》，說的是「心有邪念，相由心生」的故事。有人半夜在燈下，發現自己的影子相當駭人，影子的樣子就像個鬼，他要妻子來看，結果也一樣。此後每晚見到的影子都是如此。後來，隔壁的教書先生問他，是否內心有險惡的念頭，才招來羅剎現形？那人才承認自己確有殺人的念頭，因而斷絕惡念，影子就恢復正常了。故事說明只要心中去惡修善，便能改造命運。

注釋

①莆田：縣名，位於福建省境之東，福州市西南，距木蘭溪北岸七里。莆，音ㄆㄨˊ。

②泉州：城市名，位於福建省東南。原為晉江縣的核心地區，宋、元時為全國對外貿易中心，明以後因港口淤塞而逐漸衰微。

③不類：不似，不像。

④諦審：仔細察看。

⑤羽葆：儀仗中用鳥羽聯綴裝飾的華蓋。葆，音ㄅㄠˇ。

⑥宛然：相似，彷彿。

⑦喻：知道，明白。

⑧惶怖：惶恐，害怕。

⑨塾師：舊時私塾中的教師。

⑩陰：祕密地，不光明地。

⑪羅剎：一種能行走，飛行快速，牙爪鋒銳，專吃人血、人肉的惡鬼。為梵語rākṣasa的音譯。剎，音ㄔㄚˋ。

⑫歟：音ㄩˊ，置於句末，表疑問、反詰等語氣。多用於文言文，相當於「嗎」。

⑬悚然：恐懼的樣子。悚，音ㄙㄨㄥˇ。

⑭手刃：親手殺人。

⑮一門：一家。

⑯跳身：投靠。

⑰鴨母：康熙末，臺灣朱一貴結黨煽亂。一貴以養鴨為業，閩人皆呼為「鴨母」。

評析

本文用鬼故事來告訴我們什麼是「相由心生」。擅長相面的人都說，人的個性、思想與作爲，可以透過臉部的特徵表現出來。佛教也說「相由心生」，意思是所有世間幻變，皆因內心意念而起。的確，有怎樣的心境，就有怎樣的面相。善良的人臉上總有笑意，邪惡的人眼神總露出陰狠，人的內心是藏不住的。故事想闡述的也是這個道理，只不過把「面相」換成了「影子」。在文學裡，影子常被視爲人性中的陰暗面，主角的影子正呈現了內心的陰影。

主角與某人有夙怨，他計畫手刃對方一門。作者並沒有講清楚是怎樣的血海深仇，我們只知道主角應該有正當的理由復仇，但是在長期的心理壓力下，他的內心早已扭曲，所以影子也扭曲得像鬼。我們不禁思考：復仇的意義是什麼？報了仇，就能伸張正義、安慰死者嗎？人能不能從復仇中得到快樂？也許報仇只是一個任務、一個重擔，人終究無法從殺戮中獲得快樂。一念光明就是佛，一念黑暗就是鬼，轉換念頭之後，天堂、地獄，其實都惟在一心。

故事新編——高詩佳

長久以來，趙季平都用同一個角度磨刀，原因無他，維持同一個角度，才能將粗糙的地方磨得光滑。就像在五六歲時，擔任鏢師[1]的父親告誡他：「學什麼都得專精，一個活兒做久了，總會出師！」季平記得當時天天看父親蹲著磨刀，但父親

1 鏢師：鏢局僱來保護行旅或財物的武士。

總要他讀書，不准舞刀弄槍。

那天是春暖花開的日子，季平無心讀書，溜出書房，找了鄰居的小孩玩捉迷藏。他跑進廚房，躲在米缸裡，想等扮鬼的孩子來掀開蓋子就跳起來嚇他。躲了老半天，都打了個盹醒來了卻沒人來，他便自己掀了蓋子走出來，卻在走廊上見到駭人的景象。

季平繼續磨刀，他得保持姿勢不變，再抹上一點油，繼續用這個角度開鋒，直到刀刃上的鋼被磨掉一半。他將刀子翻面，改磨刀鋒的另一側，慢慢形成新的刀鋒，最後把毛邊磨平，這樣就能把刀鋒變爲較精細的薄刃。他擦掉了額頭的汗。

那天，季平在廊上看到了父、母、兄弟姊妹、僕人和鄰居孩子的屍身，地上的鮮血不多。仵作說，凶手使的是極爲銳利的鋼刀，因此殺人不太見血。季平躲在米缸，凶手不查，必定誤將鄰居的孩子當作他，因而留下一個活口。

將整把刀磨完，往往需要一、兩個時辰，季平仍然天天磨刀，他的意志在磨刀時變得更堅韌也更痛苦，堅韌中的痛苦其實比任何苦難更磨人。季平將刀擦乾淨，喝了一大口酒才放下杯子，春花就牽著兒子過來了。

磨刀原本是苦樂參半的活兒，自從遇見春花，成家後有了小寶弟，磨刀這件事就更加痛苦，而快樂則一點都不見了。寶弟才五六歲，和他當年一樣天眞爛漫，正歡樂的追著螢火蟲玩。

春花憐惜的看著季平，說：「該回房休息了。」她理解丈夫心裡的苦。季平應了聲「是」，拿刀就著燈火細看，刀鋒上閃著寒光，銳利得似乎能將月光斬成兩段，這樣的刀，總能將沅江王虎一門二十口人殺個精光吧！這些年他明查暗訪，終於找到仇人了。

刀在燈下明晃晃的，季平的影子也在地上搖動，他忽然發現影子很不像自己的模樣。認真看，那影子轉動的樣子雖然與自己的身體相應，但是頭卻比最大的酒器還要巨大。頭髮蓬亂，像用羽毛紮成的，手腳都彎曲得像鳥的爪子，看上去簡直像個奇形的鬼。

季平叫起來，春花也看見影子了，相伴在她婀娜苗條的影子身邊的，是個鬼怪的影子！春花驚道：「這是怎麼回事？」兩人不知所措，連續好幾晚，影子都是這形狀，鬧得夫妻倆無法入眠。

隔天一早，隔壁私塾的教書先生來敲季平家的門，說要送幾本蒙學書給小寶弟。他見了季平夫妻的神色，覺得很疑惑，就開口詢問，季平便說了影子的事。教書先生說：「我年少時學過道術，妖物不會無緣無故產生，都是由人們本身的原因而產生的。你莫非有什麼險惡的念頭，才招來羅剎鬼現形呢？」

季平吃驚的承認：「確實，沅江王虎殺了我一家，我本想去殺了他滿門，要他斷子絕孫，然後去投靠一群反賊。現在妖怪這樣顯現，莫不是神靈在警告我？」教書先生歎了口氣，說：「難怪你想報仇。但若報仇了，你如何帶著妻兒浪跡天涯？絕了這個惡念吧！」

那把刀從此棄置在屋後的牛棚裡，從這天晚上開始，鬼影就不再出現了。

41. 南皮許南金

（紀昀／閱微草堂筆記）

經典原文

南皮許南金先生，最有膽，於僧寺讀書，與一友共榻。夜半，見北壁燃雙炬①。諦視②，乃一人面出壁中，大如箕③，雙炬其目光也。友股栗④欲死。先生披衣徐起曰：「正欲讀書，苦燭盡。君來甚善。」乃攜一冊背之坐，誦聲琅琅⑤。未數頁，目光漸隱；拊⑥壁呼之，不出矣。

又一夕如廁⑦，一小童持燭隨。此面突自地湧出，對之而笑。童擲燭撲地。先生即拾置怪頂，曰：「燭正無臺，君來又甚善。」怪仰視不動。先生曰：「君何處不可往，乃在此間？海上有逐臭之夫⑧，君其是乎？不可辜君來意。」即以穢紙拭其口。怪大嘔吐，狂吼數聲，滅燭而沒⑨。自是不復見。先生嘗曰：「鬼魅皆眞有之，亦時或見之。惟檢點⑩生平，無不可對鬼魅者，則此心自不動耳。」

作者

紀昀。

題解

本文選自《閱微草堂筆記》，講人「平生不做虧心事，夜半不怕鬼敲門」。許南金在寺廟讀書，一次夜半時分，有鬼從牆壁浮現出來，他朋友嚇得半死，但他仍然照常讀書，直到鬼離開。另一次許南金上廁所時，鬼又出現，他卻將鬼嘲笑了一番，最後把鬼逼退了。故事透過鬼故事提醒人們，只要檢點自己的品德，遇到鬼的時候，就不會動搖心智。

注釋

①炬：音ㄐㄩˋ，火把。
②諦視：仔細察看。諦，音ㄉㄧˋ。
③箕：音ㄐㄧ，篩米去糠的圓形竹器。
④股栗：腿部發抖，形容極為恐懼的樣子。
⑤琅琅：音ㄌㄤˊ ㄌㄤˊ，形容清朗的讀書聲。
⑥拊：音ㄈㄨˇ，拍打，輕擊。
⑦如廁：上廁所。
⑧逐臭之夫：追逐臭味的人，後用以比喻有怪癖的人。
⑨沒：音ㄇㄛˋ，消失，隱而不見。
⑩檢點：指道德、行為上的注意約束。

評析

許南金是膽大的人，他的勇敢其來有自，作者說，人只要生平檢點，就能坦然面對鬼魅，心志也不會被動搖。故事蘊含警示教訓，透過兩則事件來印證說法，使文章不致淪爲說教。首先，描述許南金在半夜讀書，牆上突然出現兩把火炬，仔細一看，竟然是鬼的眼睛。鬼臉浮現在牆上，這景象令朋友嚇得發抖，是一般人的正常反應，而許南金謝謝鬼幫忙照明，照樣讀他的書，這行爲倒不正常了。故事先點出許南金「臨危不亂」的特質，勾起讀者的好奇心。

接著，講許南金晚上在廁所又見到鬼，鬼從地上冒出來，書童嚇得掉了蠟燭，許南金卻將蠟燭撿起來，放在鬼的頭上，謝謝鬼當了燭臺，並且嘲笑鬼自願進廁所聞臭，然後拿廁紙抹鬼。鬼受不了，就消失不再出現。在這段，許南金採取主動，毫不害怕地挑戰鬼、嘲弄鬼，甚至羞辱鬼，當鬼發現人一點都不怕它，就會自動消失，這是否說明鬼的專長只有嚇人呢？如果是，那些見鬼而導致的不幸，可能是因爲人們疑心生暗鬼，自己嚇自己，判斷力降低，行動慌張失序所導致，這麼說，鬼是不會害人的，它們只會迷惑人心。

故事新編——高詩佳

許南金與好友陳霖在廟裡讀書。許南金忽然放下書本說：「何必考進士？萬一考上，還得跟那些汙濁不堪的官爺做事，想到就覺得氣悶，不如自由自在的笑傲江湖。」他哈哈一笑，神情豪邁。

陳霖不以爲然，說：「老許，你我滿腹詩書，怎能不進考場？如果同時考上，朝中有了照應，就不怕那些官爺了。」

南金搖頭：「我不怕，只是看不慣。反正我無心做官，就當作陪老友應試就好。」他將四書五經丟在一旁，只拿《左傳》來讀。讀到累了，兩人便同榻而眠。

睡到半夜，他們同時聽見悉悉簌簌的聲音從北邊的牆壁上傳來，停了一下，又發出更劇烈的咚咚聲。兩人相看一眼，注視牆壁，只見牆上燃起了兩把火，不是鮮紅的火光而是幽微的那種暗紅色，又沒有燒焦的味道。仔細看，一個人的臉慢慢浮現在牆壁上，大小像簸箕一樣，兩把火炬正是他的目光。

陳霖嚇得蜷縮在被子裡，大腿像篩糠似的發抖，快要昏死過去。

許南金卻慢慢起來，下床拿了掛在椅背的衣服披在身上，在桌上翻找了一下，自言自語說：「我想起來讀書，找不到蠟燭正發愁呢，你來太好了！」他拿起書，背對那張臉坐下，竟開始誦讀起來。讀沒幾頁，兩團火炬漸漸隱去，南金大拍牆壁，喊道：「怎麼走了？這下沒火了呀！」喊了幾聲，也沒有出來。

於是南金到床鋪邊，掀開陳霖的被子，笑道：「老友，你連鬼都怕，該怎麼應付朝廷裡的那些鬼？那些人可比鬼還恐怖啊！」陳霖很羞慚，再也不敢大放厥詞了。

又過了幾個月，許南金在自家的書房中夜讀，深夜想上廁所，就要書童拿了蠟燭跟他走。南金進了廁所，書童提蠟燭站在門口爲他照明，正要就位如廁[1]，一陣陰風咻咻吹起，燭光搖動中，那個鬼臉從地上冒出來對著南金笑，眼光還是像兩團火炬。鬼張大了嘴巴，露出參差不齊的獠牙，看起來好不可怕！書童一驚，手上的蠟燭「噗」的一聲掉在地上，腿一軟就撲倒在地，爬也爬不動了。

南金立即抄起蠟燭，幸好燭火還沒熄滅，他把蠟燭放在鬼的頭上，說：「又是你！正缺個燭台呢，你來又太好了！」於是撩起外衣，脫下褲子，準備如廁。一陣

1 如廁：上廁所。

臭氣沖天，那隻鬼發出嘶嘶聲，抬頭看許南金，一動也不動。

南金說：「你哪兒不去，爲何偏要在這裡？聽說有一種怪癖是喜好聞到臭味，難道是說你嗎？既然這樣，我就不要辜負你的來意。」說完，立即拿髒掉的廁紙往鬼的嘴巴抹去。鬼大吼了幾聲，低頭狂吐卻吐不出東西來，連忙興起陰風弄滅蠟燭，就不見了。

陰風將大頭鬼捲回了十八層地獄，其他的鬼紛紛湊過去，簇擁著見閻王。閻王看大頭鬼單獨回來，怒道：「人呢？不，鬼呢？」大頭鬼說：「許南金難纏，幾個兄弟全上了，還是拘不動。」

閻王問：「那是爲何？」大頭鬼說：「天帝不讓鬼害人，只能嚇唬人，讓他們自己害自己。沒想到許南金生平檢點，心智堅定如鐵，不能動搖，大王再派一百隻鬼也無用。」

閻王點點頭：「嗯，原來是正人君子！君子的魂魄不可拘，只好延他陽壽了。」旁邊的吊死鬼師爺拿出陽壽簿，將算盤撥了撥，回報：「大王，陰間庫存的陽壽有固定數目，現在給了許南金三十年就空缺了，拿什麼補呢？」

閻王想了一下，一拍醒堂木，喝道：「聽判！大頭鬼役期將滿，可以轉世爲人，恭喜！但你辦事不力，就拿你三十年陽壽來補。退堂！」

42. 老學究

（紀昀／閱微草堂筆記）

經典原文

愛堂先生言：聞有老學究①夜行，忽遇其亡友。學究素剛直，亦不怖畏，問：「君何往？」曰：「吾爲冥②吏，至南村有所勾攝③，適同路耳。」因並行。

至一破屋，鬼曰：「此文士廬④也。」問何以知之。曰：「凡人白晝營營⑤，性靈汩沒⑥。惟睡時一念不生，元神⑦朗澈，胸中所讀之書，字字皆吐光芒，自百竅⑧而出，其狀縹緲繽紛，爛如錦繡。學如鄭、孔⑨，文如屈、宋、班、馬⑩者，上燭霄漢⑪，與星月爭輝。次者數丈，次者數尺，以漸而差，極下者亦熒熒⑫如一燈，照映戶牖⑬。人不能見，惟鬼神見之耳。此室上光芒高七八尺，以是而知。」

學究問：「我讀書一生，睡中光芒當幾許？」鬼囁嚅⑭良久曰：「昨過君塾，君方晝寢⑮。見君胸中高頭講章⑯一部，墨卷⑰五六百篇，經文七八十篇，策略三四十篇，字字化爲黑煙，籠罩屋上。諸生誦讀之聲，如在濃雲密霧中。實未見光芒，不敢妄語⑱。」學究怒叱之。鬼大笑而去。

作者

紀昀。

題解

本文選自《閱微草堂筆記》，透過鬼故事，講眞正的文士和腐儒的差別。老學究路上遇到死去朋友的鬼魂，就聊起天來了。鬼說，人睡著時，魂魄會顯現所讀的書，文士的字字亮麗如錦繡，腐儒則是顯現一片烏煙瘴氣。表面是鬼故事，但透露作者對當時一般腐儒的批判，具有更深刻的意義。

注釋

① 老學究：用以稱年老的讀書人，有譏諷其固陋的意思。

② 冥：地獄，陰間。

③ 勾攝：逮捕，拘捕。

④ 廬：簡陋的房舍。

⑤ 營營：追求奔逐。

⑥ 汩沒：沉淪。汩，ㄍㄨˇ。

⑦ 元神：道家稱人的靈魂為「元神」。

⑧ 竅：音ㄑㄧㄠˋ，人體的耳、目、鼻、口等器官。

⑨ 鄭、孔：指鄭玄、孔安國。

⑩ 屈、宋、班、馬：指屈原、宋玉、班超、司馬遷。

⑪ 上燭霄漢：光芒直沖雲霄。

⑫ 熒熒：音ㄧㄥˊ ㄧㄥˊ，微弱的樣子。

⑬ 戶牖：門窗。牖，音ㄧㄡˇ。

⑭ 囁嚅：音ㄋㄧㄝˋ ㄖㄨˊ，有話想說又不敢說，吞吞吐吐的樣子。

⑮ 晝寢：白天睡覺。

⑯ 高頭講章：厚厚的解釋經書的書。

⑰ 墨卷：科舉時代鄉試、會試時，應試者用墨筆書寫的試卷。

⑱ 妄語：隨便亂說或指荒唐無稽的話。

評析

一般「老學究」用來稱呼年老的讀書人，原無貶意，但世俗喜以學究譏諷固執、淺陋、見識狹隘的讀書人，通常指死讀書的書呆子，他們比別人用功，但不能靈活運用知識，以至於老了還成不了大事。故事中的老學究性格剛直，反面就是固執，膽子很大，不怕鬼，倒是優點。鬼看到老學究白天睡覺，令人想到《論語》的「宰予晝寢」，宰予白天睡覺，被孔子責備「朽木不可雕也」，蘊含諷刺的意味。鬼看到老學究胸中有許多講章、墨卷、經文、策略，但字字化成黑煙，把私塾弄得烏煙瘴氣，許多學生在黑煙裡讀書，也有諷刺他「誤人子弟」之意。

鬼的形象很有趣，他是老學究死去的朋友，死後擔任「冥吏」，專門來陽世拘人的。鬼善於察言觀色，但是他觀察人的方法頗爲奇異，可以透過人睡著後顯露的「元神」，觀看此人的內在世界，比如說，文士的氣場必是光芒萬丈，燦爛如錦繡，而腐儒的氣場就是一片烏漆抹黑。決定氣場好壞的關鍵，來自人們胸中蘊藏的內涵，有才華的人和死讀書的人，氣場完全不同，是很有創意的設想。

故事新編——高詩佳

那時正值暑夏，老學究熱得滿身大汗，簡直快被蒸熟了，年紀大，有點不禁晒，決定改在夜間趕路。你問他不怕鬼嗎？其實，他眞的不怕鬼。老學究的個性剛直，膽子一向很大，總是穿那件舊袍子，走同一條路回家，吃同樣的幾道菜。他是個教書先生，連上課的內容也是數十年如一日。

這天晚上，老學究照樣在夜裡趕路，忽然間路上捲起了一陣怪風，一根黑棍出現在半空，直溜溜的轉，石子亂飛。在灰色的霧氣裡現出一條人影，看不清面目，只見他一身白衣，右手拿了黑棍，左手拎著手鐐腳銬，朝老學究走來。等到怪風停了，老學究才看清楚那個人的臉，竟然是死去的朋友周大福。

老學究也不害怕，便問亡友上哪兒去？周大福臉色蒼白，幽幽的說：「我在陰間當差，要到南村去勾人，好給閻王爺交代。這麼巧在這裡遇見你，幾十年不見，你活得好好的還沒死啊！」說完，皺起了臉皮吱吱吱的笑。

老學究板著臉，覺得一點都不好笑。鬼笑了一會，發現唱獨角戲很無趣，就問老學究要去哪裡？老學究說他也要到南村，兩個便一起走。

一路上，人、鬼聊著舊事。自從三十年前周大福病死後，就在陰間服勞役，負責到陽世拘提死人，工作辛苦，他只盼望役期一滿，就能轉世爲人。而老學究仍然一如既往的勤學苦讀，年年參加科舉考試卻總是落第[1]，只好靠著教書討生活。兩個同時發出一聲長歎。

不知不覺已經走到了南村，並且站在一間破房子前面。鬼伸出長長的脖子向屋內張望後，將脖子縮回來，嘖嘖說道：「這家主人可相當有學問、有文采，是眞正的文士！」老學究好奇問：「你怎麼看的？」

鬼嘿嘿笑：「爲了要拘人，閻王發配給我一副陰陽眼，可以把人的性靈看得透澈。一般人忙著爲生活奔波，本來的性靈被掩蓋了，只有睡著時，什麼也不想，性

1 落第：應試失敗，未被錄取。

靈才會清朗明澈，所讀過的書，字字射出光芒，透過全身竅孔照射出來，那景象燦爛如錦繡，美得很，等你做鬼了就看得見！」

老學究板著臉，有點不悅，心想又咒我死！又問：「眞正的文士是怎樣的？」

鬼說：「文士又有等級之分。學問像鄭玄、孔安國，文章像屈原、宋玉、班超、司馬遷這類的人，發出的光芒直沖雲霄，可與星月爭輝，是第一等。次一等的，光芒有幾丈高，或者幾尺高，依次遞減。最差的人也有一點微弱的光，像一盞小油燈，能照見門窗。我看這破屋上頭，光芒高達七八尺，因此知道是文士的家。這種光芒只在人活著時顯現，不必等你死。」

聽到最後一句，老學究氣得瞪大眼睛，又拿鬼沒辦法。他想，我讀了一輩子書，總該有點什麼光，於是問鬼：「那你看，我睡著時，光芒大約有多高？」

鬼欲言又止，沉吟了好久才說：「昨天我到你的私塾要拘走一個學生，卻看到你在午睡。我看見你胸中有厚厚的解釋經義的文章，還有準備考科舉的模擬試卷五六百篇，經文七八十篇，應試的策文更有三四十篇，字字都化成黑煙，籠罩在屋頂上。你那些學生的讀書聲，好像被密封在濃雲迷霧裡，實在看不到一絲光芒。我對天發誓，絕對不敢說假話！」說完，眼珠看天，舌頭伸得長長的，一副該死的吊死鬼模樣。

老學究非常生氣，怒斥鬼。鬼大笑，一溜煙就走了。

43. 曹某不怕鬼

（紀昀／閱微草堂筆記）

經典原文

曹司農①竹虛言：其族兄②自歙③往揚州，途經友人家，時盛夏，延坐書屋，甚軒④爽。暮欲下榻⑤其中，友人曰：「是有魅⑥，夜不可居。」曹強居之。夜半，有物自門隙蠕蠕⑦入，薄如夾紙，入室後，漸開展作人形，乃女子也。曹殊不畏，忽披髮吐舌作縊鬼⑧狀，曹笑曰：「猶是髮，但稍亂；猶是舌，但稍長，亦何足畏？」忽自摘其首置案上，曹又笑曰：「有首尚不足畏，況無首耶！」鬼技窮⑨，倏然⑩滅。及歸途再宿，夜半門隙又蠕動，甫露其首，輒唾曰：「又此敗興物耶？」竟不入。

此與嵇中散⑪事相類。夫虎不食醉人，不知畏也。大抵畏則心亂，心亂則神渙，神渙則鬼得乘之；不畏則心定，心定則神全，神全則沴⑫戾之氣不能干⑬。故記中散是事者，稱：「神志湛然⑭，鬼慚而去。」

作者

紀昀。

題解

本文選自《閱微草堂筆記》，講人不怕鬼就能心定，心定就不會被鬼侵害。曹竹虛的族兄到友人家做客，覺得書房很涼爽，想在那裡過夜，友人表示此地有鬼，他仍然要住，到晚上，果然看到一個會變形的女鬼，但是他不害怕，從容應對，鬼技窮了，就不再騷擾他。故事篇幅短小，但遇鬼的情節富有想像力。

注釋

①司農：職官名。漢九卿之一，武帝時置大司農，主管錢糧。東漢末年改為大農，魏以後改為司農或大司農。
②族兄：泛指同宗同輩的人。
③歙：音ㄕㄜˋ，縣名。
④軒：高。
⑤下榻：投宿，住宿。
⑥魅：傳說中作祟害人的鬼怪。
⑦蠕蠕：音ㄖㄨㄢˇ ㄖㄨㄢˇ，蟲動的樣子。
⑧縊鬼：吊死鬼。
⑨技窮：技能用盡，指已難有作為。
⑩倏然：突然，很快地。倏，音ㄕㄨˋ。
⑪嵇中散：三國時嵇康，曾官拜中散大夫，世稱「嵇中散」。指書（嵇康）一文。
⑫沴：音ㄌㄧˋ，惡氣，災病。
⑬干：冒犯，觸犯。
⑭湛然：清明瑩澈的樣子。湛，音ㄓㄢˋ。

評析

故事的主角明明知道書房有鬼，還堅持睡在那裡，主要就是不怕鬼，而且想看看鬼能耍出什麼花招。果然這個鬼的花樣很多，先從門縫下面鑽進來，身體從薄如紙片變成人形，具有改變身形的能力。接著，鬼裝成吊死鬼的樣子，發現不管用後，又把頭摘下來放在桌上，也沒用，鬼就消失了。後來鬼再度露臉，被主角一罵，又縮回去了。可見這個鬼會的伎倆並不多，臉皮也薄，被主角用言語嘲諷幾句就退縮了，是個不厲害的鬼。

主角用對方意料不到的方法取得勝利，叫作「出奇制勝」。從鬼的角度來看，主角所說的每句話，都出乎它的意料之外，可以一再打擊鬼的自信。作者在結尾說出主角不怕鬼的原因：據說老虎不會吃掉酒醉的人，因爲那種人不知道害怕，會反抗老虎。反之，人如果害怕，心就會亂，神志就渙散，鬼怪就會趁虛而入，所以人心必須先安定，神志健全，邪戾之氣就不能侵害了。

故事新編——高詩佳

司農[1]曹竹虛的堂兄曹正從歙[2]縣去揚州出差，路過朋友李昌的家，打算投宿幾天。當時正值盛夏，驕陽似火，酷熱難當，李昌邀曹正到書房休息。這書房是一座木造的樓宇，建設的頗爲雅緻，裡面佈置得秀雅華美，空間寬敞明亮，通風涼爽。

兩人坐定後，李昌命底下人奉茶，等了好一會，才有個模樣清秀的婢女將兩個

1 司農：職官名，漢九卿之一，武帝時置大司農，主管錢糧。東漢末年改為大農，魏以後改為司農或大司農。歷代沿置，至明初始廢。清代因户部掌理錢糧田賦，所以户部尚書稱為「大司農」，侍郎稱為「少司農」。

2 歙：音ㄕㄜˋ。

瓷碗送上來，輪到端給曹正時，手微微發抖，瓷碗發出清脆的聲響。

李昌斥道：「緊張什麼？對客人無禮！」

曹正搖手道：「女孩兒年輕，自然羞怯，不必怪她。」

那婢女神色惶恐，似乎有話想說，偷眼看了主人，就低頭退下了。曹正微覺奇怪，也沒多問，就與李昌閒話家常起來。

到了晚上，用過晚飯後，李昌說：「我爲曹兄安排了客房，請早點休息吧！」曹正卻道：「這間書房涼爽舒適，又有臥榻，我就睡這裡了。」李昌一驚，連連搖手說不行。

曹正問了幾次：「爲何不行？」李昌囁嚅[3]不答，被逼到後來才說：「書房有鬼怪，晚上不能住人！你還是改住客房吧！」

曹正聽說有鬼，並不害怕，反而笑道：「難怪剛才那個丫頭害怕。但是我不怕鬼，今晚就住這裡了！」

李昌拗不過他，只好答應：「好吧！我派一個僕人守在窗下，只等你叫救命。」曹正大笑，揮手趕他離開。

曹正將行李收拾好，便入睡了。到了半夜，一個細小的聲音打斷了曹正的睡眠，他躺在床上，睜大眼睛，屏氣凝神的聽，聲音從門邊傳來，啵、啵啵、啵，像

3 囁嚅：音ㄋㄧㄝˋ ㄖㄨˊ。有話想說又不敢說，吞吞吐吐的樣子。

在擠壓什麼。

他起身，躡手躡腳的走到門邊一看，不由得脫口而出：「老李沒騙我，眞的有東西！」只見有個半透明的東西從門縫慢慢蠕動著想擠進房間，一邊擠，還一邊發出用力的聲音。那東西薄得像紙，擠進來後，原本像一灘水攤在地上，漸漸展開了，像一個人的模樣，扁平的人。不久，線條越來越清晰了，看得出身材曲線，在頭部的地方，也延伸出一根根的「髮絲」，最後由扁平變成立體，有了衣服和膚色，仔細看，竟然是個女鬼。

女鬼叉著腰，吱吱笑了起來。但是這並沒有嚇倒曹正，他也跟著手叉腰，仰頭大笑起來。鬼愣住了，吱吱的笑聲突然停止。接著，鬼忽然披頭散髮，吐出鮮紅的舌頭，像個吊死鬼。曹正笑道：「頭髮還是頭髮，只是比較亂；舌頭還是舌頭，只是比較長，有啥好怕？」女鬼一呆，突然她把自己的頭摘下來放在桌上，拿出一把梳子慢慢梳頭。曹正又笑著說：「妳有頭的時候，我都不怕了，何況現在沒有頭，有啥好怕？」女鬼又一呆，眨眼間就消失了。

第二天清晨，李昌匆匆進來書房，想看看客人有沒有出事，卻見到曹正已經穿戴整齊，優閒的用早餐。李昌問：「僕人說昨晚聽見你的笑聲，難道你沒有見鬼？如果見鬼，怎能笑得出來？」

曹正說：「你沒聽說嗎？老虎不吃醉酒的人，不是因爲肉質不好，而是人喝了酒就不怕虎了，有膽子抵抗，好比武松打虎。同樣，人如果不害怕，就有膽子抵抗鬼。鬼出現時，我就先大笑，讓鬼摸不清我的企圖，就容易對付了。」李昌聽了大喜，點頭稱是。

後來幾天都很平靜，直到曹正在書房過夜的最後一晚，到了半夜，門縫又有東西蠕動，才剛探個頭，曹正就罵道：「怎麼又是這個掃興的傢伙！」那東西竟然就縮回去，不進書房了。從此以後，鬼就再也沒有出現。

44. 金屋儲嬌

（班固／漢武故事）

經典原文

漢景皇帝①王皇后內太子宮，得幸②，有娠③，夢日入其懷。帝又夢高祖④謂己曰：「王夫人生子，可名爲彘⑤。」及生男，因名焉。是爲武帝⑥。帝以乙酉年七月七日旦生於猗蘭殿。年四歲，立爲膠東王。數歲，長公主⑦嫖抱置膝上，問曰：「兒欲得婦不？」膠東王曰：「欲得婦。」長主指左右長御⑧百餘人，皆云不用。末指其女問曰：「阿嬌好不？」於是乃笑對曰：「好！若得阿嬌作婦，當作金屋貯之也。」長主大悅，乃苦要⑨上，遂成婚焉。是時皇后無子，立栗姬子爲太子。皇后既廢，栗姬次應立，而長主伺⑩其短，輒⑪微白之。上嘗與栗姬語，栗姬怒弗肯應。又罵上老狗，上心銜⑫之。長主日譖⑬之，因譽王夫人男之美，上亦賢之，廢太子爲王，栗姬自殺，遂立王夫人爲后。膠東王爲皇太子時，年七歲，上曰：「彘者徹⑭也。」因改曰徹。

作者

本篇選自《漢武故事》，此書作者有幾種說法，如漢代班固、晉代葛洪、南齊王儉等，尚無定論，也有人認爲是魏晉文人託班固之名所作。

題解

這個故事寫的是成語「金屋藏嬌」的典故。漢武帝原名劉彘，未即位爲膠東王，四歲時，他的姑姑館陶公主抱著他在膝上逗弄，故意指著身邊的一百多位宮女，問他要不要找一個做自己的妻子，劉彘一個也不要。姑姑又指著她自己的女兒陳阿嬌，問劉彘想不想娶她，這回劉彘高興了，立刻答應，還說若能娶到阿嬌，就用黃金蓋座屋子給她住。兩廂情願下，館陶公主便去求皇上主持，給他們成婚了。後來原本預備繼位爲帝的皇太子被廢，改立劉彘爲皇太子，並更名爲劉徹。劉徹即位之後，果然立陳阿嬌爲皇后。

注釋

① 漢景皇帝：漢景帝劉啓（西元前一八八年—前一四一年），為漢朝第六位皇帝，在位十六年，享年四十八歲，諡「孝景皇帝」，無廟號，景帝後元三年正月甲子（前一四一年三月九日）崩於未央宮，葬於陽陵（今陝西高陵縣西南）。為漢文帝劉恒長子，母竇皇后。他在位期間，主要是削諸侯封地，平定七國之亂，鞏固中央集權，勤儉治國，發展生產，他統治時期和他父親文帝統治時期合稱「文景之治」。

② 幸：舊稱帝王皇族親臨某地。這裡指嬪妃得到陪侍皇帝過夜的寵幸。

③ 娠：音ㄕㄣ。身孕，胎兒。

④ 高祖：漢高祖劉邦（西元前二四七年—前一九五年），字季，戰國後期楚國沛豐邑中陽里人（今江蘇省沛縣）人，中國歷史上第一位平民出身的天子，出身平民階級。楚漢戰爭中，擊敗項羽獲勝，統一自秦亡後的天下，建立漢朝，為西漢開國皇帝，廟號「太祖」，諡號「高皇帝」，史稱「漢高祖、漢高帝、漢太祖高皇帝或漢太祖」。

⑤彘：音ㄓˋ，豬。

⑥武帝：漢武帝劉徹（西元前一五七年—前八七年），漢朝第七位皇帝，七歲時冊立為太子，十六歲登基，在位五十四年，是清朝康熙帝以前在位最長的中國皇帝。他雄才大略，文治武功，功績顯赫，和秦始皇被後世並稱為「秦皇漢武」，被評價為中國歷史上最偉大的皇帝之一。

⑦長公主：皇帝的姊妹稱長公主。長，音ㄓㄤˇ。

⑧長御：御，指侍奉。長御，這裡指經常侍奉在側的宮中女子。

⑨要：音ㄧㄠ，求，請。

⑩伺：音ㄙˋ。暗中偵察。

⑪輒：音ㄓㄜˊ。每，總是。

⑫銜：懷藏在心。

⑬譖：音ㄗㄣˋ，毀謗，誣陷。

⑭徹：貫通，通透。

評析

這裡補充一下「金屋藏嬌」的後續故事。文章中所記述劉徹與阿嬌的結合，固然是圓滿結局，但並非「從此之後，王子與公主過著幸福快樂的日子」。劉徹登基爲皇帝之後，立陳阿嬌爲皇后，一開始的確是很愉快的。但古代的帝制，皇帝一人，後宮的佳麗少則上千，多則上萬，很難說皇帝一生只會對一個女人專情。果然，劉徹又愛上衛子夫，開始冷落阿嬌，阿嬌貴爲皇后，自然不服，但劉徹又藉口阿嬌沒生兒子，自己不得不另結新歡。於是妒恨的阿嬌找來女巫，偷偷在宮裡作法，想害衛子夫。這事不但沒成功，還被劉徹嚴厲查究，殺了女巫，還連累太監、宮女三百餘人橫遭處死。阿嬌皇后之位被廢，貶入長門宮，從此冷落，又請司馬相如作〈長門賦〉希望挽回劉徹的心，仍是無效，最後鬱鬱而死。

而衛子夫繼阿嬌之後受寵，雖也冊立爲皇后，但後來不再年輕，宮中又有新人，結果還是步入阿嬌後塵，被廢后，懸樑而死。可悲啊。

本篇故事描寫的一段史蹟，極盡風光，但歷史、人事及人生往往是這樣，看似光彩的面貌，背後的眞實狀況也許會是人們所看不到的淒慘與辛酸。

故事新編——張至廷

館陶公主劉嫖是皇帝劉啓（漢景帝）的同胞姊姊，生下了女兒阿嬌眞是嬌豔無比，是俗話說的美人胚子，從小就看得出長大必是絕世美人。劉嫖異常疼愛這個女兒，除了女兒嬌美惹人憐惜之外，劉嫖心裡還有一番算計。

就算只是在朝廷裡爲官，關係不好就不太行，何況身在充滿鬥爭的皇族裡！劉嫖是皇上的姊姊，後台是夠硬了，但這只是自己這一代。下一任皇帝也會有他關係親厚的一群，要是巴不上，離皇帝這個權力中心就疏遠了。在宮廷中的女人，除了背景、關係之外，最有效的利器就是美貌，這些阿嬌都有了，而且都比別人強很多。劉嫖這一代，自己是皇帝的姊姊，野心就是下一代的女兒要當皇后！這樣可以一直掌握權力，風風光光！

景帝四年（西元前一五三年），劉彘被立爲膠東王，這年才四歲。景帝又封栗姬的大兒子劉榮爲皇太子。劉嫖想把阿嬌嫁給劉榮，以後撿個現成的皇后，滿以爲以自己的地位親上加親，必無問題。沒想到栗姬這樣回答：「喲，我的兒子雖然貴爲皇太子，人家都說母以子貴，我卻沒有因此受封爲皇后啊。可見我是多麼的弱勢，現在要皇上的親外甥女當我的媳婦，不太委屈了？哼，我消受得起嗎？」劉嫖碰了一鼻子灰還遭冷言冷語，不由得對栗姬大起惡感，連帶也討厭劉榮。最重要的是，她深深覺得若是劉榮當了皇帝，這對母子會給自己好日子過嗎？「嘿，還沒眞的當上皇帝呢！古來廢太子、廢世子的事還算少嗎？」劉嫖恨恨想著。

經過幾番觀察，劉嫖選中了劉彘，認爲劉彘必有前途。一次，劉嫖想找劉彘來家裡玩，身邊一大群宮女，先把特別漂亮的幾個挑掉，命她們進入內室不可出來，又把阿嬌刻意妝扮一番。劉彘來了，一個才五、六歲的小男孩到了親姑姑家，跟在自己家裡也沒什麼兩樣。劉嫖把劉彘抱在膝上，笑著逗他：「姑姑這裡的女孩兒可都是挑了再挑過的呢，送一個給你當媳婦兒好不好啊？」劉彘放眼看去，這個經過精心設計的場景，焦點當然是在阿嬌身上啦。劉彘嘟著嘴搖搖頭說：「都不好。」劉嫖又逗他：「都不好？就沒有一個好的？」劉彘這時就說出劉嫖心裡想著的話了：「依我說，阿嬌妹妹好，誰都沒有阿嬌妹妹好。」劉嫖開心得大笑，說：「姑姑把阿嬌給你當媳婦，你給阿嬌什麼呀？」劉嫖當然不會期望這個五、六歲的孩子說出「給你做個皇后」這樣的話，劉彘挺起了胸，大聲說：「我拿黃金給阿嬌妹妹蓋個大屋子住！」

劉嫖去求皇上，請准了這對小夫妻的婚事。從此，劉嫖把劉彘當成自己兒子般的，爲他盡心盡力爭取皇上好感，也順勢打擊栗姬、劉榮母子。最後成功了，劉榮被廢，劉彘七歲時成爲皇太子。這個時候，當爸爸的劉啓才覺得要繼位的兒子，這名字可不太好聽，彘就是豬，天子叫劉豬？不像話！便說豬是聰明、通透的動物，改名爲劉徹。

至於「彘」這名字嫌不好聽，當初也是當爸爸的自己給的啊，那時就不覺得難聽？這種問題當然不會有人笨到問出口，但劉啓不是呆子，自己也找好藉口，跟眾人解釋：「這是夢中高祖所取的名字。」至於爲什麼當初聽高祖的話取了名字，現在又不聽高祖的話，改了名字，當然也不會有人傻傻發問，劉啓樂得裝作沒事。

劉徹登基爲帝，是爲漢武帝，阿嬌也眞的成了皇后。這是個好結局，但往後的日子是否一直這樣圓滿幸福？那就是另外的故事了。

45. 畫工棄市

（葛洪／西京雜記）

經典原文

元帝①後宮既多，不得常見，乃使畫工圖形，案圖召幸②之。諸宮人皆賂③畫工，多者十萬，少者亦不減五萬。獨王嬙④不肯，遂不得見。匈奴入朝求美人爲閼氏⑤，於是上案圖，以昭君行。及去，召見，貌爲後宮第一，善應對，舉止閑雅。帝悔之，而名籍已定。帝重信於外國，故不復更人。乃窮案其事，畫工皆棄市⑥，籍⑦其家，資皆巨萬。

畫工有杜陵毛延壽，爲人形，醜好老少，必得其眞。安陵陳敞，新豐劉白、龔寬，並工爲牛馬飛鳥眾勢，人形好醜，不逮⑧延壽。下杜陽望亦善畫，尤善布色⑨。樊育亦善布色。同日棄市。京師畫工，於是差稀。

作者

葛洪（西元二八四年—三六三年），字稚川，號抱朴子，人稱「葛仙翁」。晉朝丹陽句容（今屬江蘇）人，以醫學、博物之學、丹藥之學等，著稱於世，也是有名的道教人物。在思想界、醫藥學界，甚至是科學方面，都有貢獻。著有《抱朴子》、《肘後救卒方》、《夢林玄解》、《神仙傳》等，《西京雜記》相傳也是葛洪所著，但並無確證。

題解

本篇出自《西京雜記》，寫漢元帝因畫工失職，而選王昭君到匈奴和親的一段歷史軼事。因爲後宮裡的后妃宮女人數太多，元帝每要選取服侍在側的嬪妃，必先瀏覽她們的畫像，再加以選擇。因此，眾多的後宮女子，爲了得到服侍皇帝的機會，都會以錢財賄賂畫工，將她們畫得美一些。只有王嬙（王昭君）不肯，認爲這是一種作弊的行爲，她的自尊心不容許自己這樣做。畫工得不到錢財，便將王嬙畫成一個姿色平庸的女子，王嬙爲此從未得見元帝一面。直到匈奴王來求親，元帝看了看這些女子的圖像，就選了容貌普通的王嬙。到得行前接見王嬙，才發現要嫁去匈奴的竟是宮中第一美人，雖然後悔，卻也不願失信。元帝認爲這個失誤，是畫工所造成的，就把京城裡的畫工都殺了。

注釋

① 元帝：西漢孝元皇帝劉奭（西元前七四—前三三年），西漢第十一位皇帝。漢宣帝長子，生於民間，母恭哀皇后許平君。宣帝死後繼位（西元前四十九年），在位十六年。

② 幸：舊稱帝王皇族親臨某地，此處指皇帝召來后妃陪侍。

③ 賂：音ㄌㄨˋ，行賄，贈送財物而有所求。

④ 王嬙：字昭君，生卒年不詳，漢秭歸（今湖北興山縣）人。元帝時選入掖庭，呼韓邪單于入朝，求美人為閼氏，帝以嬙賜之，號「寧胡閼氏」。晉時避司馬昭諱，改稱「明妃」。嬙，音ㄑㄧㄤˊ。

⑤ 閼氏：音ㄧㄢ ㄓ，漢時匈奴君長的嫡妻稱為「閼氏」。

⑥ 棄市：古代於鬧市執行死刑，並將屍體棄置街頭示眾，稱為「棄市」。

⑦籍：即「籍沒」，舊時指登錄財產或家口，以沒收充公。

⑧逮：及，趕上，達到。

⑨布色：著色，上色。

評析

熙熙攘攘的人世間，人們爭權奪利，或爲了生存，總是想盡各種手段。但也有人不喜爭奪，甘於平淡，過平凡的日子，或甚至是安於貧賤。古代帝制的後宮中，除了太監以外，皇帝是惟一的男人，是眾多女子爭奪的惟一對象，也掌握著每個女人生死榮辱的絕對權力。在後宮中，有沒有不爭著討好皇帝的女子？有沒有不以爭取服侍皇帝爲榮、爲生活目的的女子？像是人世間安於貧賤的高潔隱士，後宮裡成千上萬的女子中，或許也會有這樣的人吧！但這樣的人既自求平凡、平淡，當然不會有什麼事蹟流傳，也不會被世人認識，不會被歷史記載。王昭君卻正好是一個例外，她以絕色的姿容，在後宮眾女子爭寵的戰爭中，雖不見得一定能獲得最大勝利，但絕不可能一無所獲，可是她自己選擇不進入戰場。

在後宮裡，當「畫像」已成爲惟一晉身面見皇帝的管道，一個不願賄賂畫工的人，自尊心必然很重。從自尊心的程度上來看，王嬙至少是個不屑作弊、不屑求人的人，這是完全可以確定的。甚至可以推測，自尊心這樣強烈，並不見得願意服侍人，或靠服侍人以換取更好的生活。匈奴王來求親是個意外，假如沒有這個意外，當初畫工將王嬙畫得平庸了，是害了王嬙？還是成全王嬙不同於常人的志行？

後宮女子這麼多，成千上萬，就是一年半載也看不完一輪，眾女子分批晉見皇上，光是儀節行禮也得耗去不少時間，一定能把皇帝活活給累死。當皇帝的，如果不願任人安排陪侍在側的宮娥，就得想點辦法。所以元帝劉奭[1]登基之後不久，下令徵集全國優秀畫師來幫他的後宮眾女子畫像，並做成冊子。這樣他隨時可以親自挑選看得上眼的女子來陪伴。

這天，同是宮女，相貌中等的劉燕跑來王嬙住處，喜孜孜的說：「嬙妹，再三天就輪到妳畫像啦，憑妹妹仙子般的姿色，揚眉吐氣的日子該是轉眼之間了。」王嬙說：「爬得越高，跌得越重，姊姊豈不多讀古書？歷來嬪妃受寵於一時，最後下場淒慘的還少得了？」劉燕眉目一皺，說：「呸呸呸，妹妹不要說喪氣話，爬不到皇上身邊，現在這種不鹹不淡的日子一直過下去，妳受得了？不說閒話了，跟妹妹妳說，這回我特別掏出了二萬錢買通太監，硬是把妹妹排定給畫師毛延壽負責啦。這個毛延壽啊，是所有畫師中最擅長人物畫的了，妹妹……。」

王嬙不悅的打斷劉燕的話，說：「燕姊姊怎麼好這樣自作主張？姊姊這樣做不是壞了規矩？再說我也不屑如此。今後別這樣了，我把二萬錢還給姊姊吧。」劉

1 奭：音ㄕˋ。

燕按住了王嫱，不讓她起身拿錢，說：「嫱妹別這麼實心眼[2]，宮裡誰不是這樣做呢？我明白妹妹自負絕世容顏，不屑畫師在畫像上特意增色，但給錢疏通爲的只是希望畫師老老實實作畫，照實畫出妹妹的美貌就好了，妹妹什麼都不輸人，最少也要畫師不搗亂，求個公平吧？我再說一句，掏出這二萬錢，是做姊姊我的心意，只求妹妹飛上高枝那一日，多照顧我一下罷了。」

王嫱歎了一口氣，只說：「燕姊，妳不懂我。」還是把二萬錢還給劉燕了。劉燕拿著二萬錢，也歎了口氣，說：「二萬錢只是給排班的太監，畫師那裡還要十萬錢呢。看樣子這話我也不必說了。」結果兩人不歡而散。

三天後，在宮苑中，毛延壽[3]當日要爲三位宮女畫像，從描形到上色，一張人像畫總得耗上兩個時辰，因爲被畫的宮女私底下都塞了錢給毛延壽，人像畫起來當然要求很多，還常要毛延壽改動細節。只有輪到王嫱最省事，什麼也不用囉嗦，畫完了，王嫱只遠遠看了一眼畫作，對毛延壽略一點頭爲禮就走了，所用的時間還不到一個時辰。

2 實心眼：誠實，不虛偽作假。比喻心思不靈活。

3 毛延壽：生卒年不詳。漢杜陵人，元帝時畫工，擅長人物畫像。因貪圖賄賂不成，故意將王昭君畫像畫醜，事情被揭發後，為漢元帝處死。

後來就因爲這張人像畫，元帝把王嬙送給了匈奴[4]王結成親家。不是畫得不好，畫面精工描寫，也很生動，只是元帝一見王嬙本人，才知十成容貌只畫出三成，但是畫別的宮女卻又不會這樣。元帝失去了美人，而且是所見過最美的美人，又惱恨畫師造假欺君，調查之下，發現眾畫師都收受賄賂。一氣之下，把集在京裡的幾百個畫師全部處死了。查抄之下，果然一眾畫師都聚集了遠超過應得工資非常多的巨額財產。

關押在監獄，準備處死的眾畫師都怪罪毛延壽，毛延壽則回嘴：「我該死，你們就不該死嗎？你們收的錢就比我少嗎？」

至於這群關押在牢的畫師們，當中有沒有幾個像王嬙一樣不屑賄賂、作弊的，就不知道了。

4 匈奴：我國秦漢時北方的游牧民族。戰國時，分布於秦、趙、燕以北的地區。秦朝時，為大將軍蒙恬所敗而北徙。楚漢之際，統治大漠南北。東漢時，分為南、北二匈奴。南北朝後，匈奴之名不復見於中國史籍。

46. 太宗知佞人

（劉餗／隋唐嘉話）

經典原文

太宗①嘗②止一樹下，曰：「此嘉樹。」宇文士及③從而美之，不容口。帝正色曰：「魏公④常勸我遠佞人⑤，我不悟佞人爲誰，意常疑汝而未明也。今日果然。」士及叩頭謝曰：「南衙⑥群官面折⑦廷爭，陛下嘗不得舉手，今臣幸在左右，若不少有順從，陛下雖貴爲天子，復何聊乎？」帝意復解。

作者

劉餗[1]，字鼎卿，徐州彭城（今江蘇省徐州市）人，生卒年不詳。名臣劉知幾的次子。進士及第，天寶初年，歷任官河南功曹參軍、集賢院學士，兼修國史，官終右補闕。著作頗多，但除了《隋唐嘉話》外，皆不傳世。《隋唐嘉話》記載南北朝至唐代開元年間史事，多記隋唐時人物故事，以補正史之闕，其中唐太宗和武后兩朝居多，《舊唐書》和《資治通鑑》多取材於此書。

1 餗：音ㄙㄨˋ。

題解

本篇選自《隋唐嘉話》上卷，記載唐太宗和宇文士及君臣之間的對話。唐太宗經過一棵樹時，隨口讚美了這棵樹，跟隨的大臣宇文士及就跟著讚美起來。唐太宗拿魏徵勸諫他的話，去指摘宇文士及諂媚。宇文士及卻說，這麼做才能讓君王感受到身爲君王的樂趣。故事雖短，人物間的互動卻頗具張力，顛覆了一般認爲唐太宗廣泛納諫的形象，屬於志人類型的筆記小說。

注釋

① 太宗：唐太宗李世民（西元五九八年—六四九年），隴西郡成紀縣（今甘肅省天水市秦安縣北）人，生於陝西藍田，西元六二六年至六四九年在位。父親唐高祖李淵，母親竇皇后。為帝之後，積極聽取群臣的意見，以文治天下，開疆拓土，成為歷史上著名的明君。

② 嘗：曾經。

③ 宇文士及：（西元五七二年—六四二年）字仁人，雍州長安（今陝西西安市）人。初為隋煬帝駙馬，後歸唐，封郢國公，隋唐時期官員，任中書令、殿中監等職。許國皇帝宇文化及的弟弟，唐高祖、唐太宗時期的宰相。

④ 魏公：對魏徵的敬稱。魏徵（西元五八〇年—六四三年），字玄成。唐巨鹿（今河北巨鹿縣人，又說晉州市或河北館陶縣）人，唐朝政治家。曾任諫議大夫、左光祿大夫，封鄭國公，諡「文貞」，以直諫敢言著名，是最負盛名的諫臣。著有《隋書》序論，《梁書》、《陳書》、《齊書》的總論等。其言論多見《貞觀政要》。流傳《諫太宗十思疏》。

⑤ 佞人：有口才但心術不正的人。佞，音ㄋㄧㄥˋ。

⑥ 南衙：唐代皇宮在京城長安的北部，各官署都在皇宮以南，故稱為「南衙」。

⑦ 面折廷爭：在朝廷上直言諫諍，據理力爭。

評析

唐太宗英明的形象深入人心，尤其他和魏徵的君臣情誼，更爲人津津樂道。唐太宗本身是個英武善辯的人，有鑑於隋煬帝也以善辯聞名，隋卻滅亡，所以他在位期間，鼓勵群臣批評他的決策和風格，他多次對大臣們說：「以銅爲鏡，可以正衣冠；以古爲鏡，可以知興替；以人爲鏡，可以明得失。朕常保此三鏡，以防己過。」其中魏徵就廷諫了兩百多次，直言過失，多次讓唐太宗下不了臺，但太宗氣度好，才有了貞觀之治。然而，晚年的唐太宗氣度卻不如初期，偶爾誤殺大臣，在本篇故事中，從太宗「正色」到「帝意復解」，可以看出態度的差異。

宇文士及和魏徵是對比人物。身爲故事中「隱形」的人物，魏徵雖然沒有出場，但他的言行透過君王的口中說出來，正可見其分量。魏徵犯顏直諫，是爲了君王著想，背後的「大義」，更是爲了國家人民。宇文士及身爲隋煬帝的駙馬、降唐之人，以討好君王、拍馬屁鞏固地位，兩者高下立判。太宗知佞人，自然能明辨忠奸，但是他終究不能避免受到迷惑，也讓我們看到了不一樣的唐太宗。

故事新編——高詩佳

林間雲霧繚繞，陽光透過枝葉斑斑駁駁的射進了林地。這天，唐太宗興致一來，帶著大臣宇文士及和隨從進入山區，欣賞山林的美妙。

唐太宗站在樹底下，仰頭看著大樹，松葉像針一樣往外生長，每根針葉都尖銳有力，像有一種精神支撐著它們。腳邊的花瓣經過昨晚小雨的浸潤，早已濕透了，可是芳香猶存，間雜苔蘚的清香和泥土的苦澀，以及更濃郁的樹根的氣味。唐太宗深吸一口氣，撫摸樹身，讚道：「眞是一棵好樹！」

在旁的宇文士及也讚美起這棵樹來，而且讚不絕口。

唐太宗轉頭看了宇文士及一眼，指著松樹故意說：「你倒給我說說看，這樹哪裡美？」

宇文士及彎腰低頭，答道：「皇上說美，想必一定是美的。仔細想想，松樹的樹幹筆直，不論在多惡劣的環境依然聳立生長。別的樹以枝幹糾結爲美，松樹卻以正直、樸素爲美。臣今天開了眼界，有此體悟，也覺得樹很美了。」

這番話讓唐太宗深覺受用，不禁微笑起來，但看見宇文士及神色間頗爲得意，太宗爲了維持自己的威信，復又嚴肅的說：「魏徵曾經勸我要遠離巧言令色的人，我不知道他指的人是誰，但心裡常常懷疑是你，只是一時沒證據，現在看來果眞是這樣！」

宇文士及聞言立刻趴下，叩頭道歉：「皇上恕罪，朝廷的那些諫官常當面指摘您的過失，和您爭論意見，使您不能如意。現在，臣有幸陪在您身邊，如果不順從些，皇上即使有如天子般尊貴，又有什麼意思？」

唐太宗深以爲然，心想：「魏徵的嘴巴從不饒人，但不忍也不行，他可是我的『一面鏡子』。難得這裡有個知情識趣的馬屁精。」左右尋思，好在魏徵不在，應該可以不用假裝罵人，但需做得不著痕跡。於是冷冷對宇文士及說：「這樹本來就美，難道我還能爲了你說實話怪你？」

47. 唾面自乾

（劉餗／隋唐嘉話）

經典原文

李昭德[1]爲內史[2]，婁師德[3]爲納言[4]，相隨入朝。婁體肥行緩，李屢顧待，不及至，乃發怒曰：「叵耐[5]殺人田舍漢[6]！」婁聞之，反徐笑曰：「師德不是田舍漢，更阿誰是？」

婁師德弟拜代州刺史，將行，謂之曰：「吾以不材，位居宰相，汝今又得州牧[7]，叨[8]據過分，人所嫉也。將何以全先人髮膚[9]？」弟長跪[10]曰：「自今雖有人唾某面者，某亦不敢言，但拭之而已。以此自勉，庶免[11]兄憂。」師德曰：「此適[12]所謂我憂也。夫前人唾者，發於怒也。今汝拭之，是惡其唾而拭之，是逆前人怒也。唾不拭將自乾，何若[13]笑而受之！」

武后之年，竟保其寵祿，率[14]是道也。

作者

劉餗。

題解

本篇選自《隋唐嘉話》下卷，描述婁師德在險惡的官場，以智慧和高ＥＱ自保的故事。婁師德在邊疆總共駐紮了三十餘年，以謹慎忍讓聞名，他面對李昭德的言語侮辱，只輕描淡寫的一語帶過；在弟弟擔任代州刺史即將上任前，他以「別人吐唾沫在你臉上，不要擦拭」，勉勵弟弟以忍讓保全性命。故事情節簡單，僅以兩則具有代表性的事例，突顯婁師德的思想及性格。寫文人事蹟的軼事小說，常被引用作爲成語典故，本文「唾面自乾」就是一例。

注釋

① 李昭德：（？—六九七年）雍州長安人，是武周武則天時的宰相。他為人耿直，強勢幹練，以對武則天的強硬著稱，最後被酷吏來俊臣誣陷謀反而下獄。來俊臣又誣告武氏諸王和太平公主、李旦、廬陵王李哲謀反，後來獲罪，李昭德和來俊臣被同日處死。

② 內史：中書省長官中書令，為宰相，武則天時改稱「內史」。

③ 婁師德：（西元六三〇年—六九九年）字宗仁，鄭州原武（今河南原陽縣）人。唐高宗、武則天兩代大臣，武則天時為宰相，主管營田十餘年，取得了積穀數百萬斛的巨大成就，獲得武則天嘉獎。

④ 納言：門下省長官侍中，為宰相，武則天時改稱「納言」。

⑤ 叵耐：可惡，可恨。叵，音ㄆㄛˇ。

⑥ 田舍漢：農家子弟，鄉下人。含有輕賤的意味。

⑦ 州牧：職官名。古時分九州，州牧為每州的最高長官。後指朝廷所委派的州郡最高行政首長。

⑧ 叨：音ㄉㄠ，自謙的話。忝，表示非分、過分。

⑨ 髮膚：頭髮和皮膚，代指身體。

⑩ 長跪：直身屈膝成直角的跪禮。古人席地而坐時，兩膝著地，臀部壓在腳後跟上。長跪時，則將腰股伸直，以示莊重。

⑪ 庶免：或許可以避免。

⑫ 適：恰巧。

⑬ 何若：為什麼。

⑭率：大約，通常。

評析

故事藉由兩個事例，表現婁師德的「忍讓」功夫。首先寫李昭德對婁師德的言語侮辱。婁師德面對別人說他「田舍漢」，非但不生氣，還笑著「承認」自己就是「田舍漢」，這種態度，讓李昭德對他毫無辦法，只能繼續等他。另一個是寫婁師德對弟弟的警告，他要求弟弟任由「唾面自乾」，不觸怒侮辱他的人，避免激化對方的情緒，才不會招致更嚴重的報復。

婁師德能忍受諸般侮辱而面不改色，古人稱讚他寬宏有度量，但歸咎原因，其實是當時的政治環境十分險惡。武則天執政，殺人無數，官員的性命朝不保夕，官員間的鬥爭也很嚴重，婁師德試圖在這樣的現實狀況下保全自己，從他與弟弟的對話中，可知他徹底地看透官場。除了理解背景，也可以進一步想：那些能夠忍人所不能忍的人，究竟是怎樣的人物？當他承受侮辱時，到底在想什麼？只是爲了自保？還是另有目的，想留下性命，好實現抱負？如果是這樣，那「唾面自乾」就不是卑躬屈膝的奴性，而是偉大的智慧了，英雄或狗熊，也許只在一念之差。

故事新編——高詩佳

唐高宗上元初年，朝廷徵召猛士防禦吐蕃，婁師德以文官身分應募，屢次立下戰功，還被提拔爲殿中侍御史兼河源軍司馬，專管營田。什麼是營田？就是徵請兵士或流民在軍隊紮營的地方種田，用作軍糧。師德不負重託，在高宗、武則天兩朝，主管營田十餘年，獲得積穀數百萬斛的成就，武則天對他相當欣賞。

有一天，師德約了弟弟來府內，說是爲弟弟即將高升代州刺史擺宴慶賀。宴席過後，兄弟倆移到書房飲酒，有一搭沒一搭的聊。師德見左右無人，就放下酒杯，歎道：「聖上英明果敢，勝過鬚眉，但是殺人太多。宰相裴炎曾經幫助聖上廢中宗、改立睿宗，到頭來還是免不了被斬首示眾。就連程務挺上書爲裴炎辯冤，也被斬於軍中，令人惶恐！」

師德弟弟壓低聲音，探身問：「哥哥有話要說？」

師德倒了一杯酒，說道：「我沒什麼才幹，做到宰相，已經有很多人詆毀了。現在你又高升，必定受人嫉妒，必須想辦法保全你的性命！」

弟弟大驚：「難道我這次上任，會遭遇什麼不測？」

師德說：「我給你說個故事。前幾天，我和內史李昭德一起上朝。我體型胖，走路一快，肉就抖得凶，只好慢慢走。李昭德性子急，幾次回頭等，不耐煩了，氣得直跺腳說：『等死我了，這莊稼漢！』……」

師德還沒說完，弟弟就憤慨的罵道：「李昭德怎能如此無禮！」

師德微笑：「你知道當時我怎麼回他？我只是笑著說：『師德不是莊稼漢，還有誰是啊？』」

弟弟很驚訝，問道：「哥哥怎能平白受辱卻不反擊？」師德說：「李昭德是何等人物？能得罪嗎？何況我身負營田重任，如果遭遇不幸，什麼都完了，知道嗎？」

弟弟當即頓悟，直身跪著說：「哥哥，從今以後，就算有人把口水吐在我臉上，我也不說話，擦掉就是了。這樣，希望能免除您的擔憂。」

師德卻更憂心了，說道：「我擔憂的就是這個啊！人家吐你口水，是對你生氣。你如果擦掉，就是討厭對方才擦掉，等於違背對方的意思，這不是火上加油嗎？唾沫留在臉上不擦，會自己乾掉，不如笑著接受吧！」

婁師德前後在邊疆駐紮了三十餘年，以謹慎忍讓聞名，在武則天當政期間，終於能平安的保住寵祿。

48. 玄齡悍婦

（劉餗／隋唐嘉話）

經典原文

梁公①夫人至妬②，太宗將賜公美人，屢辭不受。帝乃令皇后召夫人，告以媵妾③之流，今有常制，且司空④年暮⑤，帝欲有所優詔⑥之意。

夫人執心不迴。帝乃令謂之曰：「若寧不妬而生，寧妬而死？」曰：「妾寧妬而死。」乃遣酌⑦卮酒⑧與之，曰：「若然，可飲此酖⑨。」一舉便盡，無所留難。帝曰：「我尚畏見，何況於玄齡！」

作者

劉餗。

題解

本文選自《隋唐嘉話》，講一個女人寧願毒死，也不願丈夫納妾的故事。房玄齡的夫人盧氏善妒，唐太宗想送美人給房玄齡，但一直受到盧氏的阻撓，怎麼勸都不聽，於是太宗要盧氏喝下毒酒，盧氏卻一飲而盡，太宗面對她的強悍也無可奈何，只好打消主意了。故事雖然簡短，卻將盧夫人的形象描繪得相當鮮明。

注釋

①梁公：指房玄齡（西元五七八年—六四八年），字喬，臨淄（今山東淄博市）人，唐朝名相。博綜典籍，工書能文，輔佐太宗，居相位十五年。在職時夙夜勤強，明達吏治而務為寬平，致貞觀之治，卒諡「文昭」。因為貞觀十一年（西元六三七年）封梁國公，故文中稱「梁公」。

②妬：即「妒」，因別人勝過自己而內心忌恨。

③媵妾：隨嫁的侍妾，後亦泛指姬妾。媵，音ㄧㄥˋ。

④司空：職官名。周時有冬官大司空，為六卿之一，掌水土營建之事。隋唐之世，設六部，後因通稱工部尚書為「大司空」。這裡以職官名稱呼房玄齡。

⑤年暮：年老。

⑥優詔：嘉獎的詔書。

⑦酌：斟酒，飲酒。

⑧卮酒：一杯酒。卮，音ㄓ。

⑨酖：音ㄓㄣˋ，毒酒。

評析

根據《朝野僉載》記載，房玄齡年輕時，夫人盧氏美麗端莊，是有節操的女性。有一回，房玄齡生重病，在病榻前囑咐妻子，要她另外再找對象嫁了，不必守著他。盧氏拒絕了，還弄瞎自己的一隻眼睛以表明心跡，因此房玄齡病癒後，更加寵愛妻子。唐太宗要房玄齡納妾，盧氏反抗，喝下太宗賞賜的「毒酒」，迫使太宗收回成命，幸好杯中只是醋。由此看來，盧氏非常專情，但做法上比較極端。極端的另一面是「妒」，盧氏愛丈夫，連眼睛都可以不要，自然也可以不要命，所以能喝下「毒酒」。這種極端的愛，大概唐太宗從沒見過，也深受震撼。

至於房玄齡，對妻子必定又愛又敬又怕。他的愛很博大，為了妻子的幸福著想，願意放手給她自由。他看到妻子爲自己弄瞎眼睛，必定大受衝擊，對妻子的愛難免摻雜了歉意，所以事事忍讓。納妾在當時是正當的行爲，很多男人都有三妻四妾，視爲理所當然，所以房玄齡可能不止一次遭到妻子的反抗，以至於連皇帝都知道了。這則故事，突顯了古代女性在婚姻遭受的不公平待遇，盧氏的激烈行爲，除了反映她本身的性格外，也反映當時身爲女子的悲哀。

故事新編——高詩佳

早朝結束，文武百官都已散去，唐太宗進入後殿更衣完了要去書房，卻見到太監們交頭接耳說著悄悄話。太宗斥道：「今天怎麼這麼不安分！」小太監上前稟告：「皇上，房大人還在朝中呢！」太宗感到奇怪，就宣房玄齡來。

房玄齡神色緊張的進來了，唐太宗問：「別人都回家了，你還在這裡做什麼？」房玄齡面露尷尬，猶豫一下才說：「皇上，臣有個不情之請，請您下旨令我那夫人不要生氣，我才敢回家。」

太宗奇道：「這又是爲什麼？」房玄齡擦了擦汗，說：「唉，此事要怪張大人！昨晚我帶夫人去張大人家赴宴，談得很愉快，張大人一時興起，竟說要將愛妾送我。」

太宗聞言拊掌大笑：「老張眞大方，俗話說：『兄弟如手足，夫妻如衣服。』果然換得。你就接受吧，別辜負人家美意！」房玄齡後退一步，頻頻搖手：「萬萬不行！您不知道，回家後，我夫人竟拿出剪刀尋死，又要離家出走，勸了好久還餘怒未息。我現在回家，又不知要鬧成怎樣。」

唐太宗相當訝異，沒想到房玄齡怕老婆到這種程度，斥道：「豈有此理！依法，媵妾[1]之流，今有常制。依情，哪個男人不是三妻四妾，妻子應當寬容。依理，後魏曹彰拿美妾換友人的馬，傳爲佳話。你夫人太不近情理。這樣，我來替你出氣！」當下不由分說，下旨欽賜房玄齡兩位美人，犒賞他的功勞。房玄齡暗暗叫苦，只好先行回家。

果然聖旨頒布到房家，房夫人盧氏氣得發抖，對太監說：「請轉告皇上，這厚禮我們不能要，請皇上收回成命。」還將聖旨還給太監。太監無奈，只得回宮稟告。

太宗怒道：「這女人連聖旨也敢退，如此大逆不道！若不是看在她丈夫的分上，早就論罪。」

皇后勸道：「房大人一把年紀還沒納妾，果然有苦衷。女人了解女人，就讓臣妾去勸吧！」太宗無奈，只好由皇后去。

皇后便召盧氏進宮，一見面，皇后就嚇了一跳。盧氏雖然已有年紀，但是身段窈窕，眉目清秀，風韻猶存，只不過卻瞎了一眼。皇后心道：「難爲房大人天天陪伴瞎了眼的美人，還不能納妾。」

1 媵妾：隨嫁的侍妾。後亦泛指姬妾。媵，音 ㄧㄥˋ。

盧氏見了皇后卻不哭泣，也不訴苦，只是臉色鐵青的行禮，默不作聲。皇后柔聲說道：「房夫人，按國家法制是允許男人納妾的，何況司空大人已經年邁，如果身邊有個妾貼身照料，也好分擔妳的辛勞。皇上念及君臣之誼，賞賜美人，妳不要辜負皇上的美意。」盧氏默默聽著，沒說什麼也沒有答應。皇后覺得無趣，只好讓她走了。

唐太宗聽說更是生氣，怒道：「好，我看她能強硬到幾時！」於是下令在殿上擺了張桌子，放一壺酒、一個酒杯，然後宣盧氏進宮。

盧氏來了，見太宗臉色難看卻絲毫沒有懼色。行禮完畢，太宗指著桌上的酒說：「女子好妒，天地不容。妳如果想要活，就不要嫉妒，若要嫉妒，就喝下這杯毒酒吧！」太宗心想，這樣總該被嚇倒了。

然而盧氏二話不說，就將毒酒倒進杯子，一口喝下，毫不遲疑。太宗大爲驚駭，搖頭歎道：「這種事聞所未聞，我算是怕了，更何況玄齡。」當然，唐太宗不會眞要她死，只是拿了濃醋嚇她，沒想到嚇到了自己。

房玄齡聽到消息，趕著進宮阻止，但盧氏已經喝下「毒酒」。房玄齡跪地求道：「請皇上饒恕我夫人，賞賜解藥吧！夫人會這麼做是有原因的。」

原來在房玄齡年少時，有一次病得奄奄一息，他在病榻上握著盧氏的手說：「我不行了，但是妳還年輕，怎麼可以守寡？應該改嫁去，才有好日子過。」盧氏聽到丈夫爲她著想，非常難過，哭著進去房間，拿利器刺傷自己的一隻眼睛，然後回來向丈夫表白：「我只願意侍奉你，以後別再說這些話了。」後來房玄齡病好了，很感念盧氏的情義，所以對她疼愛有加，養成她善妒的性情。
房玄齡趴倒在地，連連磕頭，求道：「請皇上收回美人，饒恕我夫人吧！」
唐太宗這下無話可說了，面對如此重情重義，為了擁有丈夫的愛，可以弄瞎自己的眼睛、飲下毒酒的女人，你還能說什麼呢？

49. 蔣恒審案

（張鷟／朝野僉載）

經典原文

貞觀①中，衛州板橋店主張迪妻歸寧②。有衛州、三衛③、楊貞等三人投宿，五更④早發。夜有人取三衛刀殺張迪，其刀卻內⑤鞘中，貞等不知之。至明，店人趨貞等，拔刀血狼藉，囚禁拷訊。貞等苦毒，遂自誣。上⑥疑之，差御史蔣恒覆推⑦。至，總⑧追店人十五⑨已上集⑩。爲人不足，且散。惟留一老婆年八十已上，晚放出。令獄典密覘⑪之。曰：「婆出，當有一人與婆語者，即記取姓名，勿令漏泄。」果有一人共語者，即記之。明日復爾，其人又問婆：「使人作何推勘？」如是者二日，並是此人。

恒總追集男女三百餘人。就中喚與老婆語者一人出，餘並放散。問之具伏⑫。云：「與迪妻姦殺有實。」奏之，敕賜帛二百段，除⑬侍御史⑭。

作者

張鷟1（西元六五八年—七三〇年），字文成，號浮休子。唐代深州陸澤（今河北深縣）人，爲官歷任御史、都尉、鴻臚丞、司門員外郎等職。文章風格華美，日本等國使節入唐，必重金購其文，《遊仙窟》因此傳至日本，從此失傳千年，直到清末才爲華人所見。著有《遊仙窟》、《朝野僉2載》等。《朝野僉載》原有二十卷，記唐初至開元年間事，記載武則天事甚多，也有一些神鬼怪異之事。

題解

本文出自《朝野僉載》，敘述蔣恒重審凶案，最後眞相大白的故事。楊貞等三人在板橋店主張迪的店內投宿，到了半夜，張迪被人殺死了，楊貞三人被栽贓爲凶手，因爲受不了審問而屈打成招。唐太宗命蔣恒重新調查此案，最後蔣恒用計謀破了案子，爲楊貞等人平反冤屈。故事側重描寫審案和偵破的過程。

注釋

① 貞觀：唐朝太宗的年號（西元六二七年—六四九年）。

② 歸寧：指女子出嫁後，回娘家向父母請安。

③ 衛：古代邊境駐兵防敵的地方，又指擔任防護工作的人。

④ 五更：寅時，即凌晨三點到五點。

1 鷟：音ㄓㄨㄛˊ。

2 僉：音ㄑㄧㄢ，皆，全部。

⑤內：音ㄋㄚˋ，收受。
⑥上：指皇上。
⑦覆推：案件重新審理。
⑧總：聚合。
⑨十五：指滿十五歲者。

⑩集：集市。
⑪覘：音ㄓㄢ，窺視，觀察。
⑫伏：認罪。
⑬除：免掉舊官職，任命新官職。
⑭侍御史：為御史的一種，簡稱「侍御」。

評析

故事最精彩的，就是描述蔣恒用計找到凶手的經過，逆向運用了「打草驚蛇」之計。所謂「打草驚蛇」，比喻某甲受到懲戒，使某乙知所警惕，後來多用來比喻行事不周密，使對方有所察覺，預先防備。這計策絕妙之處在於敵情不明或可疑時，先試探性地攻擊對方，誘使敵人將眞實的情況暴露出來，然後再反覆偵察、探聽虛實，再採取行動，避免掉入敵人的陷阱，也叫作「引蛇出洞」。

蔣恒先集合十五歲以上的人，應該是根據犯罪現場調查所得到的結論，推論出嫌犯的年齡範圍。後來放了他們，只留下一個八十多歲的老太婆，最晚才放她出來，是故意引蛇出洞，目的是讓眞正的凶手以老太婆為目標，去詢問官府的辦案進度。至於蔣恒爲什麼要選擇老太婆？因爲老人看起來容易對付，凶手容易卸下心防，才會主動向老太婆探聽詢問。蔣恒派人再三記下凶手與老太婆的對答，直到確認了，才採取逮捕行動，整個計畫可說是相當縝密。

衛州籍的軍士楊眞和兩個同袍在長途跋涉後，終於回到家鄉，見天色暗了，不適合趕路，決定在板橋店這地方的客棧投宿。店主張迪出來迎接，張迪熱情的招呼，置酒、辦桌、整理房間，忙得團團轉，今晚特別忙，張迪的妻子帶孩子回娘家，店裡人手不夠，只剩他一個忙裡忙外。楊眞等人用過飯後，先把帳給付清，隔天一早，天色才微亮，他們就離店而去了。

直到中午，張妻回來了，看見店門緊閉，不禁罵道：「死人！這麼晚還不開門！」張妻在鄉里間頗有名氣，雖然脾氣大，但模樣嬌豔標致。張迪是個相貌平凡的老實頭，娶了這樣的老婆，人人都笑說一朵鮮花插在糞坑上。去店裡吃飯喝酒的男人，醉翁之意不在酒，十個倒有七八要來看張妻，只和她聊天說笑也好。

張妻找遍一樓內、外，都找不到丈夫，到二樓臥房才發現張迪躺在床上，已經死了，鮮血染紅了被單。她嚇得到外面求救，很快的，官府就派人來查。

此案上奏到朝廷，唐太宗指著卷宗，對一旁的御史蔣恒說道：「這上頭寫道，板橋店血案的凶手確實是楊眞等三名軍士，他們都認罪了。根據口供，他們趁張迪在睡夢中，拿刀殺了他，天沒亮就逃走。官府在楊眞的刀上發現血跡，但是案卷對細節的記載含混不清，實在奇怪。」

蔣恒躬身說道：「皇上聖明，此案疑點很多。首先，人都逃走了，爲什麼不將刀上的血跡擦乾淨？其次，殺人事件不外乎情殺、仇殺、財殺三種，但細看此案，是仇殺嗎？四人無冤無仇。情殺嗎？他們與張妻素不相識。是財殺嗎？可是店內並沒有損失財物。」

太宗點點頭，說：「疑點這麼多，案卷卻沒有記載，可見當時的調查大有問題！不過，楊眞等人若是無罪，爲何要認罪？」

蔣恒道：「皇上，地方官府草率行事、調查不周等弊端，時有所聞。楊眞等人認罪，只怕是受不了酷刑審訊而屈打成招。」

太宗震怒：「竟有此事！蔣恒，命你重新審理此案，以端正風氣。」於是蔣恒受命而去，隨即出發到衛州。

蔣恒到了板橋店，立刻下令將本地所有十五歲以上的人集合起來，但是他也不審問，很快就放了他們，只留下一個八十多歲的老太婆單獨關在衙門裡，到晚上才放她離開。老太婆前腳剛走，蔣恒便派一個獄吏暗中跟蹤觀察，吩咐說：「老太婆出去後，必定有人找她說話，你要辨認那人的身分，記下姓名，不能洩漏。」

獄吏就尾隨老太婆走，走著走著，經過一條巷子，果然有個男人上前和老太婆說話，獄吏馬上認出是本地的商人吳永富，於是把姓名記下。只聽吳永富問：「御史是怎樣審問妳的？」老太婆年邁，一問三不知，他只好算了。但是第二天、第三天，吳永富都去找老太婆問話。

蔣恒聽了報告，心裡有數，下令再將本地三百多個男女集合起來。等所有人都到了，蔣恒突然說：「吳永富留下來！其他人可以離開。」吳永富嚇得腿軟了。

蔣恒笑著說：「吳永富，我第一次把大家集合起來，不審問就釋放，只是爲了安你的心，讓你以爲本官昏庸。留下老太婆最晚才釋放，也是讓你去掉心防，跑去打聽消息。只有眞正的凶手才會關心調查進度，你自己暴露了行動，眞是天意！」又喝道：「還不從實招來！」

吳永富看大勢已去，只好跪地招認：「我與店主張迪的妻子私下來往有幾個月了，幾次勸她離開丈夫跟我走，她都不肯。那天晚上，趁她回娘家，我跑去客棧找張迪談判，要他先休了妻子成全我們。到二樓時，經過楊眞門口，見他熟睡，軍刀就擺在桌上，也不知是鬼迷了心竅，就去拿刀出來，然後到張迪房間，一刀將他殺了，再把刀偷偷放回去。之後的事，大人都知道了。」

蔣恒回到朝中，向唐太宗稟告審案的結果。唐太宗很高興，就賞賜他絲帛兩百緞，並提拔他爲侍御史。

50. 化基薦才

（魏泰／東軒筆錄）

經典原文

鞠詠爲進士①，以文學受知於王公化基。及王公知杭州，詠擢第②，釋褐③爲大理④評事⑤，知⑥杭州仁和縣。

將之官⑦，先以書及所作詩寄王公，以謝平昔獎進，今復爲吏，得以文字相樂之意。王公不答。及至任，略不加禮，課⑧其職事甚急。鞠大失所望，於是不復冀⑨其相知，而專修吏幹⑩矣。

其後，王公入爲參知政事⑪，首以詠薦。人或問其故，答曰：「鞠詠之才，不患不達。所憂者氣峻而驕，我故抑之，以成其德耳。」鞠聞之，始以王公爲眞相知也。

作者

魏泰，字道輔，號漢上丈人，晚號臨漢隱居，北宋襄陽鄧城（今湖北省襄樊市）人，生卒年不詳，大約宋神宗、哲宗、徽宗時期的人。家爲世族，是北宋著名女詞人魏玩的弟弟。自小兇頑、霸道，曾在試院毆打主考官，所以終身不得錄取。著作流傳的有《臨漢隱居詩話》、《東軒筆錄》。

《東軒筆錄》書成時，很多人批評其內容以喜怒誣衊前人，但除了報復恩怨外，所記雜事也有很多可讀之處。

題解

本文出自於《東軒筆錄》，講鞠詠在做官初期與恩師王化基的千古佳話。鞠詠受王化基的提攜考中進士，進而擔任大理評事。上任前，鞠詠對王化基表示想與他來往，但王化基不理睬他。鞠詠上任後，王化基急著考核他的工作，令鞠詠很失望。沒想到王化基升任參知政事後，反而舉薦鞠詠，鞠詠相當感動。故事闡述了老師對弟子嚴格要求，並蘊含期望弟子奮發進取的深刻寓意。

注釋

①進士：科舉時代的科目。隋煬帝選拔人才，設進士科，唐宋因之，其時凡舉人試於禮部合格者，稱為「進士」。

②擢第：考中，登第。擢，音ㄓㄨㄛˊ。

③釋褐：舊制，新進士必在太學行釋褐禮，脫去布衣而換穿官服；後用來比喻做官或進士的及第授官。

④大理：大理寺，古時掌管刑獄的官署。

⑤評事：職官名。漢設立廷尉平，隋改為評事，為評決刑獄的官吏，到清末才廢除。

⑥知：掌管，主持。

⑦將之官：將要到任官職。

⑧課：考核，考試。

⑨冀：希望。

⑩幹：事情。

⑪參知政事：職官名。唐代設置，宋初於同平章事之下設參知政事，為宰相的副職，簡稱為「參政」。遼、金、元相承，明廢。

評析

鞠詠才華洋溢，而得到王化基的賞識提拔爲進士，之後更入朝做官。照理說，這樣的師生之情，在兩人成爲同僚以後，應該可以繼續發展、互動，但是王化基卻拒絕了。從古到今，有多少身居高位的人，迫不及待拉攏有潛力的弟子，將弟子們拉入朝中做官，使得朝廷內外門生滿天下，好培植自己的人脈，壯大勢力。但是，王化基卻不這麼做，他和鞠詠保持距離，其實是因爲他對弟子有更深刻的期望，同時也不讓弟子藉著高攀老師，學會種種鑽營與靠關係的本事。

所以，在鞠詠上任後，王化基積極考核他的工作，嚴格地督促他，一方面避免兩人有私交，使自己沒有徇私苟且的機會，一方面讓鞠詠只能專心在政事，學習把職務做好，成爲眞正的好官。王化基的做法表現出他的無私和正直，以及對門生的愛護之情。但年輕的鞠詠無法體會恩師的深意，只能從表面以爲恩師不好相處，直到王化基被召入朝廷後，向皇帝舉薦鞠詠，鞠詠才豁然領悟。王化基的確是最了解鞠詠的人，同時也是他最好的知己。

故事新編——高詩佳

王化基在燈下閱卷，天色漸漸暗了，幸好只剩下幾份卷子就可以看完。忽然有一份卷子吸引了他的注意，王化基讚歎：「這人文筆出眾，思慮縝密，學識淵博，應該有機會名揚天下。」看看試卷上的名字，叫作鞠詠，再從頭到尾將卷子看一遍，王化基眉頭一皺，沉吟道：「文采絕妙是不必說的，但是字裡行間透露出氣盛與驕傲，倒有些可惜了。」儘管這樣，他還是將鞠詠提了進士。

鞠詠考中進士，自然得意非凡，這原本就在他的意料之中，他得知提攜自己的是王化基大人，相當感激，只等將來有機會向恩師表示感謝。

後來，王化基擔任杭州知州，正好鞠詠也通過釋褐試考試，被朝廷任命爲大理事評事，擔任杭州仁和縣知縣。鞠詠很高興，他想官場險惡，和恩師在同一個地方任官，日後就可以互相照應，等到了杭州，應該好好認識這位長官。於是鞠詠在赴任前先寫了一封信，語句中充滿對恩師的感謝，他在信中表示自己也當官了，應該用文字表達喜悅，將這份心情和恩師分享。他將詩作一起附上，寄給了王化基。

但是王化基收到鞠詠的信後卻放到一邊，沒有給鞠詠回信。鞠詠等不到信，大失所望，他沒想到王化基是這麼冷漠的人，所以那份期待的心也冷卻了。

鞠詠上任後，終於見到王化基，但是王化基對他宛如陌生人，完全不假辭色，沒有任何寒暄與關照，甚至急著考核他的工作，對待他比對其他人還要嚴格，處處刁難找碴。鞠詠的心更灰了，從此不再期待得到恩師的關照，他專心治理縣務，努力鑽研處理政務的本事，每天戰戰兢兢工作。

後來王化基升遷，入朝擔任參知政事，他到職以後，首先就向皇上推薦了鞠詠。朝中的同事都感到納悶，便問王化基：「你不是討厭鞠詠嗎？」

王化基大笑，道：「我從來沒有討厭鞠詠啊！」同事問：「你們沒有私交，也幾乎沒有往來，爲什麼舉薦他？」

王化基笑著說：「憑鞠詠的才幹，我不擔心他將來不能顯達。我只擔心他的個性自負、驕傲，恐怕沒有好結果，所以有意壓壓他的傲氣，成就他的美德。」

鞠詠聽說了，感激不已，同時也感到慚愧，這才確信王化基是眞正了解自己的人。

1.（　）宗定伯用巧計騙鬼，以下何者爲非？（曹丕《列異傳・定伯賣鬼》）

(A)先和鬼做朋友，以獲得信任。

(B)經常遇到鬼，是騙鬼的高手。

(C)假裝是新鬼，以套出鬼的弱點。

(D)態度鎮定自若，不讓鬼看出破綻。

2.（　）〈定伯賣鬼〉一文告訴我們什麼？（曹丕《列異傳・定伯賣鬼》）

(A)人可以出賣鬼，鬼不可出賣人。

(B)教人遇到鬼的應對方法。

(C)人比鬼更可怕。

(D)鬼比人還可怕。

3.（　）談生的妻子離開，二人不能成爲長久夫妻的原因，是因爲談生的何種行爲？（曹丕《列異傳・談生》）

(A)不滿妻子不准夜裡點燭火。

(B)妻子家世不明，談生有疑慮。

(C)好奇心太重，破壞約定。

(D)認爲妻子不是正常人，心生恐懼。

4.（　　）睢陽王家挖開了女兒的墳墓，因爲種種證據，就相信了談生與女兒爲夫妻。請問不包含下列哪一項證據？（曹丕《列異傳．談生》）

(A)手鐲。

(B)珠袍。

(C)衣裾。

(D)談生的兒子與王家的女兒相像。

5.（　　）對於家裡鬧鬼，何文和前任屋主的處理方式有何不同？（曹丕《列異傳．張奮宅》）

(A)找到原因，解決問題。

(B)找替死鬼。

(C)立刻搬家。

(D)請人來抓鬼。

6.（　　）何文面對鬼的態度，告訴我們人應該怎麼面對危險？（曹丕《列異傳．張奮宅》）

(A)避開危險，才是最好的風險管理。

(B)正面應對，會發覺事情沒有那麼糟，還可能有意外的驚喜。

(C)避開危險，保全生命是最重要的。

(D)正面應對，猶如雞蛋碰石頭，是下下策。

7.（　　）禹在會稽大會諸侯，當然有其重要的政治目的，下列各項，何者不是會盟的主要目的？（張華《博物志．外國》）

(A)宣示各部族統一在夏王朝的管理之下。

(B)與各部族重新清楚劃分勢力與權責。

(C)藉由團體的力量安撫、約束或警告還有貳心的部族。

(D)討論治水防洪的重要會議。

8.（　）防風氏只是遲到，禹爲何一定要殺他？（張華《博物志・外國》）
(A)在古代，集會遲到是殺頭的重罪。
(B)古代有「祭旗」的儀式，各部族之間要選出一人犧牲，防風氏遲到，正好祭旗。
(C)會盟宣告禹爲天下共主，不得輕忽，遲到者輕慢，故殺之以立威。
(D)防風氏爲巨人族，武力強大，禹藉機削弱其勢力。

9.（　）嵇康說：「形骸之間，復何足計！」是指下列何者？（荀氏《靈鬼志・嵇康》）
(A)身體不重要，不用在意。
(B)形貌美醜，都合乎自然，不用在意。
(C)形體生死自然變化，不用在意。
(D)形是生，骸是死，生死本是自然，不用在意。

10.（　）嵇康在華陽亭遇到鬼，卻並不驚嚇，原因爲何？（荀氏《靈鬼志・嵇康》）
(A)鬼與嵇康相談甚歡，不致害人。
(B)嵇康擅彈古琴，琴聲肅穆，不懼邪氣。
(C)嵇康認爲鬼化爲精神，既然也存在自然界，就沒什麼可怕。
(D)嵇康聽說華陽亭有鬼，故特地來尋找鬼，所以不怕。

11.（　）干將留下「謎語」主要的意義是下列何者？（干寶《搜神記・干將莫邪》）
(A)表示重男輕女的思想。
(B)先測驗孩子的體力、智力，方能決定報仇。
(C)根本就不希望孩子報仇。
(D)爲了避免楚王得到雌劍。

12.（　　）劍客已爲赤報仇成功，爲何還要自刎？（干寶《搜神記・干將莫邪》）

(A) 以一死回報赤的信任。
(B) 寧死不屈的義烈。
(C) 無法逃脫只好自刎。
(D) 心願已了，從容赴死。

13.（　　）何氏殉情的悲劇由幾個原因造成，下列何者爲非？（干寶《搜神記・韓憑夫婦》）

(A) 何氏長得花容月貌，遭人嫉妒。
(B) 宋康王貪圖他人的妻子。
(C) 大臣蘇賀破解了何氏的謎語。
(D) 韓憑夫婦婚姻幸福，遭人嫉妒。

14.（　　）按照文意，關於「相思樹」的意義何者正確？（干寶《搜神記・韓憑夫婦》）

(A) 兩地相思仍舊想念對方。
(B) 糾結的樹根和枝葉象徵永不分離。
(C) 樹上的鴛鴦鳥象徵自由。
(D) 以種樹來表示對愛人的思念。

15.（　　）從〈秦巨伯〉文中的描述，可以看出秦巨伯是怎麼樣的人？（干寶《搜神記・秦巨伯》）

(A) 慈祥和藹的老人。
(B) 無惡不作的壞人。
(C) 仇恨心強的人。
(D) 淡泊名利的人。

16.（　）秦巨伯最後竟然殺了自己的孫子，是因爲下列何者？（干寶《搜神記・秦巨伯》）
(A)成見蒙蔽了正確判斷，錯認孫子是鬼所扮。
(B)是報仇雪恨計畫中的步驟。
(C)絕不手軟，有伸張正義的勇氣。
(D)害怕孫子以後被鬼所騙。

17.（　）盧充賣鋺是因爲什麼原因？（干寶《搜神記・盧充》）
(A)貧窮，無錢生活。
(B)怕兒子太過思念母親。
(C)藉賣鋺打聽崔氏女線索。
(D)藉此與崔氏女斬斷關係。

18.（　）「崔少府府」其實是什麼處所？（干寶《搜神記・盧充》）
(A)狐穴。
(B)人間豪宅。
(C)仙界勝境。
(D)墳墓。

19.（　）董永的妻子最後爲何離開董永？（干寶《搜神記・董永妻》）
(A)感情不睦。
(B)任務完成。
(C)另結新歡。
(D)生活貧窮。

20.（　）董永最重要的德性是什麼？（干寶《搜神記・董永妻》）
(A)誠懇實在。
(B)智慧過人。
(C)悲天憫人。
(D)勇於任事。

21.（　）唐父喻死後復生，其原因爲何？（干寶《搜神記・王道平》）
(A)二人愛情感動天地。
(B)唐父喻住在墳墓，其實未死。
(C)唐父喻陽世福報未盡。
(D)單純的超自然現象。

22.（　）唐父喻復生，生前的丈夫劉祥告到州縣官府，欲使父喻仍爲自己的妻子。但州縣官府不敢判決，原因爲何？（干寶《搜神記・王道平》）
(A)感動於王道平與唐父喻的愛情，卻又不敢得罪劉祥。
(B)因爲唐父喻復生，事涉鬼神，官府怕判決遭禍。
(C)爲了討好秦始皇，提供秦始皇展現英明睿智的機會。
(D)事情超乎常理，沒有判決依據。

23.（　）吳興田夫一家家破人亡，除了是青狐作惡之外，還有誰的行爲爲惡？（干寶《搜神記・吳興田夫》）
(A)二個兒子竟然連自己父親都認不出來，把鬼（青狐）當成父親孝順，把父親當成鬼殺了。
(B)父親不應該到田裡去關心兒子，干擾兒子殺鬼。
(C)兒子的母親先沒有勸父親不要去田裡，與鬼（青狐）所扮的父親混淆；後又沒發現自己的丈夫是假的，是一種昏庸。
(D)以上皆非。

24.（　）青狐作惡，最後眞相大白，兩個兒子一個自殺，一個羞忿而死。兩個兒子死時的情緒應不包含下列何者？（干寶《搜神記・吳興田夫》）

(A)愧對亡父。

(B)羞立於天地之間。

(C)爲父報仇。

(D)自恨愚昧不明。

25.（　）李寄說：「父母無相，惟生六女，無有一男，雖有如無。」想表達的意思是？（干寶《搜神記・李寄》）

(A)女人是弱小的，不應承擔大事。

(B)父母沒有福氣，所以沒有兒子。

(C)女子雖被認爲無用，仍應自立自強，行所當行。

(D)父母嫌棄所生六人，皆爲女子。

26.（　）李寄能殺死巨蛇，是因爲什麼？（干寶《搜神記・李寄》）

(A)官府提供寶劍。

(B)無比的勇氣。

(C)上天的幫忙。

(D)犬是蛇的天敵。

27.（　）女孩拜託馬去找她的父親回家，並答應嫁給馬，是因爲女孩對馬如何？（干寶《搜神記・女化蠶》）

(A)情深意重。

(B)認爲馬是英雄。

(C)測試馬對自己的忠誠。

(D)只是開玩笑。

28.（　）馬把女孩捲起劫走的原因，最不可能是下列何者？（干寶《搜神記・女化蠶》）

(A)證明天道好還，報應不爽。
(B)喜愛女孩，想永遠在一起。
(C)恨女孩不守信。
(D)恨女孩在牠死後還羞辱牠。

29.（　）何者不是東海孝婦被誣致死的原因？（干寶《搜神記・東海孝婦》）

(A)小姑告官。
(B)于公爲孝婦辯白不力。
(C)官府並未仔細調查案情。
(D)屈打成招。

30.（　）孝婦死後，「郡中枯旱，三年不雨」，若眞是孝婦或上天所爲，目的在於下列何者？（干寶《搜神記・東海孝婦》）

(A)報復小姑及不爲她辯白的親族。
(B)想要冤屈昭雪。
(C)因爲冤死，恨盡當地所有人。
(D)讓太守治績不佳。

31.（　）依照〈白水素女〉中對謝端的描述，素女送了一個貯米「常可不乏」的大螺給謝端，但謝端還是「不致大富」，其原因最可能是下列何者？（陶潛《搜神後記・白水素女》）

(A)謝端不夠聰明，不知道在螺裡放置金銀等値錢之物。
(B)大螺只對米有增長的效用，所以謝端即使放進金銀也沒用。
(C)謝端敬神，素女說放米，則不敢違背，以免觸怒素女，因此也爲素女立廟。
(D)謝端知足，不願得取非份之財。

32.（　）白水素女被謝端發現，便要離去，其原因最可能是下列何者？（陶潛《搜神後記・白水素女》）

(A)人與神日常相處，不合常理，也有很多不便。

(B)素女不喜歡謝端。

(C)怕謝端到處宣揚，洩漏天機。

(D)因爲是螺所化，素女自卑，所以求去。

33.（　）劉池苟跟鬼打了一場架，造成這種狀況，是誰的錯？（陶潛《搜神後記・白布褲鬼》）

(A)鬼，一切都是由鬼偷吃東西引起的。

(B)劉池苟。鬼偷吃東西固然不對，但劉池苟下毒也太過分了，否則不會如此嚴重。

(C)建議下毒的朋友，使事情越演越烈。

(D)以上皆是。

34.（　）白布褲鬼「自爾後，數日一來，不復隱形，便不去」，原因爲何？（陶潛《搜神後記・白布褲鬼》）

(A)劉家的食物好吃。

(B)鬼覺得劉家歡迎他。

(C)鬼認爲劉池苟膽小好欺負。

(D)鬼愛熱鬧。

35.（　）楊生不能答應把狗送給路人，「狗因下頭目井。生知其意」，楊生跟狗顯示的是？（陶潛《搜神後記・楊生義狗》）

(A)預謀。

(B)默契。

(C)期待。

(D)抗議。

36.（　）下列何者並非楊生的狗所表現出來的特質？（陶潛《搜神後記・楊生義狗》）
(A)機智。
(B)勇猛。
(C)忠義。
(D)警覺。

37.（　）〈烏衣人〉故事中，獵人幫助白蛇殺了黃蛇是基於什麼？（陶潛《搜神後記・烏衣人》）
(A)朋友間的道義。
(B)基於正義，消滅邪惡的一方。
(C)爲白蛇勢力脅迫。
(D)以上皆非。

38.（　）下列何者不是獵人致死的原因？（陶潛《搜神後記・烏衣人》）
(A)武功不濟。
(B)貪心不足。
(C)不聽忠告。
(D)結下死仇。

39.（　）爲何女主角在迎娶時發狂，不願意嫁人？（劉敬叔《異苑・武昌三魅》）
(A)討厭媒婆。
(B)受到妖物的迷惑。
(C)不願意嫁給俗人。
(D)和婆家相處不來。

40.（　）巫師爲何要拆散女主角和大白鼉？（劉敬叔《異苑・武昌三魅》）
(A)認爲女主角應該信守婚約，嫁到婆家。
(B)認爲妖物皆是可殺。
(C)認爲女主角只是被妖物欺騙而已。
(D)認爲人、妖不同道，豈能在一起！

41.（　）青犬在故事中扮演什麼角色？（劉義慶《幽冥錄・黃原》）
(A)帶領黃原進入仙境與仙女相遇。
(B)扮演黃原與仙女的媒人。
(C)是仙境的守護者。
(D)是仙境的吉祥物。

42.（　）黃原只是提出要回家，爲何妙音就不讓他回仙境？（劉義慶《幽冥錄・黃原》）
(A)因爲黃原辜負了妙音的愛情。
(B)仙境只許人離開，不許回來。
(C)人、神不同道，黃原和妙音的婚姻本來就不能長久。
(D)兩情若是長久時，又豈在朝朝暮暮！

43.（　）男主角向女主角買胡粉，爲何「得粉便去，初無所言」？（劉義慶《幽冥錄・買粉兒》）
(A)目的只要買粉，不須多言。
(B)暗戀女主角，不敢表達。
(C)男主角不擅言詞。
(D)沒有機會對女主角說話。

44.（　）男主角猝死，對兩人的戀情有什麼作用？（劉義慶《幽冥錄．買粉兒》）
(A)陷女主角於被告殺人的險境。
(B)更加激化兩人的愛情。
(C)使男主角父母露出眞面目。
(D)讓女主角流露眞情，使男主角父母同意兩人的戀情。

45.（　）劉晨、阮肇住在仙境中所持的態度如何？（劉義慶《幽冥錄．劉晨阮肇》）
(A)流連忘返，樂不思蜀。
(B)雖樂享受，仍念塵世。
(C)無思無慮，隨遇而安。
(D)以上皆非。

46.（　）劉晨、阮肇在仙境中停留半年多，極盡享受，卻仍苦苦哀求要回去，仙女便說：「罪牵君，當可如何？」這裡說的「罪」是指什麼？（劉義慶《幽冥錄．劉晨阮肇》）
(A)在世間仍有罪行，尚未還報。
(B)回歸塵世是一種罪行。
(C)對塵世的迷戀。
(D)以上皆非。

47.（　）〈新鬼〉故事中，死了二十年的舊鬼，教新死的鬼「作怪」以獲得食物，請問此種行爲較近似於下列何種惡行？（劉義慶《幽冥錄．新鬼》）
(A)搶劫。
(B)脅迫。
(C)偷竊。
(D)詐騙。

48.（　）舊鬼告訴新鬼，要作怪以求得食物，找「奉佛事道」的家庭是不對的，應該要找「百姓家」，爲什麼？（劉義慶《幽冥錄‧新鬼》）

(A)「奉佛事道」的家庭，有神佛保護，無法作怪。

(B)「百姓家」才是眞的樂善好施。

(C)「奉佛事道」的家庭，沒有葷食，求得食物也吃不飽。

(D)「奉佛事道」的家庭，信仰虔誠，不爲鬼所動。

49.（　）「鉅鹿有龐阿者，美容儀」，其中「美容儀」是指什麼？（劉義慶《幽冥錄‧龐阿》）

(A)美好的容貌及儀態。

(B)像女人一樣的容顏。

(C)有美容之術。

(D)有壯盛的儀仗。

50.（　）下列何者爲非？（劉義慶《幽冥錄‧龐阿》）

(A)石氏女對龐阿的愛情忠貞。

(B)石氏之父說謊。

(C)石氏女是破壞婚姻的第三者。

(D)龐阿妻雖然極妒，但行爲尚不能說是錯誤。

51.（　）湯林見趙太尉之後，人生極度精彩，這是什麼情形？（劉義慶《幽冥錄‧柏枕幻夢》）

(A)湯林睡著了，只是做了一場夢。

(B)湯林死了，鬼魂見趙太尉，後來又還魂復活。

(C)廟祝弄昏湯林，說給湯林聽的故事。

(D)湯林沒有睡著，而是精神被帶入了另一個世界。

52.（　）〈柏枕幻夢〉的故事中，說「林在枕中，永無思歸之懷，遂遭違忤之事」，其寓意是什麼？（劉義慶《幽冥錄・柏枕幻夢》）

(A)脫離塵世的生活，才是幸福的日子。

(B)居安思危，才可常保幸福。

(C)伴君如伴虎，在朝爲官，易遭大禍。

(D)禍福相倚，世間窮達不可盡料，都不是絕對的。

53.（　）薛道詢變成了虎，吃人，其原因可能爲何？（東陽無疑《齊諧記・薛道詢》）

(A)學會了變身的法術。

(B)上天懲罰他。

(C)因爲發狂太嚴重所致。

(D)被仇人陷害作法。

54.（　）薛道詢洩漏了自己變成老虎吃人的事，可能是因爲什麼？（東陽無疑《齊諧記・薛道詢》）

(A)後悔自己吃人，向眾人悔過。

(B)中邪，自己說出了惡事。

(C)與人聊天，一時興起，炫耀自己的經歷。

(D)想要向法律挑戰。

55.（　）〈陽羨書生〉中，書生吐出女子，女子吐出情夫，情夫吐出情婦，這一連串的人物一個個出場，他們的言談舉止，顯現了什麼意旨？（吳均《續齊諧記・陽羨書生》）

(A)人世間的男女關係微妙無常。

(B)人生乏味，不如妖異世界。

(C)宰相肚裡可撐船。

(D)世間無眞正愛情。

56.（　）書生送給許彥銅盤，這在故事經營的手法上，是爲了達到什麼目的？（吳均《續齊諧記・陽羨書生》）
(A)證明書生對許彥一片善意。
(B)顯得故事實有其事。
(C)炫富，表現書生的瀟灑。
(D)以上皆非。

57.（　）陳氏將兒子取名爲鐵杵，以下何者不是正確的選項？（顏之推《還冤志・徐鐵臼》）
(A)陳氏希望兒子將來剋死鐵臼。
(B)鐵杵可以搗爛鐵臼，寓意傷害。
(C)陳氏痛恨鐵臼，所以寄託在兒子的名字。
(D)鐵杵能磨成繡花針，寓意耐心。

58.（　）以下何者符合「冤有頭，債有主」這句話？（顏之推《還冤志・徐鐵臼》）
(A)許氏的鬼找陳氏算帳。
(B)鐵臼的鬼找鐵杵算帳。
(C)陳氏找鐵臼算帳。
(D)鐵杵找徐甲算帳。

59.（　）張稗不答應鄰人求娶孫女，最重要原因爲何？（顏之推《還冤志・張稗》）
(A)鄰人才貌不佳。
(B)門第不相當。
(C)求娶孫女爲妾，太委屈。
(D)鄰人一向沒來往。

60.（　）張邦的罪狀不包括下列哪一項？（顏之推《還冤志・張稗》）

(A)不思父仇，不替父親討回公道。
(B)揮霍無度，使家道中落。
(C)畏懼鄰人勢力，又貪鄰人才，與鄰人妥協。
(D)嫁女不先告訴女兒，完全不尊重女兒。

61.（　）幷華主要犯了什麼錯，以至於最後被杖打而死？（李隱《瀟湘錄・襄陽老叟》）

(A)得了斧頭後，就變得自大起來。
(B)以木鶴偷偷載走王女。
(C)威脅殺死王女，強迫她與自己相好。
(D)以贈送木鶴的理由欺騙王枚。

62.（　）王枚是個怎樣的人物？（李隱《瀟湘錄・襄陽老叟》）

(A)是非不分的人。
(B)明察秋毫的人。
(C)財大氣粗的人。
(D)陷害忠良的人。

63.（　）某人爲什麼會去行雨？（戴孚《廣異記・潁陽里正》）

(A)負責行雨的神靈怠忽職守導致。
(B)天庭缺人手，請某人幫忙。
(C)某人爲解救家鄉乾旱，主動幫忙。
(D)某人有行雨的天賦能力。

64.（　）某人的全家爲何都被淹死了？（戴孚《廣異記・潁陽里正》）

(A)某人喝醉時行雨，雨水太多導致。

(B)某人辦事不力，使全家遭受懲罰。

(C)旱災之後的水災造成悲劇。

(D)某人行雨時自以爲是，倒了太多水。

65.（　）梵僧爲何要醫治王布女兒鼻中的息肉？（段成式《酉陽雜俎・天咫》）

(A)爲了與少年競爭。

(B)路見不平，拔刀相助。

(C)爲了濟世救人。

(D)爲了帶走息肉內隱藏的藥神。

66.（　）讀過新編故事可知，大、小藥神爲何躲在玉嬌的鼻中？（段成式《酉陽雜俎・天咫》）

(A)忘記回返天庭的時間，只好暫棲鼻中。

(B)小藥神出的餿主意。

(C)誤拿瀉藥給娘娘吃，被天將追捕。

(D)是胡僧的授意。

67.（　）葉限與魚之間是怎樣的感情？（段成式《酉陽雜俎・葉限》）

(A)孺慕之情。

(B)友情。

(C)愛情。

(D)恩情。

68.（　）葉限具有怎樣的品德？（段成式《酉陽雜俎・葉限》）

(A) 容易被後母欺騙，純眞善良。
(B) 節省自己的飯食給魚吃，捨己爲人。
(C) 主動拿金鞋出來試穿，勇敢堅強。
(D) 聽從神人的指示，乖巧聽話。

69.（　）新編故事結尾的那條白色小蛇是誰？（洪邁《夷堅志・楊戩二怪》）

(A) 陌生女子的化身。
(B) 楊戩的化身。
(C) 楊妻沉香的化身。
(D) 道人的化身。

70.（　）在新編故事中，楊妻沉香對丈夫楊戩是怎樣的情感？（洪邁《夷堅志・楊戩二怪》）

(A) 又愛又恨。
(B) 對丈夫專情而執著。
(C) 有點怨懟，又得意丈夫的出身。
(D) 想要脫離婚姻。

71.（　）陳俞和巫師分別在故事中象徵什麼？（洪邁《夷堅志・奇士陳俞》）

(A) 陳俞象徵理性，巫師象徵感性。
(B) 陳俞象徵醫學，巫師象徵偏方。
(C) 陳俞象徵暴力，巫師象徵平和。
(D) 陳俞象徵科學，巫師象徵迷信。

72.（　　）陳俞將巫師抓去官府一節，間接反映的是什麼？（洪邁《夷堅志・奇士陳俞》）
(A)間接對比官府的無能。
(B)間接彰顯陳俞的英勇正義。
(C)間接反映鄉民的無知。
(D)間接突顯陳俞的火爆性格。

73.（　　）謝七嫂被懲罰變成牛，以下原因何者為非？（洪邁《夷堅志・謝七嫂》）
(A)拒絕布施給和尚。
(B)要求和尚脫下袈裟來換食物。
(C)過度掌控家中的飲食。
(D)虐待自己的婆婆。

74.（　　）關於故事中的僧人，以下何者正確？（洪邁《夷堅志・謝七嫂》）
(A)不事生產，只想討食為生。
(B)具有神通，能懲罰惡人。
(C)是虔誠的佛教徒。
(D)是神靈在人間的化身。

75.（　　）〈酒能消鬼〉篇末贊成鬼飲酒者說「今冥然醉臥，消歸烏有，反其真矣」是指什麼意思？（紀昀《閱微草堂筆記・酒能消鬼》）
(A)喝醉了之後，憂愁全消。
(B)喝醉了以後，鬼氣化掉了，才得到真身。
(C)氣隨酒化掉，入於大化，返成自然。
(D)冥間的鬼魂喝酒化掉了在世間的雜氣，便得到精純，這反而是真理。

76.（　）「《莊子》所謂此亦一是非，彼亦一是非」是何意？（紀昀《閱微草堂筆記・酒能消鬼》）
(A)凡是言論，必有對立，有是就有非，有非就有是。
(B)人到哪裡，不論在此或在彼，都會談論是非。
(C)是非之心，人皆有之，不論彼此。
(D)意思是彼此都能統一是非。

77.（　）故事新編中，賣胭脂水粉的人應該是誰？（紀昀《閱微草堂筆記・七婿同死》）
(A)小販。
(B)仙人。
(C)死神。
(D)七女婿。

78.（　）以下何者不是本故事中，對「夙因」的設想？（紀昀《閱微草堂筆記・七婿同死》）
(A)女婿如果沒做夢，就不會躲另外六個女婿，主人就不會不相信他而鎖門。
(B)倘若不鎖門，七個女婿就能逃生，不會被燒死。
(C)七個女兒同出生在這戶人家，又同時成爲寡婦。
(D)七個女婿一起吃飯，又一起被燒死。

79.（　）故事中的影子象徵什麼？（紀昀《閱微草堂筆記・念起魔生》）
(A)人性中的黑暗面。
(B)人對自我的審視。
(C)另一個世界的自己。
(D)惡鬼的化身。

80.（　）本故事告訴我們，能不能從復仇中得到快樂？（紀昀《閱微草堂筆記．念起魔生》）

(A)能，爲家人報仇天經地義。
(B)不能，人無法從殺戮中獲得快樂。
(C)能，替天行道是快樂的事。
(D)不能，可能會賠上自己的性命。

81.（　）許南金告訴我們，怎樣才能不怕鬼？（紀昀《閱微草堂筆記．南皮許南金》）

(A)只要能夠羞辱鬼，就不會怕鬼。
(B)只要裝作不怕鬼，鬼就無計可施了。
(C)只要比鬼還可怕，就不會怕鬼。
(D)只要平生檢點，心志堅定，就不會被鬼動搖。

82.（　）那些見鬼而導致的不幸，主要的原因爲何？（紀昀《閱微草堂筆記．南皮許南金》）

(A)因對敵我形勢判斷失準所導致。
(B)因將鬼的能力想像得太大，自己先投降所導致。
(C)因人疑心生暗鬼，使判斷力降低，行動慌張失序所導致。
(D)因人疑心病過甚，幻想有鬼要害人所導致。

83.（　）鬼看到老學究的「氣場」字字化爲黑煙，以下意義何者爲非？（紀昀《閱微草堂筆記．老學究》）

(A)把私塾弄得烏煙瘴氣，暗喻老學究誤人子弟。
(B)老學究白天睡覺，朽木不可雕也。
(C)老學究胸中只有陳腐的知識，沒有文采。
(D)沒有絲毫光芒，比最差的文士還不如。

84.（　）以下關於「氣場」何者正確？（紀昀《閱微草堂筆記・老學究》）

(A)第一等的文士，光芒直沖雲霄，可與星月爭輝。

(B)最差的文士，光芒高達七八尺。

(C)次一等的文士，亮如一盞小油燈。

(D)稱不上文士的人，光芒有幾丈高。

85.（　）主角對付鬼，是用什麼方法取得勝利？（紀昀《閱微草堂筆記・曹某不怕鬼》）

(A)平實以對，將鬼當成一般人，毫不懼怕。

(B)有恃無恐，認爲鬼只會迷惑人，不會害人。

(C)破釜沉舟，既然沒有退路，就與鬼一戰。

(D)出奇制勝，可一再打擊鬼的自信。

86.（　）爲何老虎不會吃掉酒醉的人？（紀昀《閱微草堂筆記・曹某不怕鬼》）

(A)酒醉的人肉質不好吃。

(B)喝酒就不知道害怕，而能勇敢地對抗老虎。

(C)盜亦有道，老虎不會趁人之危。

(D)老虎對滿身酒氣的人沒有興趣。

87.（　）漢景帝立劉彘爲太子，並爲之更名爲「徹」，理由是「彘者徹也」，這是什麼意思？（《漢武故事・金屋儲嬌》）

(A)彘是豬，豬是曆數十二生肖排名最後，徹底之意，故改名「徹」。

(B)豬是菜肴中使用最多的肉類，通徹所有菜色，故改名「徹」。

(C)豬爲聰明的動物，智能通透，故改名「徹」。

(D)豬最雜食，所以百味盡嚐，徹底知味，故改名「徹」。

88.（　）劉徹說要蓋一座金屋給阿嬌住，但他們結婚之後，並未聽到金屋的建造，阿嬌的母親館陶公主也並不追究，為什麼？（《漢武故事．金屋儲嬌》）

(A)館陶公主知道，皇帝內庫中並無如此多的黃金，追究也無用。

(B)畏懼群臣反對，紛紛進諫，造成政局不安。

(C)劉徹當了皇帝，雖然食言，館陶公主不敢追究。

(D)立阿嬌為后才是館陶公主的目的，不是真的想要黃金打造的屋子。

89.（　）在〈畫工棄市〉的故事中，所要表現王昭君的最可貴之處為何？（葛洪《西京雜記．畫工棄市》）

(A)貌為後宮第一。

(B)善應對。

(C)舉止閑雅。

(D)不肯賄賂。

90.（　）元帝「重信於外國，故不復更人」，是因為什麼？（葛洪《西京雜記．畫工棄市》）

(A)誠信的道德勇氣。

(B)為了自己及國家的榮譽。

(C)怕匈奴王生氣來攻打。

(D)怕身邊寵愛的后妃嫉妒。

91.（　）「帝意復解」四個字該如何解讀？（劉餗《隋唐嘉話．太宗知佞人》）

(A)唐太宗能夠了解宇文士及的好意。

(B)唐太宗聽完宇文士及的話就不生氣了。

(C)宇文士及的話說到唐太宗的心坎裡。

(D)宇文士及為唐太宗解釋「佞人」的意思。

92.（　）爲何唐太宗要「正色」指出宇文士及是「佞人」？（劉餗《隋唐嘉話・太宗知佞人》）
(A)警告的作用，維持皇帝的原則與威信。
(B)因爲魏徵要他提防身邊的佞人。
(C)對佞人深惡痛絕，故出言斥責。
(D)在大臣面前必須裝模作樣。

93.（　）婁師德如何面對被罵「田舍漢」的侮辱？（劉餗《隋唐嘉話・唾面自乾》）
(A)一笑置之，不與對方鬥氣。
(B)直斥其非，維護自己的尊嚴。
(C)充耳不聞，無視他人的侮辱。
(D)承認自己是「田舍漢」，讓對方無話可說。

94.（　）婁師德爲何主張「唾面自乾」？（劉餗《隋唐嘉話・唾面自乾》）
(A)爲了保住一生的榮寵。
(B)惟有自保才能實現抱負。
(C)天性懦弱逆來順受。
(D)隨時擔心性命不保。

95.（　）新編故事中，皇后勸說盧氏一節，表現出皇后是怎樣的人？（劉餗《隋唐嘉話・玄齡悍婦》）
(A)不能站在女人的立場爲盧氏設想。
(B)同情房玄齡，爲他爭取納妾。
(C)不能站在男人的立場爲房玄齡設想。
(D)對皇上忠心，盡力扮演說客。

96.（　）盧氏對丈夫房玄齡的愛是怎樣的？（劉餗《隋唐嘉話・玄齡悍婦》）

(A)完全放手，是自由的愛。

(B)互相尊重，能理性地溝通。

(C)各自獨立，親情多於愛情。

(D)完全占有，是極端的愛。

97.（　）楊貞等三人爲何要承認殺人？（張鷟《朝野僉載・蔣恆審案》）

(A)良心不安，願意贖罪。

(B)被嚴刑逼供，屈打成招。

(C)被公堂的陣仗所懾，不得不承認。

(D)證據確鑿，無可抵賴。

98.（　）蔣恆爲何只拘留八十歲的老太婆，而放走所有人？（張鷟《朝野僉載・蔣恆審案》）

(A)老太婆是眞正的殺人凶手。

(B)老太婆知道凶手身在何處。

(C)讓凶手卸下心防，主動露面找老太婆問話。

(D)讓凶手出來跟蹤老太婆。

99.（　）王化基與鞠詠保持距離的原因，以下何者爲非？（魏泰《東軒筆錄・化基薦才》）

(A)這樣才能客觀公正地督促鞠詠。

(B)爲了讓鞠詠兢兢業業，專心學習縣務。

(C)他從不拉攏學生，擴張自己的勢力。

(D)鞠詠高傲自負，不是能夠來往的人。

100.（　）為何王化基要向皇帝推薦鞠詠？（魏泰《東軒筆錄・化基薦才》）

(A)鞠詠是自己的學生，要推薦自己人。

(B)鞠詠有才華，並且已被磨練出好品德。

(C)為了拉攏學生，擴張勢力。

(D)對先前的冷漠感到內疚，要彌補鞠詠。

答案

1. B 2. C 3. C 4. A 5. A 6. B 7. D 8. C 9. C 10. C

11. B 12. A 13. A 14. D 15. C 16. A 17. C 18. D 19. B 20. A

21. A 22. D 23. D 24. C 25. C 26. B 27. D 28. A 29. B 30. B

31. D 32. A 33. D 34. C 35. B 36. B 37. D 38. A 39. C 40. D

41. A 42. C 43. B 44. D 45. B 46. C 47. B 48. D 49. A 50. B

51. D 52. D 53. C 54. C 55. A 56. B 57. D 58. A 59. C 60. B

61. C 62. B 63. A 64. D 65. D 66. C 67. B 68. A 69. B 70. C

71. D 72. A 73. C 74. B 75. C 76. A 77. C 78. D 79. A 80. B

81. D 82. C 83. B 84. A 85. D 86. B 87. C 88. D 89. D 90. B

91. C 92. A 93. D 94. B 95. A 96. D 97. B 98. C 99. D 100. B

國家圖書館出版品預行編目資料

文言文閱讀素養：新看古典小說的故事(古今對照版)／高詩佳，張至廷著. --二版. --臺北市：五南圖書出版股份有限公司，2023.07
面；　公分
ISBN 978-626-366-211-7(平裝)

1.古典小說 2.文學評論

827.2　　112009228

1X7X

文言文閱讀素養

新看古典小說的故事（古今對照版）

作　　者 — 高詩佳（193.2）、張至廷
企劃主編 — 黃惠娟
責任編輯 — 魯曉玟
封面設計 — 黃聖文、陳亭瑋
出 版 者 — 五南圖書出版股份有限公司
發 行 人 — 楊榮川
總 經 理 — 楊士清
總 編 輯 — 楊秀麗
地　　址：106台北市大安區和平東路二段339號4樓
電　　話：(02)2705-5066　　傳　　真：(02)2706-6100
網　　址：https://www.wunan.com.tw
電子郵件：wunan@wunan.com.tw
劃撥帳號：01068953
戶　　名：五南圖書出版股份有限公司
法律顧問　林勝安律師
出版日期　2016年 1 月初版一刷
　　　　　2023年 7 月二版一刷
　　　　　2024年 7 月二版二刷
定　　價　新臺幣410元

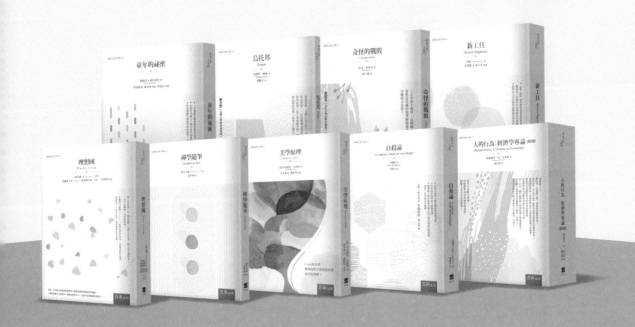